# 鴉の箱庭

警視庁捜査一課十一係

麻見和史

KODANSHA NOVELS

講談社ノベルス

カバー写真＝©Getty Images
カバーデザイン＝大岡喜直(next door design)
ブックデザイン＝熊谷博人・釜津典之
表紙デザイン＝welle design

目次

# おもな登場人物

〈警視庁刑事部〉

如月《きさらぎ》塔子《とうこ》……………捜査第一課殺人犯捜査第十一係　巡査部長
門脇《かどわき》仁志《ひとし》……………同　警部補
鷹野《たかの》秀昭《ひであき》……………同　警部補
早瀬《はやせ》泰之《やすゆき》……………同　係長
徳重《とくしげ》英次《えいじ》……………同　巡査部長
尾留川《びるかわ》圭介《けいすけ》…………同　巡査部長
神谷《かみや》太一《たいち》……………捜査第一課　課長
手代木《てしろぎ》行雄《ゆきお》…………捜査第一課　管理官
鴨下《かもした》潤一《じゅんいち》……………鑑識課　警部補
河上《かわかみ》啓史郎《けいしろう》…………科学捜査研究所　研究員

〈警視庁新宿警察署〉

寺田《てらだ》恒正《つねまさ》……………刑事課　課長
兵藤《ひょうどう》充《みつる》……………同　巡査

高階栄一《たかしなえいいち》……ドラッグストア　従業員
若林《わかばやし》……クリニック　院長
花村《はなむら》……美容院　店長
対馬泰三《つしまたいぞう》……暴力団・保志野《ほしの》組　組員
榎本秀臣《えのもとひでおみ》……ホストクラブ　店長
桐生政隆《きりゅうまさたか》……ホスト　源氏名「龍也《りゅうや》」
将田拓馬《しょうだたくま》……ホスト　源氏名「翔馬《しょうま》」
山田健《やまだたけし》……ホスト　源氏名「飛鳥《あすか》」
岩崎壮一郎《いわさきそういちろう》……笹木《ささき》テクノス　専務取締役
白川《しらかわ》……笹木テクノス　社員　秘書
ヒカリ……ガールズバー　従業員
ユキ……元キャバクラ嬢
滝洋輔《たきようすけ》……建築設計事務所　課長
幸坂礼一郎《こうさかれいいちろう》……警視庁　警察官
幸坂真利子《まりこ》……礼一郎の妻

# 第一章　ドラッグストア

## 1

国語の授業で芥川龍之介《あくたがわりゅうのすけ》の『羅生門《らしょうもん》』を勉強した。

高校一年生のときのことだ。国語の教師は学校で指定された教科書とは別に、生徒自身に文庫本を用意させて授業をした。そのときテキストとなったのが芥川の『羅生門』だったのだ。

勉強し始めると意外に面白かった。短編で読みやすいし、ストーリー性があって楽しめる。主人公の下人が最後に見せた悪の魅力に取り憑《と》かれた。

読み始めてから、ひとつ不思議に感じたことがある。羅生門の周りにいるカラスのことを、作者が「鴉《からす》」と書いていたことだ。自分が感じたその疑問は、何回目かの授業で解決された。カラスのことを「烏《からす》」ではなく「鴉」と表記したのは、作者芥川の創作上の工夫なのだ、と国語の教師は言った。

「漢字で普通に『烏』と書いたのでは少し軽い。だから作者は『鴉』と書いた。荒れ果てた都、死人が運び込まれた羅生門。そこにやってくるカラスは『鴉』であったほうがいい。読者に与える印象がだいぶ違います」

そうか、牙《きば》を付けて鴉と書くのか、と納得できた。たしかに、ずいぶん強そうだし獰猛《どうもう》な感じがする。しかし調べてみてわかったのだが、鴉の字で「牙」と見えるのは「きばへん」ではなく、「ア」とか「ガ」とかいって鴉の鳴き声を表しているのだそうだ。

いや、これは牙にしか見えないだろう、と思った。隣の席の女子にそれを話すと「え？　牙でしよ？」と驚いていた。そのあと「でも、そうか。よく考えたらカラスに牙はないわよね」と笑っていた。

たしかにカラスに牙はない。だが鴉の字を見るとどこか不穏な感じがする。自分は鴉という字が大いに気に入った。何かあると鴉の字を思い出すようになった。

今回、行動を起こすにあたって鴉と名乗ることにしたのは、そんな理由からだ。

不気味で、邪悪で、災厄をもたらしそうな生き物。そういう存在になろうと決めた。すべてを計画どおりに進め、復讐《ふくしゅう》を為《な》し遂《と》げること。それを実現させて初めて、自分は『羅生門』の下人のようになれるのだ、と思った。

夜間に比べると、朝はそれほど猥雑《わいざつ》な感じはしない。

だが、ここ新宿《しんじゅく》歌舞伎町《かぶきちょう》を歩くと、どんなに体調のいい日でも憂鬱《ゆううつ》な気分になる。飲食店と風俗店がひしめき合っている場所。夜になれば男も女も享楽的になり、普段の自分を忘れてしまう。どれほど立派な会社に勤めていても、どんなに成功し周囲から尊敬されていても、酒が入ればみな醜態をさらす。それが許されてしまうのが歌舞伎町だ。

七月九日、午前九時五十分。

鴉は姿勢を正し、前方をしっかり見ながら歩いていく。通りの両側にはさまざまな店が並んでいる。カフェやレストラン、カラオケ店、ガールズバー、キャバクラ、ホストクラブ、その他の風俗店も目に入る。雑貨屋、衣料品店、花屋、歯科クリニックなどもあった。

この町は、朝と夜では見え方がまったく違う。夜の間にこびり付いた欲望や嫉妬《しっと》、怨恨《えんこん》は、朝の陽光ですっかり隠されてしまう。だが知っている者が見れば、あちこちに汚いものの影が残っているのだ。ビルとビルの間や看板の裏、日の当たらない地下通路などに、気味の悪いものが蠢《うごめ》いている。

朝の寝ぼけたような空気の中、鴉は通りを進んでいった。徐々に夏の日射《ひざ》しが強くなってくる。今日も暑くなりそうだ。

焼き肉店の向こうに目的の店が見えてきた。緊張感が高まってくる。

計画そのものに自信はある。だがこれは最初の一歩だ。硬くなるなというほうが無理だろう。

鴉は表情を引き締め、バッグを持つ左手に力を込めた。誰もが知る高級ブランドの男性用バッグだ。シンプルな手提げタイプで、書類や小物が入れられるサイズだった。

目的の場所はドラッグストアだ。店内から明るいBGMが聞こえてくる。ときどき、録音された宣伝の声が混じる。鴉は何度か下見でこの店の近くまで来ていたから、あのBGMや宣伝の文句はすっかり覚えてしまっていた。サビの部分が口を突いて出てくるほどだ。


今日、用があるのは店舗のほうではなかった。ドラッグストアが入っているビルの左脇《ひだりわき》に非常階段があり、その奥に一時的なごみ置き場がある。このドラッグストアが設けたもので、店から出る段ボール箱などを集めておく場所だ。

午前十時過ぎになると、店員がごみを片づける習慣があることを鴉は知っていた。だから今、このタイミングがちょうどいい。

周囲を見回してから、鴉は非常階段の奥のスペースに入っていった。

先ほどの通りからここにやってくるまで、防犯カメラに引っかからないことは調査済みだ。この町は鴉にとって自分の庭のようなものだから、カメラの場所を確認するのは訳もないことだった。

畳んだ段ボール箱の横に、人が隠れられそうなサイズのごみ収納庫があった。蓋《ふた》を開けるとポリ袋がいくつか入っている。鴉は手に持っていたバッグを収納庫に入れた。それから蓋を閉め、何気ないふうを装って先ほどの通りに戻った。

素早く辺りに目を配る。近くには通行人が見えたが、こちらに注目している者はひとりもいなかった。これでいい。第一段階は成功だ。

うしろから、耳に馴染《なじ》んだBGMが聞こえてきた。上機嫌で、鴉はサビの部分を口ずさむ。

一度も振り返ることなく、鴉は元来たほうへと戻っていった。

*

午前十時三分。ドラッグストアの従業員・高階栄一《たかしなえいいち》は売り場から店のバックヤードに回った。

裏の勝手口を出て、非常階段のあるスペースに向かう。そこにはごみ置き場がある。この時間に段ボール箱などを片づけ、集めておくのが店のルールになっている。今日は高階がその当番だった。

畳んだ段ボール箱を整理し、横にあるごみ収納庫に近づく。蓋を開けてみて、高階ははっとした。ポリ袋の上にバッグが置いてあったのだ。たしか「ルビィメイル」というブランドの商品で、かなり高いものだったはずだ。

誰かが置き忘れたのだろうか、と思ったが、すぐにその考えを否定した。わざわざごみ箱の中にバッグを置いて、そのまま忘れていく人がいるだろうか。それはあり得ない。だとすると誰かが故意にここへ置いていったことになる。

首をかしげながら高階はそのバッグを手に取った。しゃがみ込み、束《たば》ねた段ボール箱の上でファスナーを開けてみる。何か持ち主がわかるようなものは入っていないだろうか。

中を覗《のぞ》き込《こ》むと、白っぽいものが見えた。布で作られた手袋らしいが、その形が気になった。布製なら普通はペラペラになっているはずだ。それなのに、この手袋には妙に立体感がある。

高階はその手袋をバッグから取り出そうとした。

だが触れてみて、すぐに眉《まゆ》をひそめた。おかしい。この手袋の感触は何なのか。それに、この重みはいったい——。

手袋をバッグから出したところで、高階は「ひっ」と声を上げた。持っていたものを取り落とし、うしろに飛《と》び退《の》いた。

畳んだ段ボール箱の上に、白い手袋が転がった。いや、違う。転がったのは人の右手だ。手首の辺りで切られていて、切断面には赤黒い血がこびり付いている。

それは手袋を嵌《は》めた、人間の右手だった。

高階は目を大きく見開き、口をぱくぱくさせて呼吸をした。今すぐ人を呼ばなければならない。そうだ、売り場には店長がいる。報告しなければ。

勝手口に向かおうとしたとき、右足で何かを蹴《け》ってしまった。それは先ほど持っていたルビィメイルのバッグだ。蹴った弾みに、中から小さなものが転がり出た。

細かな模様が彫られた、シルバーの指輪だった。

2

ケーキ店に寄ったのだが、どれを選べばいいのかわからず困ってしまった。

普段、デザートなどはあまり食べることがない。甘いものといったら、禁煙で口が寂《さび》しくなったのをごまかすため、果汁グミをつまむぐらいだ。わざわざ自分の意志でケーキなどを買いに来たのは、何年ぶりだろう。

門脇仁志《かどわきひとし》はショーケースの前で腕組みをした。

こちらが迷っているのを察して、制服を着た女性店員が声をかけてくれた。

「季節限定のケーキはいかがですか。『夏メロンのロイヤルタルト』ですとか『桃のスペシャルショート』などはとても人気のある商品です」

店員はにこやかに微笑《ほほえ》みながら門脇を見ている。

勧められると、それを買ったほうがいいのかな、という気になってくる。

「ええと、メロンの……何でしたっけ？」

「夏メロンのロイヤルタルトです。こちらになります。それから……」

店員はショーケースの中を指差して、お勧めのケーキを教えてくれた。メロンのほうも桃のほうも、果実がきれいに飾り付けられている。

「じゃあそれをもらえますか」

手土産《てみやげ》にするのだが、そのままテーブルに出されるかもしれない。人数は三人だ。

「メロンと桃をふたつずつ……」と言いかけたが、門脇は慌てて訂正した。「いや、メロンをふたつ、桃を三つください」

「お持ち運びの時間はどれくらいでしょうか」

「ええと、そうですね。十分ぐらいかな」

「かしこまりました。少々お待ちください」

店員はショーケースからケーキを順番に取り出し、紙箱に入れていく。五個が揃《そろ》ったところで箱を見せてくれた。こちらでよろしいですかと訊《き》かれたので、ああ、はい、と答える。

ケーキの箱を、取っ手付きの紙バッグに入れてもらった。代金を払い、レシートを受け取って門脇は店を出た。

平日の午前十一時前、江東区《こうとうく》大島《おおじま》の町を歩きだす。

じめじめした梅雨が明け、七月になって本格的な夏の到来となった。門脇は夏が好きだ。中学生のころから体が大きく、大学時代には身長が百八十センチ近くになった。がっちりした体形を活《い》かしてラグビーを始め、がむしゃらに相手にぶつかっていった。卒業後は警視庁に入り、刑事になってさまざまな事件を担当している。今は捜査一課十一係に所属し、後輩たちとともに捜査に取り組んでいた。誰がつけたか、門脇のあだ名は「ラッセル車」だ。仲間を引っ張るリーダーを自任していたから、門脇にとってはなかなか嬉《うれ》しいニックネームだと言える。

大通りから一本裏に入っていった。角を曲がると、五十メートルほど先に七階建てのマンションが見えた。

一階ロビーに入ったところで、門脇は一度足を止めた。それまで手に持っていたスーツの上着を、きちんと身に着ける。ネクタイの結び目を直し、自分の服装を見回して、おかしなところはないかとチェックした。

エレベーターで五階に上がる。かごを降りて共用廊下を進むと、すぐに目的の部屋に到着した。

背筋を伸ばし、髪を撫《な》でつけてから門脇はチャイムを鳴らした。インターホンの応答を待っていたら、いきなりドアが開いたので驚いた。

「待っていたよ、門脇」

ジーンズに紺色のシャツを着た男性が顔を出した。細面で髪はやや長め。几帳面《きちょうめん》そうな印象がある。

幸坂礼一郎《こうさかれいいちろう》だ。門脇と同期だから、今三十八歳のはずだった。

「お邪魔してすまないな」

門脇が言うと、幸坂は微笑を浮かべて、ドアを外側へ大きく開けてくれた。

「暑かっただろう。入ってくれ」

「うん。失礼します」

靴を脱いで廊下に上がる。先に奥へ向かった幸坂を、門脇はそっと観察した。先日訪ねてきたときと同様、幸坂はときどき壁に手をついて歩いていた。

――今日も、あまり調子がよくないのか……。

門脇はそう思った。電話で話している分には気づかないのだが、実際に会ってみると、具合が悪いらしいことがすぐにわかる。

前回訪問したときはダイニングキッチンに案内されたが、今日は廊下の奥のリビングルームに通された。南向きの窓には真っ白なカーテンが掛かっている。外は夏の日射しでかなり暑いが、室内はクーラーが効いていて心地いい。

　大型の液晶テレビに、ブルーレイレコーダーなどが収まったAVラック。その横には木目を活かしたお洒落《しゃれ》な書棚がある。下のほうの段には大判の写真集や画集、上のほうには小説や旅行関係の本が並んでいた。

「何か気になる本があるかい」

　書棚を見ている門脇に、幸坂が問いかけてきた。

「君たち夫婦は旅行が好きだったなあ、と思ってさ」門脇は振り返って幸坂に言った。「あちこち行ったんだろう？」

「仕事で予定が立てづらかったよ。でも、できるだけ真利子《まりこ》の行きたい場所を選ぶようにしていた」

　最近は、と言いかけて門脇は口をつぐんだ。それは訊くまでもないことだ。幸坂の体調を考えたら、旅行になど出かけられるはずはない。

「いらっしゃい。お待ちしていました」

　廊下から女性が入ってきた。長めの髪をうしろでまとめ、眼鏡《めがね》をかけている。清楚《せいそ》で知的な印象があるのは、以前からずっと変わらない。

　幸坂の妻、真利子だった。門脇は会釈をして彼女に話しかける。

「お邪魔しているよ。今日、大丈夫だったのかな」

「ええ、私は仕事がない日ですから」と真利子。

「それに、俺は毎日ぶらぶらしているし」

　冗談めかして幸坂が言った。門脇はどう応じていいのかわからず、黙ったまま笑顔でうなずいた。

　真利子は盆に載せたコーヒーカップや菓子皿などを、ソファセットのテーブルに並べていった。細くて形のいい指先が印象的だ。

「ああ、そうだ。お土産を渡さないと」門脇は紙バッグから白い箱を取り出した。「旨《うま》そうなケーキを買ってきたんだ」

　箱を受け取って、幸坂は軽く頭を下げた。

　真利子は一度廊下に出て、じきに戻ってきた。ケーキ皿とフォークを持ってきてくれたのだ。

「門脇さんはどれにします？」彼女は箱の中をこちらに見せた。

「俺はどれでもいいよ」

「五つも買っていただいたから、お好きなものを」

「残ったケーキのうち、数が多いほうをもらえるかな」

門脇はそう答えた。店では最初に四個のケーキを買おうとした。しかし病人の前で「四」という数字はまずいと気がついた。そこまでひどい病状ではないとしても、四つのケーキを見て気分を悪くする可能性はある。それで五つにしたのだ。

続いて真利子は、ケーキの箱を夫に見せた。

「……礼さん、食べられる？」

礼一郎は白い箱を覗き込んでいたが、小さくうなずいて、

「せっかくだからいただこうかな。桃のケーキが美味《おい》しそうだ」

「じゃあ、これにしましょう」彼女は門脇のほうを向いた。「私はメロンのケーキをいただきます。門脇さん、桃のほうでいいですか？」

「ああ、もちろんだ。俺は桃が食いたかった」

「それなら最初から言ってくれたら」

真利子がくすりと笑った。隣で礼一郎も笑顔を見せる。

「おかしいなあ。門脇はいつも遠慮がないって、職場の人間から聞いたんだけどな」

「え？　誰から聞いたんだよ」

「いや、忘れたけどさ」

「これはな……」門脇は咳払《せきばら》いをした。「あれだよ、レディファーストだ。俺は紳士だからさ」

そんなことを言って門脇も笑った。笑いながら、今のはあまり面白くなかったなと反省した。

雑談をするうち、昔話になった。

門脇が刑事畑に進んだのに対して、幸坂は生活安全課の仕事が長かった。同期の間柄《あいだがら》だし、当初から気が合ったのでときどき一緒に酒を飲んだ。

そうこうするうち、幸坂から結婚に関する相談を受けたのだ。

「あのときはびっくりしたなあ」門脇は記憶をたどりながら言った。「それまで噂《うわさ》も何もなかったんだが、まさか幸坂が柴山《しばやま》とつきあっていたなんて」

柴山というのは真利子の旧姓だ。彼女は門脇たちの一年後輩で、化粧にも言動にも派手なところはなかったが、それがかえって好印象だった。真面目《まじめ》だし謙虚だし、彼女はかなり人気があったはずだ。門脇から見ても非常に好ましく思えたのだから間違いない。

その真利子が、いつの間にか幸坂と交際していた。そればかりではない。もう結婚まで考えているというのだから、あのとき門脇は相当驚いたものだ。

「結婚するのはもう決まっていたんだろうし……」門脇はコーヒーカップを手に取った。「別に、俺に相談する必要なんてなかったんじゃないのか」

「あれはなあ……。話につきあわせてすまなかったな」と幸坂。

「親友の門脇さんには、最初に話したかったみたいですよ」真利子が言った。「私と結婚して大丈夫だろうかって、心配になったんですって」

真利子が笑い、その隣で幸坂は顔をしかめた。

当時、門脇と幸坂はいろいろなことを相談し合っていた。すぐには解決に至らなくても、話を聞いてもらえば気が楽になるものだ。ただ、あのときの話は相談というより惚気《のろけ》だったのではないかと門脇は思っている。

幸坂の期待に応《こた》えて、門脇は大いに祝福した。それだけでなく、結婚式の二次会の幹事も引き受けた。会場ではふたりの写真を撮り、アルバムを作ってあとでプレゼントまでした。同期と後輩には、ぜひ幸せになってほしいと思ったものだ。

しかし今、その幸坂夫妻は不運に見舞われている。

昨年、病気が見つかったそうで、幸坂礼一郎は休職した。手術を受け、その後ずっと自宅で療養している。毎日ぶらぶらしているなどと幸坂は言ったが、もちろん気楽に過ごしているわけではないだろう。月に二、三回通院している、と前に聞いた。見た感じ、極端に痩《や》せたとか顔色が悪いとかいうことはないが、本人にしてみれば辛《つら》い治療かもしれない。一年数ヵ月経《た》った今も現場復帰はできていないし、この状態はまだしばらく続くのだろう。

幸坂が仕事を休んでいる間、真利子はパートタイムで働くようになった。彼女は今、警視庁本部の通信指令センターに勤務している。一一〇番《ひゃくとおばん》通報を受けて、警察官たちに現場急行の指示を伝え、事件の早期解決を助けるという役割だ。専業主婦となっていた彼女が仕事を再開した背景には、経済的な理由もあるのではないか。だが、そこは夫婦の間の話だから、門脇も迂闊《うかつ》には訊けなかった。

「この前の事件なんだが」門脇はソファの上で背筋を伸ばした。「いろいろと助かった。今日はその報告と、礼を言いたくてやってきた」

「俺も気になっていたところだ」幸坂も表情を引き締めた。「無事、解決してよかったじゃないか」

「難しい事件だった。まあ、最近俺たちが担当するのは、なぜか難しいものばかりなんだが」

「それだけ、上から期待されているんだろう。この前一緒に来た如月《きさらぎ》さんは、有名人らしいし」

「うん、まあそうだな。突っ走りすぎるところが玉に瑕《きず》なんだが、かなり頑張ってくれている」

門脇は二ヵ月前、五月に発生した殺人事件について、説明を始めた。

犯人が被害者を動物の檻《おり》に閉じ込め、正体不明の銃器で殺害した事件だ。同様の手口で何人かの被害者を出してしまったのは痛恨の出来事だった。そのとき、ある人物から不可解な一一〇番通報があり、偶然それを受けてくれたのが真利子だった。一連の殺人が過去の事件と関《かか》わっていると気づいた門脇は、そのことを幸坂に相談した。幸坂は自身の経験から、門脇にアドバイスをくれたのだった。

「あの事件で、幸坂夫妻には世話になった。おかげで殺人犯を捕らえることができた」

「俺も真利子もたいしたことはしていないよ。最終的に事件を解決したのは門脇だ。おまえの手柄だよ」

「いや、そうは言うけどさ、俺にとって幸坂夫妻は特別なんだよ。いいアドバイスをくれるし、なんというかな……心の支えみたいなところがある」

真面目な口調で門脇が言うと、幸坂は顔をほころばせた。

「光栄だな。こんな俺でも、誰かの役に立てているなら嬉しいよ」

「幸坂ほどの人間が現場にいないのは本当にもったいない。早く病気を治して、前線に戻ってきてくれ」

「ああ、頑張るよ」

幸坂はうなずく。それから彼はフォークで桃のケーキを一口分、切り分けた。しかし口に運ぼうとして、途中でやめてしまった。目で見て食べたいとは思っても、いざとなると食欲がなくなるのかもしれない。

真利子に水を持ってきてもらって、幸坂は薬をのんだ。さらさらとした顆粒《かりゅう》らしい。真利子は夫の背中をさすっている。

——復帰には、まだかなり時間がかかりそうだな。

じっと見ているのは悪いと思って、門脇は目を逸《そ》らした。自分のケーキを食べようとしたが、それもまた気づかいが足りないのではないかと感じる。

門脇はフォークを皿の上に戻して、コーヒーを一口飲んだ。

食欲のない幸坂を前にして、あまり長居はできないと思った。

しばらく他愛《たわい》ない話を続けたあと、門脇は夫妻に向かって頭を下げた。

「ふたりと話ができてよかったよ。コーヒー、ご馳《ち》走《そう》さま」

門脇が腰を上げようとするのを見て、真利子が慌てた様子で言った。

「まだいいじゃないですか。あとでお寿司《すし》をとろうと思っていたんですよ」

「気持ちだけいただいておくよ」門脇は幸坂のほうを向いた。「調子の悪いときに来てしまって悪かった。体を休めてくれ」

「いや、いいんだ門脇。いつもこんな具合なんだよ。寿司を食っていってくれ」

「このあと、また仕事に出なくちゃいけないからさ」

「そうなのか？」

実は一日休みなのだが、嘘《うそ》をついた。事件だ捜査だとなれば、幸坂や真利子から無理に引き留められることもない。門脇はソファから立った。

幸坂が同じく立ち上がろうとするので、門脇は手振りでそれを制した。

「いいから、そのままで……」

「申し訳ない」幸坂は目礼をした。

真利子が玄関まで見送ってくれるようだ。帰る前に門脇はトイレを借りた。

用を足して出てくると、廊下に真利子の姿がなかった。近くの部屋のドアが少し開いていたので、そっと覗いてみる。そこは先日通されたダイニングキッチンだ。

真利子が戸棚から紙バッグを取り出すところだった。声をかけようとして、門脇は流し台の上に目を留めた。盆の上に注射器のシリンジと、中に小さな風船のようなものが入ったガラス容器がある。前に来たときにも見たな、と思った。おそらく幸坂の治療に必要なものなのだろう。

「帰るよ」

門脇がうしろから声をかけると、真利子はこちらを振り返った。

「ああ、ごめんなさい。……これね、しぐれ煮と佃煮《つくだに》なんですけど、よかったらご飯のときに」

「いやいや、気をつかわないでくれ」

「門脇さんに持って帰ってもらおうって、あの人が言っていたもので……」

それでわざわざ買って用意してくれたらしい。紙バッグを受け取りながら、門脇は言った。

「ありがとう、柴山……いや、幸坂だ。すまんすまん」

「なんだか、懐かしいですね。旧姓で呼ばれるのは久しぶりです」

どう答えたものかと門脇は戸惑った。何か気の利いた言葉でも出てくれればと思ったが、あいにく自分にはそういう知恵がない。

「じゃあ、俺はこれで……」

と門脇が言いかけたときだった。ポケットの中で携帯電話が鳴りだした。急いで携帯を取り出し、液晶画面を確認する。そこには上司の名前が表示されていた。

すまない、と真利子に断ってから、門脇は通話ボタンを押した。

「はい、門脇です」

「休みの日に悪いな」早瀬《はやせ》係長の声が聞こえた。「今から動けないか」

「大丈夫ですが……。何かありましたか？」

「店舗のごみ箱から人の右手が出てきた」

「右手が？　切断されていたってことですか」

「そのとおり。殺人事件の可能性がある。現場は機動捜査隊と所轄が確認した。このあと新宿警察署に特別捜査本部が設置されるから、集合してほしい」

「現場はどこなんです？」

「歌舞伎町だ」

あそこか、と門脇は思った。歌舞伎町といえば日本でも有数の歓楽街だ。そこで人間の右手が発見されたとなれば、背景にはいろいろなことが考えられる。

集合時間を教わって、電話を切った。

そばにいた真利子が、不安そうな顔でこちらを見ている。彼女も元警察官だから察しはいい。「切断」とか「現場」とかいう言葉から、事件の発生を悟ったのだろう。

「これから現場ですか?」

「いや、新宿署だ」

「……すみません、それ、荷物になってしまうでしょうか」

真利子は門脇が提げている紙バッグを指差した。

「そうだな。申し訳ないが、俺に代わって食べてくれないか。しばらくは自宅で飯を食うこともできないと思う」

「そうですよね」真利子はうなずいた。「体に気をつけて、頑張ってください」

「ああ、頑張るよ。行ってくる」

軽く右手を振って門脇は踵《きびす》を返す。玄関へ行き、靴を履いてドアの外に出た。

ひとりになってから、眉をひそめて考え込んだ。

今の言葉はおかしくなかっただろうか。仕事に出かける夫が、妻に声をかけるように聞こえはしなかったか。幸坂を差し置いて、自分はそんなことをしてよかったのか。

——いや、俺は何を考えているんだ。

右手で自分の頰《ほお》をぴしゃりと叩《たた》いて、気持ちを切り替える。それから門脇はエレベーターホールに向かって歩きだした。

## 3

警視庁新宿警察署は新宿駅西口、高層ビル街の一画にある。

如月塔子《とうこ》は署の建物を見上げ、表情を引き締めた。新宿署は警視庁の中でも一番の大規模警察署だ。管内に歌舞伎町があるから、事件、事故は想像以上の件数になる。そのため、多くの警察官を抱《かか》えているのだ。

一階で所属を明かしたあと、上層階に設けられた講堂に向かった。エレベーターに乗っていると、途中の階からどやどやと五、六人の男性が乗り込んできた。エレベーターのかごはかなり窮屈だ。

周りの男性たちはジャンパーなどの私服だから、おそらく刑事だろう。みな強面《こわもて》で迫力がある。塔子の近くに立ったふたりはどちらも身長が百八十センチ近くあり、体つきもがっちりしていた。

一方の塔子は身長が百五十二・八センチしかない。髪をボブにして紺色のスーツを着用し、斜めにショルダーバッグを掛けている。両手が使えて便利だからこうしているのだが、二十八歳にして、いまだに中学生のようだとよく言われる。

実際、塔子の姿に違和感を抱いたらしく、右側に立った男性がちらちらとこちらを見ていた。塔子は居心地が悪くなって、どうも、というように軽く目礼をした。

講堂に特捜本部が設置されていた。

長机や椅子《いす》、ホワイトボードなどが用意されている。前方には幹部たちの席があり、それに向き合う形で捜査員たちの席が十数列並んでいた。もう、いつでも会議ができる状態のようだ。

ほとんどの席は私服の警察官たちで埋まっていた。気のせいか、今まで塔子が参加してきた特捜本部に比べると、刑事たちの顔つきが違うようだった。もちろん、どの特捜本部でも捜査に当たる刑事たちは厳しい顔をしている。しかしここ新宿署の場合、髪を丸刈りにしたり、強めのパーマをかけたりした捜査員があちこちにいた。これはやはり、歌舞伎町を管轄しているせいだろう。あそこには暴力団や中国マフィアなども拠点を構えている。それらの組織に対峙《たいじ》するのに、警察側も相応の恰好《かっこう》でいる必要があるというわけだ。

室内を見回しているうち、前方の長机に知っている顔を見つけた。ほっとして、塔子は彼らに近づいていった。

「お疲れさまです。遅くなってすみません」

塔子はまず上司に声をかけた。銀縁の眼鏡をかけた、真面目そうな印象の男性だ。現在四十七歳、塔子たち十一係のメンバーを取りまとめる係長、早瀬泰之《やすゆき》だった。

「ああ、来たか、如月」早瀬は塔子に向かって軽くうなずいた。「休みのところ、申し訳なかった。……前にもこんなことを言った記憶があるな。いつもすまない」

「いえ、仕事が最優先ですから」

「呼び出しておいて何だが、大丈夫か。今日、予定はなかったのか」

「友達の……」

と言いかけて、塔子は口を閉ざした。実は今日、高校時代のクラスメートと会う予定があったのだ。昨年結婚した友人の家を訪ねるつもりだった。

それが急な呼び出しで延期になったわけだが、正直に説明したら早瀬は気にするに違いない。彼が仕事のストレスでいつも胃薬をのんでいるのを、塔子は知っている。

「問題ありません」塔子は言った。「人と会うことはいつでもできます。でも事件の捜査は今しかできませんから」

「もう少し休暇をとらせたいところだが……」早瀬は軽くため息をついた。「今や、如月も貴重な戦力だ。頑張ってくれと言うしかない。悪いな」

「いえ、自分にできることをしなければ、絶対に後悔しますから」

はっきりした口調で塔子は答えた。こうすることで少しでも早瀬の負担を減らしたいという気持ちがある。

「さすが如月。優等生だなあ」

早瀬の隣にいた若い男性が言った。塔子の先輩、尾留川圭介《びるかわけいすけ》巡査部長だ。普段からお洒落で、ブランドもののスーツを着ている。ベルトの代わりにサスペンダーを使っているのは、何かこだわりがあるからだろう。

「優等生だなんて、そんな……」

塔子が口ごもるのを見て、尾留川はにやりと笑った。

「いいんだよ。早瀬係長をはじめとして、うちの係はみんな真面目で几帳面なんだ。こうして先輩から後輩へと、いい文化が受け継がれていくってわけだ」

「ええと……尾留川さんも、その……真面目で几帳面なんですか？」

「なんだなんだ。俺が不真面目だとでも？」

「すみません。そういうわけじゃないんですが……」

尾留川はスマートで、女性の扱いには慣れているらしいのだ。どこから金が出てくるのかわからないが、協力者と称する若い女性たちとよく飲みに行っているという。

「そういえば尾留川さん、新宿には馴染みの店があるんですよね」

「あるよ。なにしろ、いい店が多いからね」

「歌舞伎町にも？」

「いや、歌舞伎町ではあまり飲まないかな。あそこに行くと、どうしても仕事を思い出してしまうから」

記憶をたどるような表情になって尾留川は言った。隣で早瀬もうなずいている。

少し考えてから塔子は尋《たず》ねた。

「私はあまり詳しくないんですが、やっぱりあの地区では犯罪の発生率が……」

「まあ、発生率は高いよね」尾留川はネクタイの位置を直し始めた。「夜になるといろんな人間が集まってくる。ひったくり、ぼったくり、闇《やみ》カジノ、喧《けん》嘩《か》に傷害、挙げ句には殺人事件も」

女性の塔子からすると、歌舞伎町と聞いただけで身構えてしまうようなところがある。だが仕事であれば、どこへでも乗り込んでいくのが警察官だ。

「何があろうと、しっかり仕事をしてきます」

塔子が硬い表情でそう言うと、尾留川のそばにいた中年の男性が口を開いた。

「でも、あまり無理はしないほうがいいね」

十一係では最年長、五十五歳の徳重英次《とくしげえいじ》巡査部長だった。七福神の布袋《ほてい》さんのような体形で、性格は温厚。しかしいざ捜査となると、経験を活かしてさまざまな情報を集めてきてくれる。チームの精神的な支柱といった立場の人物だ。

「最近は男女平等という声が強いし、私もそうすべきだと思うけど……」徳重は続けた。「我々の仕事には危険が伴うからね。如月ちゃんを軽んじるわけじゃないが、腕力では対抗できない相手もいるだろう。それに、まあ、なんだ、犯罪者の中には人を外見で判断する者も多いから」

塔子は自分の手足や服装をチェックした。徳重の言わんとすることはよくわかる。

「私、こんな恰好ですものね……」

「そういう恰好が役に立つ場面もあるよ。これまでに、君だからこそ聞き出せたということもあっただろうし……。でも今回に関してはあまり無理をしないほうがいい。女性だからあれこれ言われて腹が立つこともあるだろうけど、そこはこらえてね」

「ありがとうございます、トクさん」塔子は愛称で徳重を呼んだ。「私、いろいろ言われるのには慣れていますから」

「まあしかし、相棒がしっかりしていれば大丈夫かな」

徳重は、隣にいる体の大きな男性をちらりと見た。

「俺のことですか？」

話の輪に入ってきたのは門脇仁志警部補だった。塔子や尾留川のことを気にかけてくれる先輩だ。特に尾留川とは仲がよく、一緒に新宿へ飲みに出かけることも多いらしい。新宿には、知り合いの店があることだった。

「ええと……係長、今回も俺は如月と組むことになりますかね」

門脇が尋ねると、早瀬は眼鏡のフレームを押し上げながら言った。

「前回の捜査は勉強になったと、如月が話していたんだ。人によってそれぞれ得意な捜査方法があるだろう。もう少し門脇のやり方を学んでほしいと思っている。いいな、如月」

「あ……はい」

塔子は背筋を伸ばして答えた。それから門脇の顔を見上げて、

「よろしくお願いします。全力を尽くしますので」

「うん、期待してるぞ」門脇は塔子を見下ろした。身長差は三十センチほどだ。「如月の引きの強さはすごいからな。いつもの調子で事件解決といこう」

深く頭を下げてから、塔子は辺りを見回した。十一係のメンバーはもうひとりいるのだが、まだ捜査本部に着いていないのだろうか。

「鷹野《たかの》か？」早瀬が尋ねてきた。

「ええ、どうしたのかなと思いまして」

「あいつは今回、ちょっと遅れる」

「……何かあったんですか」

「親父《おやじ》さんの体調が悪くて、施設に行っているそうだ。じきにこちらへ参加できるということだったが……」

鷹野秀昭《ひであき》は長らく塔子とコンビを組んでいた先輩だ。前回の捜査で塔子は門脇と組んだが、いずれは鷹野とのコンビが復活するものと期待している。その鷹野が今日はいないというのだ。

「鷹野さんがいないんじゃ戦力ダウンですね」尾留川が腕組みをして唸《うな》った。「今回の事件、大丈夫かな……」

「おいおい、情けないことを言うなよ」門脇が後輩をたしなめた。「『鷹野さんがいないんなら、その分、俺が頑張ります』と言えないのか」

「あ、そうですよね。鷹野さんがいないってことは、金星を挙げるチャンスだし」

「その意気だ。しっかり捜査しろよ」

「了解です」

尾留川は姿勢を正して答えた。

塔子は門脇たちとともに、前のほうの席に腰を下ろした。捜査用のノートを取り出し、会議が始まるのを静かに待つ。

午後二時まであと五分を切ったころ、講堂の一角で声が上がった。

「二時から会議だと言っただろう。なんで全員揃ってねえんだよ。五分前に集合するのは常識だろうが」

驚いて、塔子はうしろを振り返った。

四十代半《なか》ばだろうか、坊主頭《ぼうず》の男性が若い刑事を怒鳴《どな》りつけている。部下の若い刑事は、ぺこぺこと頭を下げ、ポケットから携帯電話を取り出した。

坊主頭は鋭い眼光で部下を睨《にら》んでいたが、ひょいと腕を伸ばして携帯を奪い取った。通話相手に向かって、声を荒らげる。

「おまえ、俺の話を聞いてなかったのか。殺しの会議だって言っただろ。すぐ講堂に来い。二分以内だ」

そう怒鳴ると、彼は携帯を部下のほうに突き出した。部下は顔を強張《こわば》らせてそれを受け取る。

「どなたですか?」

塔子が尋ねると、門脇は声を低めて、

「新宿署の刑事課長、寺田恒正《てらだつねまさ》さんだ。あの人を敵に回すと厄介だぞ」

門脇がそんなことを言うのは珍しい。彼はラッセル車などと呼ばれるリーダー格だが、苦手な相手もいるのだろうか。

塔子はもう一度、寺田の様子をうかがった。坊主頭ということもあって、かなり威圧的な印象がある。新宿という犯罪多発地域を管轄する刑事課長は、あれぐらいの迫力がなくては務まらないのかもしれない。

寺田は腕を組み、自分の席でふんぞり返っていた。そのうち彼は、ふと塔子のほうを向いた。目が合ってしまったので、塔子は反射的に会釈をした。

一分半ほどして、講堂にジャンパー姿の刑事が駆け込んできた。まっすぐ寺田の前に行って、何か報告をしている。

「ごちゃごちゃ言ってねえで早く座れ」

寺田が命じると、若い刑事はすぐに腰を下ろした。

午後二時ちょうどに略称「歌舞伎町事件」の第一回捜査会議が始まった。

所轄からは新宿署の刑事、隣接署からの応援人員などが集まっている。

一方、警視庁本部からは機動捜査隊と塔子たち捜査一課のメンバー、そして鑑識課員などが参加していた。

司会は十一係の早瀬係長だ。起立、礼の号令のあと、早瀬はホワイトボードのそばに立った。最初に自分の所属などを説明したあと、捜査本部の幹部たちをみなに紹介する。それから早瀬は本題に入った。

「手元の資料を見てください。本日午前十時五分ごろ、新宿区歌舞伎町二丁目にあるドラッグストアのごみ置き場で、男性用の手提げバッグが見つかりました。従業員が中を調べたところ、白い手袋をつけた右手が出てきて……」

早瀬は右手発見時の状況を読み上げていった。

塔子たち捜査員はメモをとりながらその話を聞いた。この時点で気になるのは、なぜ右手に手袋を嵌めていたかということだ。そして、なぜそんな場所に右手が遺棄されたのかという理由も気になる。

「次に、鑑識から報告をお願いします」

早瀬に指名されて、鑑識の鴨下《かもした》潤一《じゅんいち》が立ち上がった。もじゃもじゃした癖《くせ》っ毛が特徴だ。彼は資料を手にして報告を始めた。

「バッグには多数の指紋が付いていますが、急ぎで調べたところ警察のデータベースにヒットはありませんでした。少なくとも前歴者は関与していないということです。それから問題の右手ですが、大きさや皮膚の状態などから、成人男性のものと思われます。おそらくは黄色人種。普通に考えれば日本人か韓国《かんこく》人、中国人、その他のアジア系でしょうか。詳しくは科捜研でＤＮＡを調べていますので、そちらの結果を待っていただければと思います。なお、この右手は爪《つめ》などもよく手入れされていて、清潔好きというか、几帳面な人間のものだった可能性があります」

「切断面については？」と早瀬。

「ノコギリなどで切ったものと考えられます。おそらくは死後の切断です」

塔子は小さく息をついた。そのあと、妙だな、と思った。自分は今なぜほっとしたのだろう。

死後であれば、切断時に被害者が恐怖や痛みを感じることはなかった、ということになる。それを知って自分は安堵《あんど》したのだと思う。だが、考えてみればそれで安心するのはおかしな話だった。なぜなら、死亡するとき被害者はもっと大きな苦痛を味わったかもしれないからだ。

「ブツ関係で手がかりになるのは男性用のバッグですね」早瀬は話を続けた。「これはルビィメイルというブランドの商品です。それから布手袋。百円ショップなどでも売っているもので、あまり特徴はありません。さらにもうひとつ。バッグの中からシルバーの指輪が出てきました。ブランドはバッグと同じです」

「そのバッグ、どうなんだ」

幹部席から声が聞こえた。捜査員たちは一斉にそちらへ目を向ける。

年齢はたしか五十五歳、捜査一課でいくつかの係を指揮している管理官・手代木《てしろぎ》行雄《ゆきお》だ。彼は早瀬に尋ねた。

「かなり高いものなのか、それほどでもないのか。まあブランドものだというから、安くはないんだろうが……」

手代木はここにいる幹部の中では、誰よりも几帳面だ。過去の成果を認められて管理官になった人物だが、少し細かすぎるところがあって、部下から煙たがられることも多い。

「それはですね……」少し考えてから、早瀬は捜査員席に目を走らせた。「尾留川、どうだ？」

突然指名されて尾留川は驚いたようだが、すぐに椅子から立ち上がった。

「ルビィメイルは二十代から三十代の女性に人気があるブランドですね。バッグ、靴、衣料品、化粧品なんかを製造、販売しています。男性用にもバッグや靴などがありまして、たとえば私が今つけているこのサスペンダー、実はこれがルビィメイル製です」

塔子は尾留川のほうに視線を向ける。彼はスーツの上着を脱いで、サスペンダーをぱちん、と弾《はじ》いてみせた。さすが、お洒落好きだけあってブランドものに詳しい。

「二、三十代に人気ということは、そんなに高くはないわけか」と手代木。

「いえ、値段はけっこうしますね。一般に、若いサラリーマンが簡単に手を出せるものじゃありません」

ちょっと待て、と手代木は言った。

「今、そのブランド品を使っていると言ったじゃないか。おまえは何歳だ」

「三十一ですけど」

「おかしいじゃないか。簡単に手を出せるものじゃないんだろう？」

「一般にはそうです。でも、私はちょっと違いますので」

「それはどういうことだ」

手代木は水色の蛍光ペンの先を、尾留川のほうに突き出した。これは彼が、部下を追及するときの癖だ。

「自分は特別だとでも言いたいのか?」

「ええと……まあ、そういうことになるかと思います」

「認めたな。じゃあ、どう特別なんだ」

「ああ……管理官。それについては勘弁してください」

「おまえは警察官だ。人に言えないようなことをしているんじゃないだろうな」

「まさか!」尾留川は大きく首を左右に振った。「その点だけは信じてください。疚《やま》しいことは何もありません」

「本当だな?」

「もちろんですよ」

尾留川は白い歯を出して、にっと笑った。それを見て手代木はぴくりと眉を動かす。蛍光ペンにキャップを嵌めながら、彼は言った。

「今の情報から、被害者または犯人の姿が想像できるんじゃないのか?」

「……はい?」尾留川は首をかしげる。

「二十代から三十代の男性。一般の会社員よりは収入があり、ブランドもののバッグや指輪を買うことができる。そういう人物だろう。たとえば資産家とか芸能人、IT長者……」

「そうですね」

「右手を遺棄したのは、たぶんバッグの価値をわかっている者だ。早く発見してもらえるよう、目立つバッグを使ったと考えられる。しかも、人の多い町なかだ。これは劇場型犯罪の可能性がある」

手代木はそこで言葉を切った。彼はそのまま尾留川の顔を凝視している。尾留川のほうも、真剣な表情で管理官を見つめる。しばし睨み合いのような状態になった。

だが手代木の今の行動は、特に意味のあることではなかった。誰かの顔を見つめたまま動かなくなってしまうのは、彼が考え事をしているときの癖なのだ。

それを知っている早瀬は、話を先に進めた。

「これから捜査の組分けを行います。最初に、歌舞伎町二丁目の現場を中心として情報収集を行う地取り班……」

早瀬は順番に捜査員の名前を呼んでいった。捜査活動を行うためのコンビが次々と作られていく。このあと彼らは捜査が一段落するまで、ふたり一組で行動することになる。基本的には捜一と所轄が組むのだが、中には捜一同士、所轄同士という組み合わせもある。

事件現場周辺で活動する地取り班のほか、関係者に当たっていく鑑取り班、証拠品を調べるナシ割り班、そのほかデータ分析班や予備班などが決められていった。

「最後に、捜査一課十一係の門脇と如月」

はい、と答えて塔子は椅子から立つ。隣にいた門脇も立ち上がった。ふたり揃って、幹部席に向かって頭を下げる。

「ふたりには遊撃班を担当してもらう。他の班と連携しつつ、自由に捜査を行ってほしい。横断的に情報分析することで、見えてくるものがあるだろう」

従来、遊撃班は鷹野と塔子で担当することが多かった。だが、前回の事案では門脇と塔子が指名された。今回もそうなるということだ。

塔子たちが着席すると、早瀬は幹部席のほうへ目をやった。うん、とうなずいて五十代の男性が立ち上がる。神谷《かみや》太一《たいち》捜査一課長だ。

神谷は捜査員たちを見回したあと、よく通る太い声で言った。

「歌舞伎町という場所柄、捜査中に暴力団や半グレ、中国マフィアなどと接触することも考えられる。もしかしたら被害者は、それら反社会的勢力の人間かもしれない。その場合、これから組織間の抗争が起こることも考えられる。慎重に捜査を進めてもらいたい」

たしかにそうだ、と塔子は思った。
A、B、ふたつの勢力が衝突し、AがBの構成員を捕らえて殺害したのかもしれない。AはBに殺害の事実を知らせるため、わざわざ被害者の右手を切って発見させた——。そういう経緯も考えられるということだ。
最近、都下で暴力団同士の大規模な抗争があったという話は聞いていない。だが見えないところでくすぶっていた埋み火《うずび》が、今、大きく燃え上がろうとしているのではないか。

——下手をすると、歌舞伎町で「戦争」が起こるのでは。

そう考えて、塔子は表情を引き締めた。

「このあと組織犯罪対策部とも連携することとします」早瀬はメモ帳のページをめくった。「現場付近は繁華街であり、防犯カメラが数多く設置されています。データ分析班はカメラの映像データを集めて調査するように。そのほか鑑取り班、ナシ割り班もそれぞれ捜査を進めてほしい。とにかく、被害者の身元を特定するのが先決です」

「防犯カメラのデータには期待できそうだな」神谷は椅子の背もたれに体を預けた。「そこで不審者が見つかれば、捜査はかなり進展するだろう」

「そうですね。おっしゃるとおりです」と手代木。「では各組、捜査を開始してください。夜の会議は二十時からとします」

早瀬が言った。そのあと号令がかかって、塔子たち捜査員は一斉に立ち上がった。

## 4

午後三時半、門脇は如月とともに、捜査に出かけた。

「俺たちは遊撃班だ。自由に動いていいと言われている」門脇は後輩の顔を見下ろして言った。「細かい指示を与えられていないから、毎日の成果を問われることはない。だが、それに甘んじているのではまずい」

「そうですね。全力を尽くさないと」如月はうなずいた。

「さて、それでだ。俺たちはこれからどう動く？」

如月に問いかけて反応を待つ。すぐに彼女から返事があった。

「まずは現場を確認しませんか。今回まだ事件現場を見ていないので、どんな環境なのか気になります」

「俺も同じ考えだ。犯人になったつもりで現場を見れば、何か発見があるかもしれない」

署を出て歌舞伎町に向かった。

高層ビルの横を通って東に向かうと、やがてJR線をくぐる大ガードが見えてきた。

新宿駅の西側と東側では、町の雰囲気がずいぶん違う。西側は東京都庁を含む巨大な高層ビルが林立していて、平日はスーツ姿の会社員が多い。朝夕のラッシュ時などは、高層ビル街へ続く通路が通勤の男女でいっぱいになる。一方、東口のほうはカジュアルな雰囲気で、食事やショッピングを楽しめる店がずらりと並んでいる。

靖国《やすくに》通りを挟んでJR新宿駅に近い方が新宿三丁目、北側が歌舞伎町だ。

言うまでもなく、歌舞伎町は都内でも有数の歓楽街だ。飲食、遊技産業、風俗関係の店が集中していて、夜になると町全体が活気づく。大量の酒が消費され、金が動き、場合によっては薬物や銃器の取引も行われる。管轄する新宿警察署、四谷《よつや》警察署は常に目を光らせているはずだ。

歌舞伎町に入ると、道の両側に雑居ビルが建ち並んでいた。色とりどりの看板が目につく。さすがに今の時間帯はまだ落ち着いているが、夜になればこの道も派手なネオンサインで照らされるのだろう。

店に飲み物や食材を届けるため、あちこちに配達の車が停《と》まっている。夕方からの本格的な営業に備えて、飲食店では仕込みが始まっているようだ。

「あそこですね」如月が前方を指差した。

白いビルの一階にドラッグストアがある。店の前にジャンパーやスーツ姿の男性が集まり、地図を手にして何か話し合っていた。地取りの刑事たちが捜査の段取りを打ち合わせているのだ。

近くにいた捜査員に挨拶《あいさつ》したあと、門脇は非常階段のあるスペースに向かった。あとから如月もついてくる。すでに立入禁止テープは撤去されているが、事件現場に一般の人間はいなかった。そもそも、ドラッグストアの従業員以外は立ち入らない場所だと思われる。

捜査資料に記載されていたとおり、大きなごみ収納庫があった。白手袋を嵌めてから、門脇は蓋を開ける。如月もそばにやってきて、そっと中を覗き込んだ。

収納庫の中は空だった。もともと入っていたごみも、念のため鑑識課員らが調べているのだろう。

「ここにバッグが置いてあったんだな。ブランドものの……何だっけ？」

「ルビィメイルです」如月が教えてくれた。「古いものではなかったようですから、見える場所に置かれていたら、誰かが持っていってしまう可能性もあったわけですね」

如月はしばらく非常階段やビルの壁を見上げていたが、携帯電話を取り出して写真を撮り始めた。

「わざわざここに置いていった理由は何だろうな……」門脇はつぶやく。

「通行人ではなく、店の従業員に発見させたかったんでしょうか」

「あ……。もしかして店の従業員に恨みがあったとか、そういうことか？」

「ええ、私もそう思ったところです」

門脇たちはごみ置き場のスペースを出た。正面入り口に回ってドラッグストアに入っていく。

幸い客はほとんどいない。売り場にいた店員に声をかけると、その男性が右手の発見者だとわかった。高階という名前だそうだ。

「警視庁の門脇です」警察手帳を呈示《ていじ》する。「発見時の様子を聞かせていただけませんか」

「もう、ほかの刑事さんに話しましたけど……」

「お手数ですが、あらためて聞かせてほしいんです。ご協力ください」

「はあ、わかりました」

高階は門脇たちをレジカウンターへと案内してくれた。そこに店長がいて、彼も事情聴取に応じてくれることになった。

「まず、バッグを発見なさった経緯ですが……」

「うちの店では午前十時過ぎに、バックヤードの段ボール箱やごみなんかを外に出すんです。今日もその作業を始めて、ごみ収納庫を開けたらバッグがあって……」

そのときのことを思い出したのだろう、高階は顔を曇らせた。

「毎日同じ時間にするんですね？」

門脇が尋ねると、高階はこくりとうなずく。

発見時の話を一通り聞いたあと、門脇は別の質問をした。

「店長さん、このお店で何かトラブルはなかったですかね。買い物客と揉《も》めたとか、あとからクレームが来たとか。こういう場所ですから、ちょっと柄の悪い客もいたんじゃありませんか」

「そうですねえ」店長は記憶をたどる表情になった。「細かいことはいろいろありますけど、大きな揉め事はなかったはずです」

「従業員の誰かが、個人的なトラブルに巻き込まれていたということは……」

門脇に問われて、店長は高階のほうを向いた。

「おまえ、何か心当たりはあるか？」

「いえ、ないです、ないです」

「だよなあ」店長は門脇のほうへ向き直った。「ほかにも従業員はいますけど、トラブルなんてなかったと思いますよ」

「……そうですか」門脇は特捜本部の電話番号をメモして、相手のほうに差し出した。「もし何か思い出されたら連絡をもらえますか」

店長は軽く頭を下げて、それを受け取る。書かれた番号をちらりと見たあと、彼はメモをポケットにしまい込んだ。


地取り班の捜査員たちは、この近辺で順次情報収集を続けているはずだ。

中には、特捜本部の指示に従って暴力団の事務所を訪問する者もいるだろう。そちらからの情報にも期待したいところだ。

ドラッグストアを出たあと、門脇はもう一度ごみ置き場を振り返った。

「犯人があの右手に手袋を嵌めたとしたら、その理由は何だろうな」

「指紋を隠すため……ではないですよね。手袋を取ってしまえば指紋は採取できるし……。バッグの中に入っていたから、右手が汚れるのを恐れたという線もないはずです」

「だとすると、何かのメッセージか」

「そうかもしれません」如月はうなずいた。「被害者の特徴を表すものかもしれないし、逆に犯人の特徴に繋《つな》がっているのかも」

「犯人が自分のヒントを残すかな」

「自己顕示欲の強い人間なら、可能性があるんじゃないでしょうか。たとえば警察に挑戦しているつもりだとか……」

門脇は顔をしかめて如月を見た。

「最近、その手の犯罪者が増えたよな。なんでもかんでも、人に見せて喜ぶ奴《やつ》が多すぎる」

「たしかに、今は誰でも動画を撮って、世界中に公開できますよね」

「落ち着きのない世の中になったもんだよ」

門脇は如月とともに、通りを歩きだした。

一軒一軒訪ねて回る捜査は地取り班がやってくれている。自分たち遊撃班に必要なのは、視野を広く持つことだ。ほかの捜査員が気づかないような手がかりを、どうにかして見つけなくてはならない。

道路の左右に目を配りながら門脇たちは進んでいく。学生なのかフリーアルバイターなのか、道端《みちばた》に座り込んで笑い合う若者たちがいた。そうかと思うと、メモを片手に何かを探しながら歩く男性がいる。荷物を持って走っていくのは宅配業者だ。ビールのロゴ入りの紙バッグを持っているのは、飲食店へ商談に行く会社員だろう。

しばらく歩いていくうち、気になる看板を見つけた。

「なあ如月、あれはどうだろう」

門脇は雑居ビルの入り口に出された案内板を指差した。

ビルの五階にクリニックがあるらしい。診療科目は内科、皮膚科、泌尿器科と書かれている。

「ひとつの想像だが、もしかしたらあの右手の皮膚には、何かの疾患があったんじゃないだろうか。犯人はそれを知っていて、ヒントになるよう手袋を嵌めた、とか」

「見つかった右手には、特に病気の痕《あと》はなかったようですけど……」

「以前、治療をしたのかもしれないぞ」

「わかりました。とにかく行ってみましょう」

如月も賛成してくれた。

五階に上がり、クリニックのドアを開けてみる。今の時間帯、診察を待つ患者はいなかった。門脇は受付に近づき、警察手帳を呈示した。カウンターにいた女性事務員は驚いたようだ。

「少しお話をうかがいたいんですがね」

「すみません、お待ちください。……先生、先生」

事務員は一旦《いったん》奥に消えたが、じきに医師を連れて戻ってきた。カウンターから出てきて、医師はこちらへ軽く頭を下げた。四十代ぐらいの小柄な男性だ。サイズが合っていないのか、白衣の裾《すそ》がかなり長く感じられる。

「院長の若林《わかばやし》です」医師は言った。「何かありましたか」

「実はですね……」

と言いかけて、門脇は口ごもった。あの事件についてどう説明したものかと迷ったのだ。だが相手は医師だから、守秘義務は心得ているだろう。詳しく話すことにした。

「歌舞伎町二丁目で男性の右手が発見されまして」

「右手が？」医師は眉をひそめた。「切断されていたわけですか」

「ええ。その右手に、白い布手袋が嵌められていました。先生にお訊きしたいんですが、こういう手袋をした男性が、受診しに来たことはありませんでしたか」

門脇は写真を取り出して医師のほうに差し出す。さすがに切断された右手は見せられないから、外した手袋だけ撮影されたものを選んだ。

「ごく普通の手袋ですね」若林は写真を見つめた。「百円ショップでも売っているようなタイプだ」

捜査会議で早瀬も同じことを言っていた。この手袋にはたいした特徴がないのだ。

医師はわずかに首をかしげた。

「たしかに、皮膚の病気で手袋をつけている患者さんはいますよ。でも、男性ですよね？」

「そう、男性です」

「見たことがないなあ。……よそのクリニックに通っていた患者さんなのかな」

「その人は、ルビィメイルというブランドのバッグや指輪を持っていた可能性もあるんですが……」

質問を重ねてみたが、特に収穫はなかった。どうやらここは空振りのようだ。しかし歌舞伎町にはほかにも皮膚科があるだろう。順番に訪ねてみようかと門脇は考えた。

若林に礼を述べて辞去しようとしていると、出入り口のドアが開いた。

「失礼しまあす」

入ってきたのはスーツ姿の若い男性だ。長めの茶髪で、顎《あご》の右側にはほくろがある。茶色いビジネスバッグと紙バッグを持っていた。門脇に目礼をしたあと、彼はカウンターに近づいていった。

「先生、少しだけ話を聞いていただけませんか」彼は早口で話しだした。「私、ニューバリュー広告社の岡部《おかべ》と申します。こちらのクリニックの広告を、うちの会社に任せていただけませんか。ほかのクリニックさんでも大変ご好評いただいているプランがありまして……」

「営業の人？　すみませんが、うちは間に合っているので」

若林はそう断ったが、岡部という男性はなおも食い下がる様子だ。

「あのですね先生、こちらのデータを見ていただきたいんです。あるクリニックさんで広告を出したあと、その効果を調べたものでして、実績がかなりすごいことに」

「いや、そういうのはいいから……」

困っている若林に目礼をしてから、門脇は廊下に出た。うしろにいた如月はドアを閉めたあと、こちらにささやきかけてきた。

「飛び込みの営業ですね」

「歌舞伎町にはいろんな店や事務所があるからな。クリニックもそうだ。この町なら商売相手には困らないんじゃないか？」

「アポなしですから大変でしょう。ああいう仕事、絶対きついですよ」

エレベーターで一階に戻り、再び道を歩きだした。

事件捜査の初期段階では、一度に多くの情報が入ってくることがある。その一方で、一日かかってもまったく成果が出ないときもある。これればかりは運に左右されると言うべきだろう。だが、運が悪くて何も見つかりませんでした、と会議で報告するわけにはいかない。運がないのなら、その分を粘《ねば》り強さでカバーするのが刑事というものだ。

門脇たちは町を歩き、気になった店舗で聞き込みをした。なかなか情報が得られないのがもどかしい。現時点でヒントといったら、白い布手袋とルビィメイルのバッグ、シルバーの指輪だけだ。この歌舞伎町という場所で正体不明の右手について調べるのは、やはり難しいのだろうか。

しばらく歩いていると、急に如月が立ち止まった。彼女はある看板を指差していた。

「友達から聞いたことがあります。夜、お風呂《ふろ》から出たあと保湿クリームを塗って、手袋を嵌めて寝る人がけっこういるそうです。自宅で使うのなら、百円ショップの安い手袋でも気になりませんよね」

「ああ、たしかにな」

「さて、そこで手を大事にするといったら、どんな職業の人でしょうか」

「……あれがそうだというわけか」

彼女が見つめている看板には、美容院の名前が記されていた。

「美容師なら身なりにも気をつかいますよね」と如月。

「そういえば、世の中にはカリスマ的な美容師がいるらしいな。マスコミで有名になった人間なら、かなり稼いでいるはずだ。ルビィメイルの商品なんかいくらでも買えそうだ」

今度は如月が先に立って、その雑居ビルに入っていった。

三階でエレベーターを降り、美容院のドアを開ける。

門脇があまり嗅《か》いだことのないにおいがした。自分がよく行く理髪店とはまったく違った空間がそこにある。現在、鏡の前にはひとりの女性客がいて、若い女性美容師に髪を切ってもらっているところだった。

「いらっしゃいませ」

別の女性がこちらへやってきた。四十過ぎだと思われるが、明るい色合いの化粧をしている。カリスマ美容師だろうか、いや、そうではなさそうだ、と門脇は思った。

「すみません、こちらの責任者の方は……」と如月。

「私です。店長の花村《はなむら》と申します」

「そうでしたか。私、警視庁の者です」

如月は警察手帳を呈示する。門脇はそばに立って、彼女の聞き込みを見守ることにした。

「何か事件なんですか？」

花村は怪訝《けげん》そうな表情になった。警察と聞いた途端、先ほどまでの笑顔はどこかに消えてしまったようだ。面倒だな、という気持ちが強く伝わってくる。

「実は、近くで……」

と言いかけて、如月はフロアにいる女性客をちらりと見た。それから声を低めて、花村にささやいた。

「お客さんの前では、ちょっと話しにくいことなんですが……」

「ああ、じゃあ、こちらへどうぞ。……散らかっていますけど」

花村に案内されて、門脇たちは事務室に入った。

彼女が言ったとおり、そこはかなり雑然とした部屋だった。壁の棚には古い段ボール箱が並び、テーブルの上にはファッション雑誌や飲みかけのペットボトル飲料、化粧ポーチなどが置いてある。右手の壁際にはコピーやスキャンなどができる複合機とノートパソコンがあった。

今、その複合機のそばに青いジャンパー姿の人物が立っていた。ショートカットの女性だ。肩口に会社のロゴマークが入っている。どうしたものかと所在なさそうだったが、彼女は花村に向かって、遠慮がちに話しかけてきた。

「あの、店長さん、すみません。作業のほうは終わりましたので……」

それを聞くと、花村は渋《しぶ》い顔をして彼女に歩み寄った。

「で、修理費はいくらになるのよ」

「部品代と出張費で八千八百円になります」

「そんなにするの？　高いわねえ」

「すみません。……こちらの指定口座に、のちほどお振り込みいただけますでしょうか」

ジャンパーの女性は申し訳なさそうに請求書と振込用紙を差し出した。やれやれ、という顔をして花村は受け取る。

「あのねえ」花村は厳しい声で言った。「その複合機、しょっちゅう調子が悪くて本当に困ってるのよ。ホームページの更新をするのに、いろいろスキャンしなくちゃいけないの。なんでちゃんと動かないのかしら？　まあね、あなたに言っても仕方ないのはわかってるけど、私すごく後悔してるの。営業の人にうまく乗せられて契約しちゃったけどさ」

「はあ、どうもすみません」

彼女はまた頭を下げた。機械の修理で呼ばれたようだが、見ている門脇のほうが気の毒に感じてしまう。この花村という店長は、出入りする業者にかなり厳しいようだ。

業者が事務室を出ていくと、花村は大きなため息をついてからこちらを向いた。

「それで……何でしたっけ？」

立ったまま彼女は尋ねてきた。椅子を勧めてはこないから、すぐに話を終わらせるつもりなのだろう。

「店長さんの手、おきれいですね」

突然、如月がそう言ったので門脇は面食らった。驚いたのは花村も同じだったようだ。

「いったい何？」

「美容師の方って清潔感が大事ですよね。お客さんの髪に触れるわけですから、手や爪のお手入れにすごく気をつかわれるのでは？」

「まあ、それはね、こういう仕事ですから」

「美容師さん同士、横の繋がりってあるんでしょうか」

「このへんの人ならね。情報交換っていうの？　お互いに話をしたりはするけど」

「男性の美容師さんも増えていますよね。最近はテレビに出る方もいらっしゃるし」

「私はああいうのは好きじゃないわ。本当に優秀な美容師なら、テレビに出ている暇なんてないはずだもの。そうでしょ？　だいたいね……」

と言いかけて、花村は如月をじっと見つめた。それから一歩、彼女に近づいた。

「あなた、ちゃんと髪の手入れしてる？」

如月は驚いたらしく、何度かまばたきをした。

「あ……ええと、まあ、ほどほどに」

「手抜きしてるでしょう。私の目はごまかせないんだから」

「それはですね……」如月はしどろもどろになっていた。「仕事が忙しくて、なかなか時間がなくて」

「時間なんて、作るものなのよ。あなたせっかく可《か》愛《わい》い顔をしてるんだから、しっかりお手入れしなさいよ。ねえ、いくつ？　新卒なの？」

「いえ、二十八……です」

「二十八歳？　ちょっと、うちの娘と同じじゃないの。驚いたわあ」

それを聞いて門脇も驚いた。その年齢の娘がいるということは、花村は五十歳以上ということになりそうだ。

――やっぱりカリスマなのか？

門脇は、目の前の女性店長をまじまじと見てしまった。女性は化粧でずいぶん変わるというが、まさにそのとおりだ。

こほん、と咳払いをしてから、如月は質問を再開した。

「花村さんにお訊きしたいんですが、最近、知り合いの男性美容師さんで、連絡がつかなくなった方はいないでしょうか」

「どういうこと？」

如月は門脇のほうをちらりと見た。うん、と門脇はうなずいてみせる。話してもいいぞ、という意味だ。如月は花村に向かって言った。

「切断された男性の右手が発見されたんです。その手には白い布手袋が嵌められていました」

花村は黙り込んだ。険《けわ》しい表情を浮かべて如月を見つめる。数秒経ってから、彼女は信じられないという様子でゆっくりと首を左右に振った。

「そんな事件が起こっていたの？　もしかして、この近くで？」

「比較的、近い場所です。……それで、根拠が薄いと言えばそうなんですが、もしかしたら右手の主は、手を大事にしている美容師さんじゃないかと思いまして」

「ほかに何か、わかっていることはあるの？　あ、捜査の秘密というのなら、無理には訊かないけど」

「いえ、大丈夫です。……右手が入れられていたバッグはルビィメイルのものでした。同じメーカーのシルバーの指輪も見つかっています」

「ルビィメイルか。そうねえ、残念ながらそういう男性美容師は見たことないわね。でも仲間に訊いてみるわよ」

「本当ですか？　ありがとうございます」

「何かわかったら連絡するわ。どこに電話すればいい？　あなた、名前は？」

「あ……はい、如月塔子と申します」

如月はメモ帳を一枚破り、自分の携帯番号を書き付けた。そのまま相手に手渡す。

メモを見て花村は、うん、とうなずいた。

「捜査に協力するのは市民の義務だからね。任せてちょうだい」

そう言って、彼女は口元を緩《ゆる》めた。

ノックの音がして、事務室のドアが開いた。先ほどフロアにいた女性美容師が顔を見せた。

「店長、対馬《つしま》さんが……」

「え？　もう？」

花村は慌てた様子でテーブルの上を片づけ始めた。門脇たちに向かって、追い払うような仕草《しぐさ》をする。

「あなたたち、もういいでしょ。帰ってちょうだい」

「ああ、申し訳ないです」門脇は言った。「お邪魔しました」

出ていこうとした門脇の前に、大柄な男性が現れた。

門脇と同じぐらいの身長だから、百八十センチ前後だろう。黒いスーツを着ている。顎ひげを生《は》やし、整髪料で髪を撫でつけていた。前髪の下にある目がやけに鋭い。

「店長さん、いつもの件でお邪魔しました」

「はいはい、わかってます。ちょっとお待ちいただけますか」

そう答えたあと、花村は門脇を見て、早く行け、と手振りで示した。

門脇と如月は彼女に頭を下げて辞去した。

道路に出て雑居ビルを見上げた門脇に、如月が尋ねてきた。

「主任、さっきの男……」

「あれはどこかの組員だな。何かの金を受け取りに来たのかもしれない」

みかじめ料などだろうか。当然、法律上は許されていないことだが、警察がそれらをすべて取り締まるのは実質的に不可能だった。それがこの歓楽街の実態だ。

如月は真剣な顔をして、ひとり黙り込んでいる。

「真面目な如月からすると、納得いかないことかもしれないが……」門脇は宥《なだ》めるような調子で話しかけた。「歓楽街によく出入りしているのは生活安全課だ。彼らも、決して手を抜いているわけではなくてだな……」

だが、如月はその話を聞いていないようだった。急に彼女は、何かを発見した、という表情になった。

「門脇主任、私、気がつきました！」顔を輝かせて如月は言った。「ホストですよ」

「え？　いったい何を言ってるんだ？」

「ブランドもののバッグにシルバーの指輪。お客の女性を接待するためによく手入れした爪。保湿クリームか何かを塗って、家では手袋をして眠っていたんじゃないでしょうか、ホストが。右手に嵌められていた手袋は、それを指し示しているんだと思います」

言われてみれば、条件が合致しているような気がする。そんな着想がいきなり出てきたことには、驚かざるを得なかった。

「ホストクラブに行きましょう。……ああ、でもたくさんあるでしょうね。よし、場所を調べないと」

如月はそう言うと、携帯でホストクラブの場所を調べ始めた。

# 5

夏の日は長い。もう午後五時になるというのに、町にはまだ充分な明るさがある。

人通りの増えてきた道を、鴉は歩いている。この時間、まだ酔っ払いはいないが、それでも注意するに越したことはない。場所柄、暴力団員や中国マフィアなどがいつ現れるかわからない。揉め事はご免だし、そもそも自分の行動を邪魔されたくはなかった。

あと数時間したら、ここ歌舞伎町は夜の顔に変わる。そろそろバーやキャバレー、風俗店などが営業の準備を始めていたし、従業員たちは出勤するため道を急いでいた。誰も彼も、夜の準備をするのに忙しい。

鴉は今、ある女のあとをつけていた。

身長は百六十センチほど。ヒールの高い靴を履き、ブランドもののバッグを提げている。わざわざ体の線がよく目立つ服を着て、モデル気取りのような歩き方をする。

——そうまでして男に媚《こ》びを売りたいのか。

鴉は苛立《いらだ》ちを抑えるのに必死だった。

自分の中にくすぶっているものが一気に噴《ふ》き出《だ》してきそうなのだ。注意していないと、何をしてしまうかわからない。下手をすると相手への思いが爆発し、自分は大声を上げながらあの女につかみかかってしまうのではないか。

前方を歩く女がふと足を止め、横を向いた。ガラス越しにコンビニの中を覗いているようだ。

眉を寄せ、細い目をさらに細めて店内の様子を窺《うかが》っている。数秒そうしていたが、じきに彼女は再び歩きだした。

あの女のことを鴉はよく知っていた。先ほど店を覗き込んだのは、おそらくこのコンビニチェーン限定のキャラクターグッズがほしかったからだろう。だが、売り切れの掲示を見て諦《あきら》めたのだ。そういうことを、鴉はすっかり理解している。

赤の他人であれば知り得ないようなことまで、鴉は心のメモに記していた。好きな食べ物から普段よく聴く音楽のジャンル、集めている猫の小物のことまで把握している。それだけではない。初めての男性経験がいつで、相手は誰で、現在どんな男が好みのタイプなのかまで——。

ああ、くそ、なんてことだ。鴉は舌打ちをした。また嫌なことを思い出してしまった。あの女が気になって気になって仕方がない。そして彼女のことを考えていると、交際相手の男のことが頭に浮かんでくる。鴉の頭の中で、彼女と交際相手とは必ずセットになっている。彼女を思うたび、薄汚い男の姿が一緒に想起されてしまう。彼女が蹂躙《じゅうりん》されるさまを想像すると胸がつぶれそうだ。

ちくしょう、ちくしょう、とつぶやきながら鴉は足を進めていく。大声を出さないよう自制するのが、辛くて仕方なかった。

なぜ自分はこんなふうになってしまったのか。いや、その前に、なぜ彼女はあんなふうになってしまったのか。

東京という都会が彼女を変えてしまった、というのはいかにも陳腐《ちんぷ》な発想だ。だが、そう考えるしかなかった。上京したあとしばらくはよかった。だがその後、急に化粧が濃くなり、着るものが派手になり、言葉も態度も蓮《はす》っ葉《ぱ》になった。いかにも下品な変化であり、鴉に言わせればそれはひどい堕落だった。女性は清楚であるべき、慎《つつし》み深くあるべき、というのは古い考え方だと批判されそうだが、それが鴉の本心だ。彼女には変わってほしくなかった。あんなふうに、男をたらし込むような女にはなってほしくなかった。

鴉は彼女のことを誰よりも詳しく知っているつもりだ。その自信がある。にもかかわらず彼女は男にすり寄り、体を金に換えている。その事実を認めるのは本当に辛い。魂の敗北にも等しいことだ。

自分はいったい何のために彼女を思ってきたのか。なぜ報《むく》われないのか。考えれば考えるほど、怒りが強くなる。心の内から、どす黒いものが湧《わ》き上がってくる。クソが、と鴉はつぶやく。

前を歩いていた彼女が、右手の路地に入った。鴉は曲がり角まで走っていった。そっと覗き込むと、彼女は小さな飲食店の並ぶ道を北へ向かっていた。近道をするつもりなのだろう。幸い、路地に人の姿はない。

鴉は全力で走って彼女に接近した。その気配に気づいたらしく、彼女は足を止めて振り返った。

ふたりの目が合った。

このときの鴉の顔は、相当真剣だったはずだ。切羽詰《せっぱつ》まったものを感じさせる表情だったに違いない。それを見て彼女は眉をひそめた。

彼女は怯《おび》えてはいない。むしろ逆で、内にある怒りをこちらにぶつけようとしていた。

「何なの、いったい」彼女は緊張した顔で鴉を見つめた。「もう来ないでって言ったのに……」

これだ、と鴉は思った。人の気も知らないで、好き勝手ばかりする女。決してこちらの言うことを聞こうとはしない愚かな女。

「どうしてわからないんだ」鴉は声を強めて言った。「おまえは間違っている。早くそれに気づくべきだ」

気持ちが高ぶって、鴉の声は上ずっていた。せっかく久しぶりに直接話ができるのだ。どうにかして相手を説得しなければ、という思いがあった。

だが、その思いは容易に伝わりそうになかった。鴉が声を強めれば強めるほど、彼女は顔をしかめ、嫌悪感をあらわにする。そう、これはまるで汚いものを見るような目だ。自分の前に存在するものが信じられない、許せない、というような軽蔑《けいべつ》の目だ。

「私につきまとうのはもうやめて。電話もしてこないで」

「なんでだよ！」鴉は激しく首を左右に振った。「どうしてそんなことを言うんだ。おまえは変だ。昔のおまえに戻ってくれよ」

「どうしようと私の勝手でしょう」

「頼むよ。頼むから……」

無意識のうちに手が伸びていた。鴉は彼女の右手をつかんだ。途端に彼女は、悲鳴に近い声を出した。

「放してよ！」

はっとして鴉は相手の手を放す。彼女は左手で右手首をさすりながら、こちらを見た。強烈な敵意が込められた目だった。

「私を縛ろうとするのはやめて！」

彼女は踵を返し、路地を走りだした。ハイヒールを気にしながらも、かなりの速さで逃げていく。

ああ、彼女が行ってしまう。自分の手が届かないところに行ってしまう。

猛烈な悔《くや》しさに襲われた。それと同時に、強い憤りに苛《さいな》まれた。人格を否定され、踏みにじられたような気分だ。あの女は何もわかっていない、と思った。

——あいつを正しい方向へ導かなければ。

鴉はそう決意した。彼女はおそらく未熟なのだ。だから他人のアドバイスを受け入れることができない。自分のしていることの善悪が判断できていない。

深呼吸をしてから、鴉は歌舞伎町の路地を歩き始めた。

# 第二章　シャインガーデン

## 1

ホストクラブというのは女性客をターゲットとした商売だ。

だから、男性である自分がそういう店に入る日が来るとは思ってもみなかった。

ビルの七階でエレベーターを降りる。正面に《シャインガーデン》と書かれたパネルがあった。通路の壁には宮殿を思わせるような装飾が施されている。照明にも高級感があって、ここを歩くだけで非日常の世界に向かっている気分になる。

エントランスには面長な若い男性がいて、門脇を見ると一瞬不思議そうな顔をした。彼は《飛鳥《あすか》》という名札を付けている。垢抜《あかぬ》けない雰囲気があるから、まだ見習いのホストなのかもしれない。

飛鳥は会釈をして、こちらへ近づいてきた。

「いらっしゃいませ」

「すみません、警視庁の者ですがね」門脇は警察手帳を呈示した。「責任者とお話をさせてもらえませんか」

「どういったご用件でしょうか」

「事件の捜査で来ています。こちらに勤めている男性について大事なお話があります」

門脇の真剣な顔を見て、何かあると察したようだ。少々お待ちください、と言って飛鳥は店の中へ入っていった。

エントランスで門脇は辺りを見回した。暗めの照明になっているが、ここでも内装が丁寧なことは感じ取れる。相当、金がかかっているに違いない。

奥のほうを覗こうとしながら、如月が言った。

「このお店、かなり繁盛していそうですね。お客さんはいくらぐらい使うんでしょうか」

「テレビでよく、シャンパンタワーなんていうのを見るよな」

「あれは本当に高そうですよね」

などと話しているところへ飛鳥が戻ってきた。彼は丁寧に礼をしたあと門脇に言った。

「お待たせしました。店長のところにご案内します」

豪華なフロアが見られるかと思ったが、飛鳥は従業員用の暗い通路に入っていく。彼のあとについて門脇たちは奥へ進んだ。途中ほんの一瞬だが、客席のあるフロアを見通せる場所を通った。つるつるに磨《みが》かれた床に、落ち着けそうなテーブル席がある。天井にはシャンデリアが吊《つ》られていた。テレビ番組などで見たものと、ほとんど同じ光景がそこにあった。

すでに女性客が来店しているようだ。テーブル席で白っぽいジャケットを着た色白の男性が、客を接待しているのが見えた。

そっと如月の様子を窺うと、彼女もじっとフロアのほうを見ていた。あまりに真剣な顔つきだったので、門脇は思わず苦笑いしてしまった。もしかして、如月もこういう場所に興味があるのだろうか。

事務室に案内され、一礼して門脇たちは中に入った。接客するフロアに比べると事務室は地味だが、決して安っぽくはない。ここはここで、かなり費用がかかった部屋だと思われる。

左手の壁際にはレジと金庫があった。やはり相当稼いでいるようだ。

一方、右手の壁際にはパソコンデスクがあり、ノートパソコンとプリンターが置かれていた。

「店長、警察の方をお連れしました」

そう言ったあと、飛鳥は丁寧に頭を下げて事務室から出ていった。

門脇は部屋の奥へと目を向けた。小さなソファから、ひとりの男性が立ち上がった。この暑い季節に、きちんとしたスリーピースを着ている。

「こちらへどうぞ」

彼は柔らかな声でそう言った。門脇と如月は会釈をしてソファセットに近づいていく。

男性は優雅な動作で、門脇のほうへ名刺を差し出した。

「店長の榎本秀臣《えのもとひでおみ》です」

髪を茶色に染めていて表情は穏《おだ》やかだ。店長というからもっと年上の人物を予想していたのだが、年齢は三十代前半というところだろう。

「警視庁の門脇です」あらためて警察手帳を呈示した。

隣にいた如月も、手帳を見せて挨拶をする。

「お掛けになってください」榎本はソファを勧め、自分も腰掛けた。「うちで働いている者についてお話があるとか。何かご迷惑をおかけしたでしょうか」

「いえ、そういうわけではないんですがね」

門脇は素早く事務室の中を見回した。自分たち三人以外に従業員はいない。これなら気兼ねなく話ができる。

「桐生政隆《きりゅうまさたか》さんは、こちらのホストですよね」門脇は尋ねた。「店では『龍也《りゅうや》』さんと名乗っていたと思いますが」

「ええ、龍也はうちの者です。彼が何か……」

「順を追ってお話しします」門脇は考えを整理しながら言った。「まだ報道されていないはずですが、今日の午前十時過ぎ、歌舞伎町のある場所で人間の右手が発見されました。ルビィメイルのバッグに入っていて、その手には白い布手袋が嵌められていました。また、バッグの中にはシルバーの指輪も入っていました。それもルビィメイルです」

榎本の顔が曇った。どうやら、この話の行方を察したようだ。

「これらの持ち主はホストクラブの方ではないか、

と我々は考えました」門脇は続けた。「それで歌舞伎町にある店を何軒か訪ねていきました。そのうち、シャインガーデンに勤める龍也という人が、ルビィメイルのバッグと指輪を好んでいたようだ、という情報を得たわけです」

「……たしかに、龍也はルビィメイルのバッグとリングを使っていましたね。刑事さん、その写真はありますか？」

門脇は鞄《かばん》の中から資料ファイルを取り出した。三枚の写真をテーブルの上に置く。問題のバッグと指輪、そして布手袋が写っていた。

しばらく写真を見てから、榎本は顔を上げた。

「バッグもリングも、龍也のものだと思います。店で見たことがありますから」

「白い布手袋はどうでしょうか」

「前に、本人が話しているのを聞きました。指先が荒れやすいので、保湿クリームを塗っていると。夜寝るときには手袋を使っている、ということでした」

そこまで話してから、榎本は低い声で唸った。

「……龍也の右手が、どこかに捨てられていたんですか。どうしてそんなことに」

動揺が隠せないようだった。榎本は苦しげな顔で宙を睨んでいる。

相手の表情を観察しながら門脇は問いかけた。

「最後に龍也さんが出勤したのはいつでしょうか。できれば正確な日付と時間を知りたいんですが」

「ああ、そうですね。少々お待ちください」

榎本はソファから立った。壁際の椅子に座って、パソコンを操作し始める。門脇と如月はソファに腰掛けたまま、体をひねって榎本の背中を見つめた。

「そのパソコンにデータがあるんですか？」

門脇が尋ねると、榎本は画面を注視したままうなずいた。

「そこに出退勤端末があるでしょう。カードをスキャンすると出勤、退勤の記録が残るんです」

彼の言うとおり、パソコンデスクの近くの壁に、カードを読み取る小型の装置があった。

「ホストクラブにこういうものがあるとは知りませんでした」

「うちは、しっかりとルールを守ってもらっていますのでね」マウスを操作しながら榎本は言った。「もちろん個人の能力によって給料は変わりますが、稼ぎが多ければほかはどうでもいい、というわけではありません。決まった時間にきちんと出てくるのは社会人として当然のことです」

実際のところ、店として大事なのは女性客にいくら使ってもらえるかということだろう。酒が入るのだし、時間どおりに行動できないホストも多いはずだ。

「正直に言って、意外です」門脇は榎本の背中に話しかけた。「ホストクラブでそういうデータが管理されていたとは……」

「基本ができていない人間を、私は評価しないんですよ。出退勤のルールさえ守れないホストは、いずれ店に迷惑をかけることになります。若いホストはそのへんを勘違いしていることが多くてね。さっきの飛鳥もそうです。焦って先輩たちにいろいろ質問しているようですが、その前にまず生活態度をしっかりするよう指導しています」

プリンターから何枚かの紙が出力された。それを手にして、榎本はソファセットに戻ってきた。

「昨日、龍也が出勤したのは午後四時二十八分。退勤したのは今日の午前一時三十五分です。少し体調が悪いと言って、早めに帰りました」

妙だな、と門脇は思った。午前一時三十五分の退勤は「早め」なのだろうか。

「お店の営業時間はどうなっているんですかね」

門脇が訊くと、榎本は口を閉ざした。数秒、何か考える様子だったが、咳払いをしてから彼は答えた。

「午前零時で閉店する、ということになっていますね」

曖昧《あいまい》な言い方をしたところに含みが感じられる。

たしか、こうした店の夜の営業は、法律で午前零時までと定められていたのではなかったか。しかし龍也こと桐生政隆は午前一時三十五分までここにいた。午前零時以降も営業が続いていた可能性が高い。

違法といえる状態だが、今ここでそれを咎《とが》めるのは得策ではないだろう。営業時間の件にはそれ以上触れないことにして、門脇は別の質問をした。

「今、龍也さんに連絡はつきますか？」

「ああ……そうですね。確認してみましょう」

榎本はポケットから携帯電話を取り出し、番号を選んで架電した。何コールか相手の応答を待っていたようだが、やがて首を横に振った。

「出ませんね」

門脇は眉をひそめ、如月と顔を見合わせた。彼女も懸念の表情を浮かべている。

「我々は龍也さんの安否確認をしなければなりません」門脇は真剣な目で相手を見た。「ご自宅の場所を教えていただけますか？」

「わかりました。お待ちください」

榎本もまた深刻な表情になって、一冊のファイルを持ってきた。しばらくページをめくっていたが、やがて何かを思い出したようだ。

「そうか……。龍也は十日ほど前、引っ越しをしたばかりなんですよ。新しい住所を教えてくれと言っておいたんですが、まだ聞いていませんでした。弱ったな」

「どなたか住所を知らないんでしょうか」

「確認してみます」

彼は携帯で誰かに連絡をとった。二十秒ほどで通話を終えて、こちらを向いた。

「今日休んでいるんですが、スタッフのひとりが住所を聞いたようですね。そのときのメモがどこかにあるそうです。見つかったら連絡してくれるよう言っておきました」

ほかにも住所を知る手段はあるだろうが、時間がかかるに違いない。そのスタッフから聞き出すのが一番早そうだ。

連絡が来るまでの間、門脇は別の質問をしようと考えた。

「龍也さんはどんな方なんですか」

「彼は店の人気ナンバー2でした。ルックスがいいのはもちろんですが、明るく、男らしく振る舞うところが好かれたんでしょう。多くのお客様から指名を受けていました」

客の話が出たので、門脇はその部分を掘り下げてみた。

「言葉はよくないですが、ホストの仕事をしていると、客の女性に恨まれることもあるんじゃないですか?」

こういう質問は普段から想定されているのかもしれない。榎本は慌てることなく、冷静な態度で答えた。

「私たちは誠心誠意、お客様に尽くしています。恨まれたりすることはありません。世間から偏見の目で見られることも多いんですが、ホストをやっている人間は常識的だし、みんな苦労人です。どうしたらお客様に楽しんでいただけるか、常に考えているんです」

「客には充分な気づかいをしている、というんですか」

「当然です。接客業の中でも、特に配慮が必要な仕事だと自負していますから」

「しかし現実に、事件は起こっています。何か問題があったのでは?」

榎本は黙って門脇を見つめた。それからゆっくりと首を左右に振った。

「少なくとも、警察の方よりはずっと他人に気をつかっていたと思いますよ、龍也は」

軽い嫌みのつもりだろうか、榎本はそんなことを言った。

彼は否定したわけだが、こういう仕事なのだから絶対にトラブルはあると門脇は睨んでいる。それをつかむことが事件解決の鍵《かぎ》になるような気がする。

単純に考えれば、お気に入りのホストと揉めた女性客が、感情を爆発させて凶行に至ったのではないか、ということだ。この犯行の裏にあるのは恋愛感情のもつれや嫉妬ではないか、と思えてならない。

「龍也さんのお客さんは何人ぐらいですか？　連絡先を教えていただけませんか」

思い切って頼んでみた。だが予想したとおり、榎本は即座に答えた。

「申し訳ありませんが、それは無理ですね。お客様の個人情報は、私どもにはわかりかねます」

「でも、店に来てくれとホストから電話することは多いでしょう。当然、連絡先はわかっているはずです」

「ホストが個人的に教えてもらっていたとは思いますが、お店がその情報を管理しているわけではないので……」

「しかし高い金を払ってくれるお客さんのことなら、お店でも何か情報を持っているんじゃありませんか？　名前だとか勤め先だとか」

「お客様のフォローや営業活動は、すべてホスト個人に任せているんです。私どもにはわからないんですよ」

榎本はそう繰り返すばかりだった。

どうしたものかと門脇が考えていると、隣にいた如月が口を開いた。

「龍也さんのロッカーを見せていただけませんか」

「ロッカーを？」

「連絡がつかないというのなら、何かの事件に巻き込まれた可能性があります。見つかった右手が龍也さんのものなのか、はっきり確認する必要があります。個人の持ち物は捜索を行うための重要な手がかりです。店長さんも、もちろん龍也さんのことを心配していらっしゃいますよね？」

「それはそうです」

「でしたら、ぜひご協力ください。店長さんのご決断が、龍也さんの命運を左右するかもしれません」

黙ったまま、榎本は如月の顔をじっと見つめた。真意を探るような目をしていたが、やがて意を決したらしい。彼はソファから立ち上がった。

「少しお待ちいただけますか。休憩室にロッカーがあるんですが、散らかっているもので」

「ここでお待ちしています」如月はうなずく。

榎本は何か言いかけたようだった。だが思い直したらしく、そのまま廊下へ出ていった。


事務室の中は門脇と如月だけになった。

如月はバッグから素早く携帯電話を取り出す。彼女は室内の写真を撮り始めた。

「なんだ。どうした、急に」

「いえ……これという理由はないんですが、何かの参考になるかもしれないと思って」

「まあ、そうだな。あの右手が龍也という男性のものなら、ここは重要な関係先ということになる」

「ですよね」

如月は部屋の写真を撮り続ける。

そうしているうち、ドアの開く音が聞こえた。澄ました顔で、如月は携帯をバッグにしまい込んだ。

「ご案内します」

廊下に立ったまま榎本が言った。門脇は如月とともに事務室を出た。

休憩室は事務室のすぐ隣にあった。中に入ると、壁に沿って縦長のロッカーが並んでいる。部屋の中央にはテーブルがあり、飲み物のペットボトルなどが置かれていた。つい先ほどまで従業員がくつろいでいたのがよくわかる。おそらく榎本が、一時的にこの部屋を空けさせたのだろう。

「店長さん、写真を撮ってもよろしいでしょうか」

「写真ですか？」

榎本はためらう様子を見せた。彼はぐるりと休憩室の中を見回し、特に問題になるものはないと確認したようだ。如月に向かって「どうぞ」と言った。礼を述べて彼女は携帯電話を取り出し、写真を撮り始めた。先ほど事務室を勝手に撮影したのは、断られる可能性が高いと思ったからだろう。一方、休憩室は何ら問題ないと踏んで、あえて許可を求めたようだった。

如月が事件現場や聞き込み先で写真を撮っているのは、元の相棒・鷹野の影響が大きいと思われる。鷹野はもともと記録魔だ。あちこちで撮影したものを分析し、筋読みに利用する。長く一緒に捜査をしてきた如月も、自然に写真を撮るようになったというわけだ。

彼女が撮影をしている間に、門脇は白手袋をつけて龍也のロッカーを調べさせてもらった。

中にそれほど多くのものは入っていなかった。替えのスーツ三着と靴。ルビィメイルのボストンバッグとポーチがひとつずつある。ボストンバッグにはシャツやタオル、靴下などが入っていた。ポーチの中身はシェーバーや化粧水、保湿クリームなどだ。

指紋の照合に使うため、シェーバーや化粧水の瓶を借りることにする。

ほかにメモなどがないだろうかと調べたが、そういうものは見つからなかった。

撮影を終えた如月が「いかがです？」と尋ねてきた。

「指紋の採取はできそうだが、犯人に関する手がかりはないな」

「そうですか……」

如月はテーブルのそばに立ち、ひとり考え込む。

しばらくして彼女は榎本に話しかけた。

「龍也さんはナンバー2ということでしたよね。ナンバー1とナンバー3の方は今日、出勤しているんですか？」

「ナンバー3は今日、オフなんです。ナンバー1のほうは翔馬《しょうま》といいます。出勤していますよ」

「少しお話をうかがえないでしょうか」

「今、お客様が見えていましてね」

「そこをなんとかお願いします。ナンバー2の龍也さんが大変なことになっているかもしれないんですから、お店にとっても重大な問題ですよね？」

如月に説得される形で榎本は小さくうなずき、部屋を出ていった。

五分ほどしてドアがノックされた。現れたのは、先ほどフロアで接客をしていた色白の男性だ。男である門脇から見てもかなりの美形で、なるほどこれならナンバー1になるはずだと納得がいく人物だった。外見の美しさばかりでなく、所作にも自信が溢《あふ》れているように感じられる。

「お待たせしました。翔馬です」

声もまたいい。耳に心地よく響く音で、そのまま俳優や声優になれそうな気がする。

如月がすぐに口を開いた。

「警視庁の如月です。いきなり申し訳ありませんが、翔馬さんは本名、何とおっしゃるんですか？」

翔馬は怪訝そうな顔で彼女を見た。あまり気が進まないようだったが、抵抗するのもどうかと思ったのだろう。彼は言った。

「将田拓馬《しょうだたくま》です」

「年齢は？」

「二十六ですが」

「住所を教えていただけますか？」

「あの……これは何かの取調べなんですか？　そうじゃありませんよね？」

翔馬は不機嫌そうに言った。仕事を中断させられた上、矢継ぎ早にいろいろ訊かれたからだろう。

如月は笑顔を見せて、ひとつ頭を下げた。

「すみません。形式的なものですから、どうか気になさらないでください」

「気にするなと言われてもね……」

こうした反応を見て、やはり先ほどの店長は腹が据わっているな、と門脇は思った。多少挑発されても榎本は動じず、嫌みを言ってきた。そのへんが、若い翔馬との経験の差なのだろう。

「翔馬さん、実はこの店のナンバー2の龍也さんと連絡がつかないんです」

「……え？」翔馬は首をかしげた。「そうなんですか？」

「今日の午前一時三十五分にここを出たのはたしかです。でも現在、電話が通じなくなっています」

「どうしたんだろうな。気になりますね」

「それでですね、ちょっと心配なことがあるんです。今日の午前中、龍也さんのバッグや指輪とよく似たものが、ごみ箱で見つかりました。バッグの中には切断された右手が入っていたんです」

如月の話を聞いて、翔馬は黙り込んだ。険しい顔になって、目をきょときょと動かしている。何か言おうとしたが、すぐには言葉が出ないようだ。

しばらくして、彼はようやく声を絞り出した。

「……龍也が死んだってことですか？」

あまりにストレートすぎる言葉だ。だが、これまでに集められた情報を素直に受け取れば、そういうことになるだろう。

「龍也さんのことは今、調べを進めているところです。……ところで、あなたは龍也さんとどんなふうにつきあっていましたか」

「あまり親しくはなかったですね。理由はおわかりでしょう」

「ああ……そうですよね。お店のナンバー1を競い合っていた間柄ということですね」

「あいつと俺とでは、まったくタイプが違いました。彼はオラオラ系というか、男らしさを前に出していく感じでね。それが好きだという姫も多いですから、かなり売上を伸ばしていました。いいライバルだと思っていたんですが……」

信じられない、という表情で翔馬は首を振る。こうして話しながら、過去のことをあれこれ思い出しているようだ。

「龍也さんはその姫……お客さんたちと、何かトラブルになってはいませんでしたか」

「お客さんに殺害されたってことですか？　さすがにそれはないでしょう。こっちは男ですよ。しかも龍也は体力に自信があっただろうし……」

「方法は別として、動機があるかどうかなんですが」

　如月の言葉もまた生々しいな、と門脇は思う。だが曖昧な言い方をしたら、話がわかりにくくなるだけだ。

「何かトラブルがあれば、店の中で噂になると思うんですよ」翔馬は言った。「それが俺の耳に届かなかったということは、特に問題は起こっていなかったんじゃないでしょうか」

　門脇は翔馬の表情をじっと観察した。相手が嘘をついているのなら、これまでの経験でたいてい見抜けるという自信がある。だが、彼が何かを隠している気配はなかった。

　休憩室のドアがノックされた。入ってきたのは店長の榎本だ。彼は門脇のほうにメモを差し出した。

「お待たせしました。龍也の新しい住所がわかりました」

「すみません、助かります」

　自宅から何か手がかりが見つかる可能性がある。門脇は礼を言ってメモを受け取った。

## 2

　ホストクラブ・シャインガーデンを出ると、塔子は携帯電話でネット検索を行った。龍也こと桐生政隆の住むマンションは杉並《すぎなみ》区高円寺《こうえんじ》にあるという。早速、移動経路とだいたいの所要時間を確認した。

　門脇は特捜本部の早瀬係長に報告の電話を入れている。

「はい……住所は高円寺です。……え？　ああ、そうなんですか。了解しました」

電話を切って、門脇は塔子のほうを向いた。

「龍也さんの家へ行くように、との指示だ。不動産会社が部屋のマスターキーを用意してくれる」

門脇はすでに、部屋の主は出てこないという前提で鍵の手配をしているようだ。それも当然か、と塔子は思った。鑑識は、右手が死後に切断されたらしいと報告しているのだ。

「わかりました」塔子はうなずいた。「とにかくマンションへ急ぎましょう」

「応援をよこしてくれるそうだ。高円寺駅で合流することになった」

「そうですか。……人手は多いほうがいいですよね。何が起こるにしても」

塔子がそう言うと、門脇は厳しい表情を浮かべた。

新宿駅から電車に乗り込む。この時間帯は帰宅ラッシュだ。車内でかなり窮屈な思いをしたが、およそ十分で高円寺駅に着くことができた。

改札を抜け、駅の南口に出る。辺りを見回していると、左手のほうから声をかけられた。

「来たな、如月。お疲れさん」

塔子は声のしたほうに目を向ける。そこに立っていた男性を見て、はっとした。

同じ十一係の先輩、鷹野秀昭だ。

身長は百八十三センチで門脇よりも高い。痩せていてひょろりとした体形だが、いざというときには瞬発力を発揮する人物だった。そして何よりも、優れた推理力で事件を解決へと導いてくれるのが頼もしい。誰からも一目置かれ、信頼される捜査員だ。

急なことに驚いて、塔子は戸惑ってしまった。

「あの、鷹野主任、お父さんの具合は大丈夫なんですか」

施設にいる父親の体調が悪く、今回はすぐには参加できないと聞いていた。

塔子の問いに、鷹野は口元を緩めて答えた。

「心配をかけてすまなかった。持病があるから完全にいい状態とは言えないが、今すぐ何かがあるというわけでもない。本人はしっかりしていて、俺にあれこれ言うものだから、また親子喧嘩になった。懲《こ》りない人だよ」

塔子は三月に施設で会った人物を思い出した。鷹野秀一郎《しゅういちろう》、歳《とし》は七十代だろうか。鷹野に輪をかけたように几帳面で、理屈っぽい感じがする人だった。その父親に、鷹野はときどき会いに行っているという。肉親だからそうしているわけだが、鷹野本人は秀一郎にいい印象を持ってはいないようだった。子供のころ、いろいろあったのだと聞かされ、鷹野に同情したことを塔子は覚えている。

「でも、これで安心ですね」塔子は言った。「鷹野主任が来てくだされば、もう……」

「おいおい」門脇が顔をしかめた。「それじゃ俺の立場がないだろう」

「ああ、すみません！　そういう意味じゃないんです」

塔子は門脇に向かって頭を下げた。門脇は苦笑いしている。

「わかってるよ。悪気はないんだろう。如月は鷹野と会えて嬉しいんだよな？」

えっ、と言って塔子は門脇を見つめた。それから鷹野のほうに視線を移し、また門脇へと戻す。

「門脇主任は嬉しくないんですか？」

塔子がそう訊くと、今度は門脇が「えっ」と言った。

「嬉しいとか嬉しくないとか、そういう話じゃないんだが……。まあいい。とにかく鷹野は貴重な戦力だ。いてくれないと捜査が滞ってしまう」

「そんなことはないでしょう」鷹野はすぐに否定した。「門脇さんと如月のコンビは、前回の事件でも成果を挙げていますからね。俺は安心して自分の捜査に専念できるというものです」

彼の言葉を聞いて、塔子は複雑な気分になった。やはり俺には如月が必要だ、とまでは言わないだろう。しかし、早く元のコンビに戻りたいとか、如月には期待しているとか、何か声をかけてもらいたかったというのが本音だ。

自分は必要とされていないのだろうかと、そんなふうに考えてしまう。褒めてほしいわけではない。だが、もう少し認めてほしいという気持ちはある。

「そうだ、紹介しておきますよ」鷹野は若い刑事を手招きした。「新宿署の兵藤《ひょうどう》巡査です」

だぶっとしたスーツを着た男性で、髪をスポーツ刈りにしている。塔子より少し若そうだ。

「兵藤充《みつる》です」彼はきびきびとした動作で一礼した。「あの有名な鷹野主任とコンビを組ませていただけて、本当に光栄です。捜査方法についてしっかり勉強してくるよう、うちの班長にも言われました。若輩者ですが、どうぞよろしくお願いします」

日ごろから上司に鍛《きた》えられているのだろう、兵藤は礼儀正しく行動する人物で、どこから見ても体育会系という感じだった。頭脳派の鷹野とは、あまり合わないのではないかという気がする。

いや、待てよ、と塔子は思った。前回の捜査で、鷹野はやはり体育会系の若手刑事とコンビを組んだ。はきはきしているし、ガッツがあっていい、と鷹野が話していたことを思い出した。

鷹野は案外、体育会系とも相性がいいのだろうか。もしそうだとしたら、塔子は分が悪いのではないか。体力的にも男性には劣《おと》るし、コンビを組むメリットがないと思われてしまうのではないだろうか。

考えているうち不安になってきた。なんとかして成果を挙げなければ、という焦りが出てくる。

門脇に挨拶したあと、兵藤は塔子に話しかけてきた。

「君が如月さんか。慣れないうちは不安もあるだろうけど、まあ頑張ってくれよな」

「え……あ、はい」戸惑いながら塔子はうなずく。

「しかしその肩掛けバッグは中学生みたいだなあ。

そんな恰好で大丈夫なのか。君、今いくつ？」

「二十八ですが……」

それを聞いて、兵藤は目を大きく見開いた。急に姿勢を正して声を張り上げる。

「どうも失礼しました！」

やはり塔子より年下だったのだ。おそらく入庁した年も一、二年あとだろう。

しきりに恐縮している兵藤に、塔子は笑いかけた。

「気にしないでください。私、若く見られがちなので」

「そうなんだよ」横から鷹野が言った。「如月はいつもこんな調子なんだ。捜査の現場でもけっこう浮いてしまう。その点、兵藤はしっかりしていそうだな」

鷹野は兵藤の肩をぽんと叩いた。どうもすみません、と兵藤のほうも苦笑いを浮かべている。

その様子を見て、塔子は少し苛立ちを感じた。鷹野が若い兵藤に気をつかい、塔子をけなしているように思えたからだ。

――コンビの経験は、私のほうがずっと長いのに……。

大人げないとは思うものの、ついそんなことを考えてしまう。

四人は目的地に向かって歩きだした。

「うちの班ではブツ捜査をしていたんですが……」鷹野が言った。「すぐには被害者の身元がわかりませんでした。門脇さんたちのほうが早かったわけですね」

「ああ、うまく情報が得られた」と門脇。

「あの右手から、どうやって被害者を調べたんですか」

「実はな……」

門脇は少し考える表情になったが、じきに塔子をちらりと見た。それから、鷹野のほうに向き直った。

「ホストクラブの人間じゃないかと、如月が気づいたんだ。調べてみたら、被害者は龍也というホストかもしれない、ということになった」

「なるほど、如月の勘が働いたんですね」

「たいしたもんだよ、如月は」

言いながら、門脇は塔子をまたちらりと見た。みなの前で評価してもらえたことを、塔子は嬉しく思った。ありがたいな、という気持ちがある。門脇に向かって、塔子は深く頭を下げた。

十分ほど歩いて、七階建てのマンションに到着した。

一階の管理人室に向かう。事前に電話連絡を入れておいたため、管理人の中年男性は、緊張した面持ちですぐに部屋から出てきてくれた。塔子は彼に近づき、警察手帳を呈示した。

「警視庁の如月と申します。お電話した桐生政隆さんの件なんですが……」

「部屋は三階です。実は、電話をいただいてから一度その部屋に行ってみまして……」

「何か気になることがありましたか？」

「ちょっとドアノブに触ってみたら、鍵がかかっていないようでした。怖くなって、ドアは開けずに戻ってきたんですが……」

管理人は顔を強張らせてそう言った。

門脇組、鷹野組、そして管理人。計五人でエレベーターに乗った。三階でかごを降り、共用廊下を歩いていく。塔子たちは白手袋を両手に嵌めた。

龍也こと桐生政隆の部屋は三〇三号室だ。表札をチェックしたあと、塔子は門脇の顔を見上げた。うん、と門脇はうなずく。それを確認してから塔子はインターホンのボタンを押した。

応答はなかった。何度か繰り返してみたが、インターホンからは何の返事もない。

ドアを叩いてから呼びかけてみた。

「桐生さん、桐生政隆さん。いらっしゃいませんか」

耳を澄ましたが、室内からはまったく反応がなかった。声も聞こえないし、ドアに近づいてくる足音も聞こえてこない。

ドアハンドルに触れてみると、管理人の言うとおり施錠はされていないことがわかった。

「事件性のものかもしれません。中に入ります」塔子は言った。

管理人は慌てて一歩うしろに下がる。

塔子がドアを開けようとすると、鷹野がそれを制した。「俺がやろう」と彼はささやき、ドアハンドルに手を伸ばした。

彼はまずドアを細めに開け、中を覗き込んだ。危険がなさそうだとわかると、ドアを大きく開けた。

「桐生さん、警察です。お邪魔しますよ」

鷹野は靴を脱いで廊下に上がった。門脇、塔子、兵藤の順であとに続く。管理人は不安そうな顔のまま共用廊下に残った。

間取りは2DKだと思われる。サイズは一般的なマンションと同じだが、内装はかなり凝《こ》っていた。転居したばかりだという話のとおり、壁のクロスは新品だし、フローリングも傷ひとつない状態だ。

ダイニングキッチンにはまだ生活感がなく、モデルルームのように見えた。奥のリビングの壁には飾り棚がある。大きな液晶テレビとオーディオラック、書棚などが据え付けられているのが見えた。

どちらの部屋にも住人の姿はない。残っているのは一部屋だけだ。おそらくそこは寝室だろう。

鷹野は茶色いドアの前に立ち、呼吸を整えている。それから、ノブをつかんでそっとドアを開けた。

すぐに彼の動きが止まった。鷹野の広い背中を見つめて、塔子は息を詰める。門脇と兵藤が怪訝そうな顔をする。

「桐生さん！」

声を上げて、鷹野が部屋に踏み込んでいった。塔子たちも急いであとに続く。

壁際にシングルベッドがあり、その隣の床に誰かが横たわっていた。明るい茶色の髪、半開きになった口。両目は大きく見開かれている。

鷹野が男性の腕を確認した。

「右手が切られています」彼はみなに報告した。

鷹野は左手の脈を調べ、総頸動脈《そうけいどうみゃく》を調べ、心臓の鼓動を確認した。それらすべてが、被害者の死亡を証明していた。

塔子たちはゆっくりと遺体に近づいた。鷹野の言うとおり、男性の右手は手首の辺りで切断されている。右腕の近くに、血で汚れた本が何冊かあった。これらの本の上に右腕を載せ、ノコギリか何かで手首を切断したのだろう。フローリングにも赤黒い血痕《けっこん》が残っていた。

「殺害したあと、床の上で右手を切ったということか」

門脇は両手を合わせて、遺体を拝む仕草をした。

兵藤はまだ殺人の現場に慣れていないのか、青い顔をしている。とはいえ、ここで情けない姿は見せられないと考えたのだろう。唇《くちびる》を引き結び、うしろから遺体を覗き込んでいた。

鷹野は被害者の顔や頭、首などを細かくチェックしていた。

「何かで殴られた痕があります。それから、首には索条痕。殴打されてふらついたところを、ロープなどで絞殺されたんでしょう」

塔子は事件当時の様子を想像してみた。

犯人はこの部屋を訪ね、ドアを開けさせた。おそらく部屋に上がって少し話をしたのだろう。そのうち隙《すき》を見て龍也を殴り、絞殺。そして右手を切断した——という流れだったのではないか。

このあと鑑識が入ることになるから、あまり現場を乱すわけにはいかない。だが、この場所には何か手がかりがあるはずだ。塔子たち四人は室内をざっと調べてみた。

「あの、鷹野主任……」

部屋の奥から声が聞こえた。壁際の机のそばに兵藤がいた。

「チラシやダイレクトメールに交じって、妙な写真がありました」

「見せてくれ」

兵藤がレターケースから三枚の写真を取り出した。鷹野はそれを受け取って見つめる。塔子や門脇も、彼の肩越しにそっと覗き込んだ。

どれも被写体となっているのは同じ女性だった。だが、ポートレートなどでないことは、ひと目でわかる。

一枚目では、その女性は首に縄らしきものを結びつけられていた。二枚目では、半裸の状態で手錠をかけられていた。そして三枚目、彼女の顔には青い痣《あざ》があり、呆然《ぼうぜん》とした状態で宙を見ているようだった。どの写真にも生気が感じられない。

「この女性……暴行を受けているんだろうか」険しい表情で鷹野が言った。

たぶんそうだ、と塔子は思った。どう考えても、これは女性が暴力を受けているシーンだろう。

写真を見ながら、門脇も眉をひそめていた。

「誰かな。もしかして、ホストクラブの客だろうか」

「卵形の顔に、髪は長め、年齢は……二十代でしょうか」鷹野が写真を指差した。「特徴としては、ここ、唇の左に小さいほくろがありますね」

塔子は顔を上げ、鷹野や門脇のほうを向く。

「龍也さん——桐生政隆さんが暴行したんでしょうか」

「その可能性が高いな」鷹野は腕組みをした。

「写真ごとに女性の洋服が違いますから、何度も暴行を加えたわけですよね。龍也さんには女性を傷つけて喜ぶ嗜虐《しぎゃく》癖があった、ということに……」

鷹野は黙ったままうなずいた。その横で、門脇も厳しい顔をしている。

「龍也さんの身辺でトラブルがなかったというの

は、おそらく嘘だろう」門脇は言った。「あるいは……彼には表裏があって、同僚たちには裏の顔をずっと隠していたのか」

塔子はもう一度写真を見つめた。

女性に暴行を加える男性は許せないという気持ちがあったし、このような暴力行為は人として見過ごせないという憤りもある。だがそれ以上に、現場を写真に撮って保存しておくのは最低の行いだと思えた。

ナンバー2ホストだった龍也が、隠れてこのようなことをしていた。もしそれが事実なら、彼を恨んでいる人物がいるのは間違いないだろう。

自分たちはこの部屋で、重大な証拠を見つけたのだ、と塔子は思った。

## 3

新宿の町はすっかり暗くなっている。気温もいくらか下がってきたようだ。

門脇は如月とともに、新宿署の特別捜査本部に戻った。署の中は冷房が効いていて心地いい。昼間はかなり暑かったから、冷気を感じてほっとした。

「すまない、如月。コーヒーを一杯だけ飲ませてくれ」

門脇が拝むような仕草をすると、如月は口元を緩めてうなずいた。

「どうぞ。私はメモを見直しておきますから」

「すぐに戻る」

軽く頭を下げて門脇は席を立った。

休憩室で自販機の缶コーヒーを買い、窓際のテーブルで一口飲む。室内にはほかに何人か捜査員がいたが、資料を見たり打ち合わせをしたりと、それぞれ忙しそうだ。

門脇は腕時計を確認したあと、ポケットから携帯電話を取り出した。ある番号に架電する。コール音を聞きながら、コーヒーをもう一口飲んだ。三コール目で電話が繋がった。

「はい、幸坂です」

相手の声を聞いて門脇は驚いてしまった。てっきり夫の幸坂が出ると思っていたのだが、これは女性だ。妻の真利子が電話に出たのだ。

「……ええと、門脇ですが」

「ああ、門脇さん」真利子の声が柔らかくなった。

「今日はどうもありがとうございました。美味しいケーキをいただいて」

「気に入ってくれたら嬉しいよ。しかし、すまなかったな。ばたばたしてしまって」

「いえ、お仕事優先ですから。……それで、どうでした。もしかして特捜本部に？」

「そうなんだ。これがまた厄介な事件でね」

「大変ですね。しばらくは家にも帰れないわけですね」

「まあ、慣れているからな。所詮《しょせん》は男のひとり暮らしだ。帰っても帰らなくても、たいした違いはないよ」

「またそんなことを……」

ふふ、と真利子は笑う。門脇の頭に、彼女の顔が浮かんできた。軽く笑わせることができたのだ。この会話は上出来だと思えた。

咳払いをしてから、門脇はあらたまった調子で言った。

「幸坂はいるかな。もし話せるようなら、電話を代わってほしいんだが」

「わかりました。ちょっと待ってください」電話の声が少し遠くなった。「礼さん、電話よ。門脇さんから」

数秒経って、男性の声が聞こえてきた。

「もしもし。幸坂です」今度は間違いなく、夫の幸坂礼一郎だ。

「急に申し訳ないな。門脇だけど」

「どうかしたのか？」

「ちょっと教えてほしいことがある。実は今、新宿署にいるんだ。歌舞伎町で事件があって、その特捜本部に入っている」

門脇の話を聞いて、幸坂は驚いたようだった。

「テレビで見たよ。人の右手が見つかったんだってな」

「まだそこから先は報道されていないと思うが、被害者はホストだった。先ほど、遺体が発見された」

「……そうか。歌舞伎町らしいといえば、らしい事件だ」

「幸坂は生活安全課が長かっただろう？　それで聞きたいんだが、ホストクラブの営業時間って、実際にはどうなっているんだっけ？　午前零時以降もやっているのかな」

そういうことか、と幸坂はつぶやいた。門脇が連絡してきた理由について、納得できたようだ。

「知っていると思うけど、接待のある飲食店は風営法で営業時間を規制されている。キャバレーやホストクラブ、その他いろいろあるが、午前零時から朝までの営業はできないことになっている。ただ、実際は営業しているんだよな。よほどのことがなければ、管轄署もいちいち取り締まらないだろう。特に歌舞伎町なんていったら、どれだけお店があるかわからないからな」

「やっぱりそうか。ホストクラブの店長と話したんだが、目がそう語っていたよ」

「店によって違うんだが、一部営業と二部営業というのがある。勤務する時間帯のことだ。夕方から午前零時までは一部、朝からお昼ごろまでが二部という感じでね。ホストは自分の生活時間帯を考えながら、勤めることになるんだろう」

なるほど、と門脇はうなずいた。

「ところで、ホストってかなり稼げるのかな。テレビを見ていると、そういうイメージがあるんだが」

「それは本当に人それぞれだと思う。月収何千万円なんていう、景気のいい話もあるしな。俺も詳しいことは知らないが、何しろ店の売上がすごいんだ。

一晩で数百万円使ってくれる女性客もいるらしい」

門脇は、夕方聞き込みに行ったシャインガーデンのフロアを思い出した。あそこで一晩に何百万円も使われるのかと思うと、どこか別の世界のように感じられる。

「でもホストって、自分で営業もしなくちゃいけないから大変だよ」幸坂は続けた。「指名してくれる客が増えれば自分の収入も増えるんだけど、客同士の嫉妬なんかもあるだろう。まあ、それを承知でやっているわけだから、仕方ないと言えば仕方ないんだが……。ちなみに名札を付けているのは新人で、収入はごくわずかだそうだ」

門脇の頭に、飛鳥という男性の顔が浮かんだ。入り口で客を出迎えていた彼は、たしかに垢抜けない印象で要領もよくないようだった。まだ稼ぎがほとんどない新人だったというわけだ。

「今回の事件は男女関係のトラブルから起こったことだと思うんだよ」門脇は言った。「実は、暴行を受けたらしい女性の写真が見つかった。暴力に耐えきれなくなった女性が、ホストを殺害したんじゃないかと推測しているんだが……」

門脇は歌舞伎町事件について手短に説明した。幸坂は相づちを打ちながら聞いていたが、やがてこう言った。

「犯人はホストを殺害して右手を切った。しかもその右手を町なかに持っていった。女性客にそこまでできるだろうか」

「中には、男並みに力のある女性もいるんじゃないか？　無理かなあ……」

門脇が自信のない声を出すと、幸坂は軽く咳払いをした。

「俺の意見を言っていいか？　体力のこともあるが、ほかにも疑問点がある。女性がつきあっていた男を殺して右手を切断したのなら、その手は大事に取っておくんじゃないだろうか」

「手元に保管しておく、ということか」

「愛情があるのなら、そうするんじゃないかな。でも今回の事件では、右手はぽんと遺棄されていたんだよな？　だとすると、右手にはあまり執着がないんだろう。そういうことからも、犯人は客の女性ではないような気がする」

門脇は唸った。幸坂の意見には説得力があると感じられる。

自分の同期の中では、幸坂はもっともできる男だった。その才覚は、休職中の今も衰えてはいないらしい。

「さすがだよ。俺が認めた男だけのことはある」

冗談めかして門脇が言うと、電話の向こうで幸坂も笑ったようだった。

「それは光栄だ」

「いろいろ教えてもらえて助かった。奥さんによろしくな」

「ああ、伝えておくよ。……早く解決できるよう祈っている」

「ありがとう。じゃあまた」

電話を切って、門脇はひとつ息をついた。俺が認めた男、などという言葉は相手に失礼だったかと少し後悔した。自分の中にあった考えが、つい口に出てしまったようだ。

――別に俺が認めても認めなくても、ふたりは結婚していたんだろうし……。

真利子にとって幸坂は、間違いなくいい伴侶《はんりょ》だろう。今は幸坂の病気という不運があるが、それを乗り越えればふたりはまた穏やかに暮らせるはずだ。自分は友人としてそれを見守ればいい。たまに手土産を持って訪ねていき、昔話をして楽しく過ごす。それで充分だ。

門脇は残ったコーヒーを一気に飲み干した。同じ缶コーヒーのはずなのに、普段飲んでいるものより少し苦いような気がした。

午後八時から、夜の捜査会議が始まった。

朝と同じように十一係の早瀬係長がホワイトボードのそばに立ち、集まった刑事たちの顔を見回す。資料を手にして彼は話しだした。

「まず私のほうから新しい情報を伝えます。午前中に見つかった右手の持ち主が、夜になって判明しました。ホストクラブ・シャインガーデンで龍也と名乗っていた男性、本名・桐生政隆、二十五歳です。今日の午前一時三十五分に勤務先を出ましたが、その後どこでどう過ごしたかはわかっていません。

そして今日、十八時半ごろに遊撃班らが桐生政隆――龍也の自宅を訪ねたところ、本人の遺体を発見しました。右手は切断されていた。また、自宅を調べた結果、ルビィメイルのバッグや装身具が複数あり、保湿クリームと白手袋も見つかりました。現在DNA鑑定を行っていますが、右手の主はこの龍也で間違いないと思われます。なお、龍也の死因および遺体の状況ですが……」

門脇はメモをとりながら早瀬の話を聞いた。

捜査一日目で右手の主が見つかったのは大きな進展だと言える。だがその遺体が見つかったことで、本件は殺人事件だと確定した。予想されていたことではあるが、それによって捜査員たちは意識を変える必要があった。犯人は殺人と死体損壊、ふたつの重大な罪を犯したのだ。

「それから防犯カメラ関連です。ドラッグストア周辺の防犯カメラからデータを借りてきており、データ分析班にチェックしてもらっています。しかし犯人はカメラの位置を把握していたのか、撮影範囲を巧《たく》みによけていたようで、今のところバッグを持った不審者は見つかっていません。明日はもう少し範囲を広げて、カメラのデータを集めることとします」

門脇は考え込んだ。歌舞伎町には防犯カメラが数多く設置されている。それをよけたというのなら、やはりこの事件の犯人は、非常に用意周到な人物だと言わねばならない。

「次に携帯電話の件」早瀬は続けた。「龍也の携帯は今も見つかっていません。もちろん自宅にもなかった。犯人が持ち去ったものと思われます。位置情報を調べようとしていますが、電源が切られているか、あるいは壊されてしまったのか、まったく反応がありません」

携帯電話には、桐生の客だった女性の名がいくつも残っているはずだ。それが見つかれば捜査はさらに進むはずだが、犯人もその点には気づいているのだろう。

一通り説明が済むと、早瀬は資料を机の上に置いた。

「それでは、各組の活動報告をお願いします。地取り一組から……」

各組が今日一日の報告を行っていく。

最後に遊撃班の門脇組が指名された。門脇は隣にいる如月をちらりと見た。うなずいて、彼女は立ち上がる。

「遊撃班の如月です。先ほど早瀬係長のお話にもありましたが、私たちの組はバッグや指輪、手袋などの品から、被害者がホストクラブに勤務する者ではないかと考え……」

如月は活動の経緯を報告していった。被害者・桐生政隆の身元を突き止めたところまではすらすら話せたが、彼の遺体を発見するくだりになると、少しペースダウンした。

「高円寺のマンションで見つかった龍也さんの遺体は……みなさんのお手元の資料に載っていますが、右手を切断されていました。また、龍也さんの部屋からは、女性を暴行した証拠と思われる写真が複数発見されました」

そこで如月は一旦、言葉を切った。しばらく考えをまとめる様子だったが、じきに再び口を開いた。

「この写真から、私は今回の事件が男女関係のトラブルから発生したのではないかと推測しました。写真に写っているこの女性は、事件と何らかの関係があるものと思います」

「いったいその女は誰なんだ」

幹部席から手代木管理官が尋ねてきた。いや、尋ねるというより、その口調には相手を責めるような印象があった。

「まだわかっていません。おそらく龍也さんのお客だった人だと思いますが」

「おまえは、その女が桐生政隆を殺害したと考えているのか？」

「可能性はあると思っています」

「男を殴って、絞殺して、その上右手を切断したと？」

手代木はピンク色の蛍光ペンを如月のほうに向けようとした。部下を追及するときの仕草だ。

だが、はっきりした声で如月は言った。

「一般的な女性が龍也さんを殺害できたかどうか、それはわかりません。管理官のおっしゃるように、体力的な問題で難しいかもしれません。でも、こう考えたらどうでしょうか。この写真の女性から相談を受けた男性が、龍也さんを憎んで殺害したとしたら……」

「女を気の毒に思って、代わりに殺したということか」

「私の想像でしかありませんが、もしかしたら犯人は写真の女性に好意を抱いていたのかもしれません。そういう意味でも、本件は恋愛感情のもつれに起因するのではないかと思うんです」

手代木はしばらく如月の顔を見ていたが、蛍光ペンにキャップを嵌めた。彼はそのまま手元の資料に目を落とす。どうやら如月を追及するのはやめたようだ。

それを見て、門脇は安堵の息をついた。

写真の女性が犯人だという考えは一見わかりやすいが、細部を見ていくといろいろ問題が出てくる。先ほど電話で話した幸坂も、いくつかの点を指摘していた。彼の話を聞いてから門脇の考えも、犯人はその女性ではないだろうという方向に傾いていた。だから、もしここで如月が、写真の女性が犯人だと主張するのなら、横から口を出さなくてはならないと思ったのだ。

しかし如月は一歩先まで考えを進めていた。写真の女性に別の男がいたとすれば、その男の犯行だという筋読みが可能となる。無理のない推測だ。

全員の報告が済むと、早瀬は幹部席のほうに目を向けた。うなずいて、神谷課長が椅子から立つ。彼は重々しい口調で言った。

「前の会議で手代木管理官が指摘したが、本件は劇場型犯罪の可能性がある。犯人はマンションで桐生政隆を殺害した。そして遺体の一部、右手だけを持ち、人通りの多い道のそばに遺棄した。もしかしたら犯人はスリルを楽しんでいるのかもしれない」

「そうですね」手代木がうなずいた。「私の考えを課長にも認めていただけて、嬉しく思います」

「これが劇場型犯罪だとすれば、今回の『舞台』は歌舞伎町だ。暴力団員なのかマフィア、半グレ、あるいは歌舞伎町に集まる若い連中なのか……。いずれにせよ、犯人があの町に潜んでいる可能性を考えておくべきだろう。みんな注意して行動してほしい。聞き込みをしている間、犯人がすぐそばを通るかもしれない。気をつけてくれ」

たしかに、と門脇は思った。犯人はどこに隠れているかわからない。

夜ごと人々が集まって酒を飲み、げらげら笑い、欲にまみれた会話を行う歌舞伎町。もし犯人があそこに潜んでいるとしたら、見つけ出すのは容易ではないだろう、という気がした。

夜の捜査会議が終了したのは、午後十時過ぎのことだった。

すでに遅い時間になっているが、そのまま仕事を終える者はほとんどいない。捜査初日の今日、やるべきことは山ほどあった。自分たちが集めた情報をまとめる必要があるし、ほかの組の報告が自分たちの捜査と関係あるかどうか、考えを深める必要もある。

門脇は十一係の同僚たちに声をかけ、署の休憩室に移動した。如月と尾留川が買ってきてくれた弁当を食べながら、打ち合わせをしようという考えだ。

「まだ捜査は始まったばかりだ。この段階の筋読みで、方針が大きく変わることもある。できるだけ多くの可能性を検討していこう」

みなを見回しながら門脇は言った。

集まったのは門脇のほか、鷹野、徳重、尾留川、如月の五名だ。このメンバーは特捜本部入りするたびに、食事をしながら情報交換を行っている。自分たちで「門脇班の打ち合わせ」と呼んでいたのだが、最近は周りから「殺人分析班のミーティング」などと言われるようにもなった。「殺人分析班」という部署は存在しないが、門脇は案外その名前を気に入っている。

みな、それぞれの弁当を食べ始めた。門脇の前には焼き肉弁当とサラダ、みそ汁がある。捜査員は食べられるときに食べておかなくてはならない。体力を使う仕事だし、場合によっては不眠不休の捜査が続くこともある。

やるときはやる、というのが門脇の方針だ。逆にいうと、休憩できるときは休憩しよう、という考え方だった。

「尾留川は歌舞伎町に詳しいのか」門脇は後輩に尋ねた。「おまえとはよく新宿に飲みに来るが、新宿三丁目のほうばかりだよな」

「三丁目は俺の庭みたいなものですよ」笑いながら尾留川が答えた。「それに比べると、歌舞伎町には行かないですね。俺、品行方正な人間なんで」

「品行方正が聞いて呆《あき》れるよ。……でも、俺もそうだ。わざわざ歌舞伎町へ飲みに行くことはないなあ」

向かい側の席から如月が尋ねてきた。

「門脇主任ほどの方でも歌舞伎町はちょっと警戒する、という感じですか？」

「警戒するというより、面倒なことに巻き込まれたくないんだよ。ああいう場所だから、トラブルは毎日起こっている。自分は大丈夫でも、絡まれている会社員なんかを見たら放っておけなくなるだろう。俺の性格だと、非番でも見て見ぬふりはできないからな」

「さすがです」トマトジュースの紙パックを手に取りながら、鷹野が言った。「警察官の鑑《かがみ》というべきか。……如月は、門脇さんのそういうところをしっかり見習わないとな」

「そうなんですよ。とても勉強になります」

真面目な顔で如月はそんなことを言う。食事中の雑談ということもあって、門脇は彼女を少しからかってみたくなった。

「俺の捜査はあまり頭を使わないからな。如月には物足りないんじゃないか？」

「そんなことはありません。門脇主任もしっかり頭を使っているじゃありませんか」

「そうかな。自分じゃ思い出せないんだが」

「大丈夫ですよ。ちゃんとやっていらっしゃいます。私も思い出せませんけど」

「なんだよそりゃ」門脇は笑いだした。「おまえも言うようになったなあ」

すみません、と頭を下げて如月も苦笑いしている。

このメンバーで捜査を始めてから、すでに二年以上が経っている。新米だと思っていた如月も、いつの間にかこんな冗談を口にするようになった。いい感じにチームが仕上がってきている、という実感がある。

——とはいえ、このチームがずっと続くというわけじゃないよな。

組織だからいつ誰が異動になるかわからない。何かの理由で、自分から別の部署を希望する者もいるだろう。あるいは、捜査を続ける中で何か予期せぬトラブルに巻き込まれるおそれもある。

門脇は椅子に腰掛けたまま、左脚のふとももをさすった。もう痛みはほとんどないのだが、傷痕は今もある。去年の十月の事件で、被疑者に撃たれた痕だ。あのときは後輩たちにも迷惑をかけた。

今後、凶悪な犯罪者と対峙する中で、自分たちはきっと危険な目に遭うだろう。女性だからというわけではないが、体の小さい如月のことはやはり気になった。本人は大丈夫だと言う。しかし猪突《ちょとつ》猛進とばかりに突っ込んでいく姿勢は、いずれあらためさせたいと思っている。

全員が食べ終わったのを確認して、門脇はミーティングを始めることにした。

「よし、如月、いつものノートを頼む」

「了解です」

彼女は書記役だ。今日もノートを広げ、門脇が挙げた問題点、疑問点を記録していった。

■歌舞伎町事件

(一)龍也(桐生政隆)はなぜ殺害されたのか。★店の客から恨みを買った?　★または、客とは別の人物に恨まれた?

(二)なぜ龍也の右手を切断したのか。

(三)右手を歌舞伎町のドラッグストアに遺棄したのはなぜか。★龍也が歌舞伎町のホストだったから、同じ歌舞伎町に遺棄?

(四)右手の布手袋に意味はあるのか。★被害者は龍也だというヒント?

(五)ルビィメイルのバッグに右手と指輪を入れたのはなぜか。★被害者は龍也だというヒント?

(六)龍也の部屋にあった写真は、女性を暴行したときのものか。あの女性は誰か。★龍也の客?

(七)なぜ犯人は防犯カメラに写らなかったのか。

★歌舞伎町に設置された防犯カメラに詳しい？

ノートに書かれた文字を見て、門脇は腕組みをした。

「今回は項目が少ないな。まあでも、これしかないんだよな。衝撃的な事件だが、わかっていることは非常に少ない」

「大きな疑問はふたつだけなんですよね」徳重が言った。「誰がやったのか。そして、なぜやったのか。……そう考えると、この事件の構造は案外単純だという気もします。会議で話が出ましたが、犯人は写真の女性から話を聞き、義憤に駆られて殺人を犯したのかもしれません」

「義憤に駆られるなんて言葉、久しぶりに聞きましたよ」と尾留川。

「まあ、尾留川くんはあまり義憤に駆られそうにないからね」徳重は口元を緩めた。「すみません、冗談はいいとして……。被害者はホストですから、男女間のトラブルという発想が出てくるのは自然だと思います。そうだよね、如月ちゃん」

急に徳重に名前を呼ばれて、如月は驚いたようだ。

「あ、はい」彼女は少し考えてから答えた。「今、義憤という言葉を聞いて、なんだかしっくりきました。お客さんがホストにお金を貢ぐため、借金をしたり、風俗の店で働くようになったりすることがありますよね。もし写真の女性がそうなっていて、挙げ句の果てに龍也さんから暴力を振るわれていたとしたら、ひどい話だと誰でも思うはずです。あの女性に好意を抱いている男性だったら、なおさらでしょう。まさに義憤に駆られて事件を起こす、という感じだったのかもしれません」

そうだね、と徳重は言った。

「充分考えられることだよ。……しかしちょっと意外だったな。如月ちゃんはそういう話は苦手だと思っていたから」

如月は驚いたという顔でまばたきをした。彼女はみなの顔を見回した。

「たしかに得意ではないです。でも女だからというか……女だからこそ、こういう話は避けて通れない場面がありますよね。もしかしたらこの先、風俗関係の女性を助けることになるかもしれないし、調べることになるかもしれません。そのときに必要な知識を持っていなかったら私自身も困るし、相手も困ると思うんです」

彼女の言葉を聞いて、門脇も意外に感じていた。如月は「女性捜査員に対する特別養成プログラム」の対象となって、長らく鷹野とコンビを組んでいた。それは彼女を優秀な捜査員に育て上げるためのものだったはずだ。いつまでも新米だと思ってしまうのは自分たちの悪い癖だと、門脇はひそかに反省した。

あれこれ議論が尽くされたが、今の段階では結論が出るはずもない。課題点の確認をして、ミーティングを終わらせることにした。

弁当のごみを片づけ始めた如月に、門脇は話しかける。

「昼間の聞き込みで美容院に行ったとき、黒いスーツの男が現れただろう」

「ああ、いわくありげな感じの男ですね」

「調べてみたんだが、やっぱり組員だったよ。対馬泰三《たいぞう》といって、保志野《ほしの》組の人間だ」

「みかじめ料か何かのことで訪ねてきたんですね？」

「おそらくな」

そうですか、とつぶやきながら、如月はポリ袋にごみを入れた。きゅっと口を縛ったあと、門脇のほうを向く。

「あの件は我々の管轄ではありませんから、何も考えないようにしています。でも主任、もし保志野組が今回の殺人事件に関係あるとわかったら……」

「もちろん、そうなったら遠慮なくやるさ」

「その言葉を聞いて安心しました」

如月がうなずくのを見て、門脇は心強く感じた。事件解決のためにはあらゆる手を尽くす、という覚悟が感じ取れる。

門脇は腕時計を確認した。そろそろ午後十一時半になろうとしている。

「如月、こんな時間で悪いんだが、俺は出かけようと思う。おまえはどうする？」

「捜査ですか？」如月は不思議そうだったが、じきに意図を理解したようだ。「ああ、そうですよね。この時間でないとできないこともあるし……。行きましょう」

「察しがよくて助かるよ」門脇は苦笑いを浮かべる。

「私、こう見えても刑事ですから」

そんなことを言って、如月も笑顔を見せた。

徳重たちに事情を話し、門脇と如月は捜査に出かけることにした。

## 4

夜の歌舞伎町は圧倒的に華やかで、煌《きら》びやかだった。

同じ通りのはずなのに、昼間の雰囲気とはまったく違う。塔子がまず驚いたのは電飾の多いことだった。どの看板にも色とりどりの明かりが灯《とも》り、視覚からの刺激が半端《はんぱ》ではない。見ているだけで、人間のさまざまな欲が刺激されるような気がする。

すでに午前零時を回っていた。

塔子と門脇は雑居ビルの一階にあるカフェに入り、窓際の席から外を見ていた。ちょうどここから、ホストクラブ・シャインガーデンのあるビルが観察できる。あの店に出入りする者は必ずビルのエントランスを通るはずだ。ここで注意を払っていれば見逃すことはないだろう。

「ひとり来たぞ」

飲みかけのコーヒーカップをテーブルに置いて、門脇がささやいた。

塔子も把握していた。今、そのビルからひとりの女性が出てくるところだ。目立つ恰好ではないが、上品なデザインの服を着ているのがわかる。彼女は今夜いくらぐらい使ったのだろう、と塔子は考えた。十万円単位だろうか。それとも百万円単位の金をホストのために払ったのか。

もしそれをツケにした場合、売掛金として回収する責任があるのはホスト自身だという。シャインガーデンでもそういうルールだろうから、きらきらしたフロアで働いているホストたちは、みな金に関する悩みを抱えているのかもしれない。

観察を続けるうち、客が立て続けに数人出てきた。それが一段落すると、今度は細身の男性がひとり、ふたりと姿を見せた。仕事を終えたホストたちだ。今夜の営業は終わりになったものと思われる。

「俺の同期の幸坂っているだろう」門脇が話しかけてきた。「ほら、奥さんが通信指令センターで働いている……」

「ええ。二ヵ月前でしたっけ、話を聞きに行きましたね」

「幸坂礼一郎は生活安全課が長かったから、風俗営業のことを訊いてみたんだ。ホストクラブは零時以降の営業を禁止されているが、実際はみんな店を閉めていないらしい」

「でも今日はお客さんが早く帰っていきましたけど……」そこまで言って、塔子は気がついた。「そうか。龍也さんの事件があったから、警察の目を気にしているんですね。注目されている中、法律違反をするのはまずいということで」

「あの店長はなかなかできる人間だと思う。そういうところは抜かりないってわけだ」

「なるほど……」

そのまましばらく待つと、知っている男性が現れた。ナンバー1ホストの翔馬だ。街灯の下、もともと色白の肌がさらに白く見える。辺りを見回す様子や、ゆっくりと歩きだす姿がさまになっていた。人気が出るのも当然だと思える。

「追いますか?」

腰を浮かせて塔子は尋ねた。だが門脇は落ち着いていて、立ち上がる気配がない。

「翔馬のことは別の組に任せてある。俺たちはあっちだ。ほら、出てきた」

門脇はエントランスから現れた別の男性を指差した。塔子たちが店を訪ねたとき、入り口にいた若いホストだ。その後、店長のところまで案内してくれた。

「たしか、飛鳥さんですよね。名札にそう書いてありました」

「名札を付けているのは新人らしい。まだ客の指名を受けていないんだと思う」

「じゃあ、お店のことにもあまり詳しくないのでは……」

「いや、店長が言っていただろう。指名してほしいという焦りがあって、彼は先輩たちにいろいろ質問しているって。たぶんホストとして成功するためのコツを訊いているんだろう。そういう話の中で、他人の噂が出てくることは充分考えられる」

門脇は立ち上がり、伝票を持ってレジに向かった。彼が会計を済ませている間に、塔子はカフェを出て対象者を確認した。飛鳥は雑居ビルから離れ、背中を丸めて西のほうへと歩きだしていた。

外に出てきた門脇に、塔子は飛鳥の居場所を伝えた。うなずいて門脇は対象者を追う。ネオンサインに照らされて歩く彼に、門脇はうしろから声をかけた。

「飛鳥さん、お疲れさまです」

足を止めて飛鳥は振り返った。ひどく驚いている様子だ。まさかこの時間に刑事が現れるとは思っていなかったのだろう。

「あ……ええと、どうして？」

「仕事が終わるのを待っていたんですよ」門脇は明るい調子で言った。「少しお話を聞かせてもらえませんか」

「……店長からいろいろ聞いたんじゃないんですか？」門脇をちらりと見たあと、飛鳥は塔子に尋ねた。「あなたも一緒にいましたよね」

「ええ、いました。ですが、その……もう少しお訊きしたいことがありまして」

塔子は曖昧な笑顔を見せる。

真剣な表情で、門脇は一歩前に出た。

「飛鳥さん、あなたに訊きたいんですよ。あなたでなければ駄目なんです」

門脇は相手の背中に手を回し、近くの路地へ連れ込んだ。ひとけのない場所で刑事と向き合うことになり、飛鳥は不安そうだ。辺りを見回したあと、彼は眉をひそめた。

「どういうことですか。僕は何もやってませんよ」

強い口調だったが、緊張していることは明らかだ。門脇は声のトーンを落として、穏やかに話しかけた。

「今日、あなたは我々を店長さんのところに案内してくれましたよね。そのときの振る舞いを見て、ああ、この人はしっかりしているなと思ったんです」

「僕が……しっかりしている？」

「私も長く刑事をやっています。努力している人のことは、ひと目でわかります。飛鳥さんはおとなしいタイプですが、見えないところでずっと努力してきたんじゃありませんか？　この業界に入ると決めた背景には、何か理由があるはずです。そうですね？」

飛鳥は視線を逸らして黙り込んだ。この刑事はいったい何が目的なのかと、思案しているのだろう。

門脇はもう一言、付け加えた。

「あなたのような人が一番信頼できるんです。だからお願いに来ました」

「お願い？」

首をかしげて飛鳥は聞き返してきた。ええ、そうです、と門脇はうなずく。

「あなたはシャインガーデンに入って、それほど経っていないでしょう？」

「……まだ三週間です」

「そういうあなただから、私は声をかけたんです。飛鳥さんは今、スタッフ的な仕事をしていますよね。お店にいる大勢のホストを見て、思うところがあるはずです」

「思うところというのは？」

「お客である女性を、自分の道具としか見ていないようなホストがいますよね？　ホストクラブの仕組みとして、それは仕方ないのかもしれません。でも、あなたはそれをよく思っていないんじゃありませんか？」

何か言おうとしたようだが、飛鳥は言葉を呑《の》み込んでしまった。

横でその様子を見ていて、塔子は門脇の手腕に驚かされた。飛鳥が先輩たちからいろいろ聞いている、という話は店長の口から出た。だが、飛鳥がほかのホストを批判的に見ているとは誰も言っていない。門脇は自分の推測だけでそれを見抜き、飛鳥に質問をぶつけたのだ。

そして、門脇のその読みはどうやら当たっているようだった。

「……先輩の悪口は言えませんよ」

「ああ、いえ、違うんです」門脇は首を横に振った。「悪口なんかじゃありません。あなたはお店をよくするために、正しいことをするんです。我々警察官がホストクラブを調べている意味がわかりますか？」

「……え？」

「女性客が風俗で働いて金を稼ぎ、それをホストに貢ぐという構図があります。今は見過ごされていますが、当然それは問題ですよね。人生を棒に振る女性もいるんですから」

「まあ、そういう話も聞いたことはありますけど」

「正していく必要がありますよね。そのためにあなたの情報が必要なんです。……もちろん、あなたがネタ元だということは誰にも言いません。そこは安心してください」

門脇はフレンドリーな態度を見せている。これは効果的だな、と塔子は思った。

実際には、ホストと女性客との関係を問題視するような動きは起こっていない。警察はあくまで龍也殺害の件を調べるために捜査しているわけで、今、門脇は飛鳥に嘘をついていることになる。

門脇は声を低めて言った。

「本来はみんな、あなたのように真摯《しんし》な態度をとっていたと思うんです。でもホストクラブの環境に慣れてしまうと、だんだん自分に甘くなってしまうんでしょうね。……そういうわけで、私は飛鳥さんに注目しました。まだホストという職業に染まりきっていないあなたなら、私の話をわかってくれると思ったわけです」

「まあ、そう言われるとね……。僕もいろいろ気になっていることはありますよ」

「飛鳥さん、あなたから見て先輩のホストたちはどうですか」

門脇は相手の目を覗き込んだ。まだ少しためらう様子だったが、じきに腹を決めたのだろう。飛鳥は話し始めた。

「刑事さんの言うとおり、ホストという仕事に慣れてしまうとお客さんへの態度が変わりますよね。親しくなるのはいいんです。だけどお客さんに無理をさせて、すごく高い酒を注文させたりするんですよ。自分の売上のためだけにね。まあ、それがホストの世界だと言われればそうなんですけど、さんざん利用されて捨てられてしまう女性の話なんかを聞くと、やっぱりひどいなと感じますよね」

「ナンバー1の翔馬さんとナンバー2の龍也さん、

ふたりの関係はどんな感じでしたかね」

「前からあのふたりはライバルだったみたいです。長いこと龍也さんがナンバー1だったそうですが、最近、翔馬さんがトップになりました。ライバルですから仲がよかったとは言えないですよ。店では口も利かないようでした」

次第に言葉が滑《なめ》らかになってきた。やはり新人の飛鳥には、いろいろ言いたいことがあったのだ。

「龍也さんの事件はご存じですよね？」

「ドラッグストアで見つかった右手が龍也さんのものだった、という話ですよね。龍也さんの遺体が見つかったというのは、ほんの二時間ほど前に聞きました」

「夜になって、遺体が発見されました。店長さんには電話で伝えましたが、ニュースではまだ流れていないはずです」

「そういうことですか。……でも報道されていないからって、平気で営業を続けるのはどうかと思いますよ。お客さんには、龍也さんは今日休みだって説明してましたけど、あとで事件のことがわかったら大変でしょう」

彼の言うとおりだった。龍也はナンバー2ホストだったのだから、指名も多かったはずだ。今日来店して落胆した客もいただろうし、亡くなっていたとわかれば店の不誠実さが指摘されるのではないか。

「龍也さんがお客さんから恨まれていたってことはないですか？」

「ある……かもしれません。龍也さんはグイグイ行くタイプで、親しくなったお客さんにはけっこうわがままを言っていたみたいです」

「だったら、何かひどいことをされて龍也さんを恨む女性がいても、おかしくはないですよね」

「ええ、それはあり得ますね」

門脇が塔子のほうに視線を送ってきた。塔子はバッグから資料ファイルを取り出し、写真のコピーを手渡す。

龍也の家で見つかった女性の写真だった。暴行されていると思われるシーンだから、取り扱いには注意が必要だ。それを意識してのことだろう、手錠などの部分はトリミングされ、顔だけがコピーしてあった。

「この女性を知りませんか」門脇は尋ねた。「龍也さんの家で見つかった写真です。彼の交際相手だったんじゃないでしょうか。遡《さかのぼ》れば、店のお客さんだったのかもしれません」

飛鳥は写真をじっと見つめた。

「見たことないですね。すみません、さっきも言ったとおり、僕はお店に来てまだ三週間なので……」

「この三週間以内には来店していない？」

「そう思います。僕がこの人を見ていたら、たぶん忘れないでしょうから」

少し恥ずかしそうな顔をして、飛鳥は言った。そのあと彼は、何か思い出したという表情になった。

「ホストがお客さんと男女の仲になるのは自由らしいんですよ。その関係でしょうか、龍也さんにはちょっと心配事があったみたいで……」

「この写真の女性のことですか？」

塔子は横から尋ねた。飛鳥はこちらを見てうなずく。

「もしかしたら、そうだったのかも」

「龍也さんがこの女性とトラブルになっていた、という可能性はありますよね」門脇は言った。「たとえば彼女に金を稼がせるため、無理に水商売をさせていたとか……」

「それはわかりません」飛鳥は咳払いをした。「でも僕、龍也さんの名誉のために言いますけど、この業界はけっこう精神的にきついらしいんですよ。ホストの中にも、ストレスで仕事を辞めてしまう人がけっこういるみたいです」

「そんな中、ナンバー1ホストになった翔馬さんは立派ですね」

「あの人は……」飛鳥は言《い》い淀《よど》んだ。「龍也さんとは別の種類の冷たさがありますよね」

「何か気になることでも？」

「ここだけの話ですが、翔馬さんはすごい野心家なんです。『俺はどんな手を使っても、邪魔な奴を排除する』なんて言っているのを聞いたことがあります。店長のことも、ちょっと馬鹿《ばか》にしているようなところがあって……。売上がすごいから、店長も何も言えないんですよ」

「なるほど」

「それでね、翔馬さんと親しかったホストが二週間前、急に辞めてしまったんです。詳しいことはわからないんですが、翔馬さんをすごく怒らせてしまったとかで」

塔子は門脇と顔を見合わせた。今日店で会った翔馬は、色白でスマートな好青年という印象だった。しかし彼には、また別の顔があるということか。

一通り話を聞き終わってから、門脇は飛鳥に会釈をした。

「ありがとうございました。最後にひとついいですか。あなたの本名は？」

「ああ……そうですね。僕は山田健《やまだたけし》といいます。平凡な名前でしょう」

「いいえ、そんなことは……」

「いいんですよ。名前も顔も、僕にはぱっとしたところがないんです。だからホストの業界に入って、自分を変えたいと思いました。こんなふうに地味な人間でも、ちょっとは注目されたいじゃないですか」

そういう動機もあるのか、と塔子は思った。結局のところ、人の行動原理は本人にしかわからない。表面的には理解できたとしても、深いところにある本当の理由を知るのは難しい。

飛鳥には飛鳥なりの理由があり、理想があるということなのだろう。

# 5

飛鳥こと山田健と別れたあと、門脇たちはもうふたりのホストから話を聞いた。

店や業界についてそれぞれ思うことはあるようで、いろいろと愚痴《ぐち》を聞かされた。だが、今回の事件に関する手がかりは得られなかった。

午前一時半を過ぎると、もうホストは出てこなくなった。まだ店長の姿を見ていないが、事務作業などがあるのかもしれない。何か事情があって、このまま泊まっていくことも考えられる。

門脇は同僚に一本電話を入れたあと、新宿署に戻ることにした。

ネオンサインを横目に見ながら、如月とともに歌舞伎町の通りを歩いていく。客引きは禁止されているはずなのだが、それらしき男がちらほら見えた。面倒なことになるから、俺には声をかけるなよ、と念じながら門脇は足を進めていく。

「飛鳥さんへの聞き込み、ちょっと驚きました」如月が話しかけてきた。「門脇主任があんな勢いで喋《しゃべ》るのを見たのは初めてです」

「そうだよな。彼を逃さないようにと一生懸命だった。疲れたよ」

「説得するというのは、相手を丸め込むのと同じなんですね……」

「なんだ？　どうした、急に」

「ああ、申し訳ありません。丸め込むというのは言葉が悪いでしょうか。でも、勉強になりました。答えにたどり着く方法はたくさんありますよね。ときには門脇主任のように、力でねじ伏せるようなことも必要なのかなと」

「いや、俺は力でねじ伏せてはいないぞ」

「ああ……すみません。そうですよね、今回はねじ伏せてはいませんよね」

如月はばつの悪そうな顔をする。こちらに向かって彼女は小さく頭を下げた。

新宿署に戻り、講堂に入っていく。

すでに午前二時に近いのだが、まだ十名ほどの捜査員が残っていた。前のほうの席に十一係のメンバーがふたりいた。鷹野と尾留川だ。

「お疲れさん」門脇はふたりに声をかけた。「夜中にすまないな」

「いかがでしたか。夜の歌舞伎町は」

尾留川がおどけたような口調で言う。門脇は顔をしかめてみせた。

「どうも落ち着かなくて駄目だな。飲みに行くんなら、やっぱり三丁目のほうか。……まあ、今夜は飲んでないけどさ」

「捜査が一段落したら飲みに行きます？」

「そのうちな」うなずいたあと、門脇は鷹野のほうを向いた。「なんだ、鷹野は寝ていてくれてよかったのに」

「資料を見て、少し考えたいことがありましたから。トクさんは疲れているようだったので、先に休んでもらいました」

「そうか……。まだ事件の全貌《ぜんぼう》が見えていないから、捜査も手探りという状態だ。早く筋読みができるといいんだが」

門脇は鞄を机に置き、椅子に腰掛けた。隣に如月も座った。特捜本部に戻ってきて、彼女も少し気分が落ち着いたようだった。

「如月も悪かったな。大変な時間外労働だ」門脇は彼女を労《ねぎら》った。

「いえ、時間のことは大丈夫なんですが、やっぱりあの町に行くと緊張しますね」

それはそうだろうな、と門脇は思う。単なる情報収集だといっても、どこで犯罪に出合うかわからない。警察官としては最大級の警戒が必要だし、女性であればまた別の緊張感もあるだろう。

「ところで尾行のほうはどうだった？」

門脇が尋ねると、尾留川は表情を引き締めて報告を始めた。

「翔馬こと将田拓馬の行動確認をしてきました。翔馬はシャインガーデンを出たあと歌舞伎町二丁目の占い店に十五分ほど滞在。そのあとタクシーで中野《なかの》にある自宅マンションに戻りました。しばらく俺が監視しているとベランダに出てきて、煙草《たばこ》を吸いながら十分ほど誰かに電話していたようです。なんだか口論しているような気配もありましたね」

「客の女性と話していたのか、それとも別の誰かだったのか」門脇は腕組みをした。「あの翔馬という男も一癖《ひとくせ》ありそうだな」

「人気のホストですからね」鷹野が言った。「きっとコミュニケーション能力は高いでしょう。人の気持ちを操るのがうまいのかもしれない」

彼はデジタルカメラの表示を確認している。今回の捜査でも、鷹野は行く先々で写真を撮っているのだろう。それに対抗してか、如月が携帯で写真を撮っていたことを門脇は思い出した。

「そういえば……」尾留川が真面目な顔で言った。「尾行中、歌舞伎町の通りを歩いていて、度肝を抜かれるようなことがありました」

「何かあったのか」眉をひそめて鷹野が尋ねる。

「おまえどこの店のホストだ、でかいツラして歩いてるんじゃねえ、って絡まれまして」

「なんだ、そういうことか」鷹野は後輩を見つめた。「言われてみれば納得だな。なるほど、尾留川はもともとホストっぽかったのか」

「たしかにそうですね。尾留川さん、ホストっぽく見えますよ」

如月も納得したという表情になっている。一方、尾留川のほうは顔をしかめていた。

「いやいや、想像していた反応と違いますよ。ここは笑うところでしょう？」

軽い冗談のつもりだったのだろうが、空振りとなってしまったようだ。

明日の予定を確認し合って、臨時の報告会は終了となった。

尾留川、如月の順で出ていくのを見送ってから、門脇は大きく伸びをした。これでようやく初日の捜査活動が終わる。いつにもまして、一日が長く感じられた。左脚をそっとさすってみる。まだそれほど疲れは出ていないし、古傷が疼《うず》くこともない。明日も捜査に集中できそうだ。

そのとき、携帯電話にメールの着信があった。こんな時間に誰だろう、と門脇は液晶画面をチェックする。そこには幸坂礼一郎の名があった。

《お疲れさまです。幸坂です。眠れなくなってしまって夜中にメールしています。風俗営業法のことですが、電話で話し忘れたことがありました。以下に説明します。捜査のお役に立てば幸いです》

風営法とキャバレー、ホストクラブなどの関係について、情報がまとめられていた。かなり詳しいことも書いてある。持つべきものは親切な友人だ、と門脇は思った。

簡単に礼のメールを送っておく。

幸坂の姿が頭に浮かんできた。ずっと家にいるせいか、彼は顔色がよくなかった。体調が悪ければ気分も晴れないだろうし、逆に、精神的な落ち込みから体調が悪くなることもあるだろう。暑い時期ではあるが、少し太陽の光に当たったほうがいいのでは、という気がする。

幸坂の次に門脇が思い出したのは真利子の顔だった。夫の調子が悪ければ、彼女の表情も冴《さ》えなくなる。今日――いや、日付が変わってもう昨日だが、自分が会ったときは明るく振る舞っていた。しかし、幸坂とふたりでいるときはどうなのだろう。

「俺はそろそろ寝ますが、門脇さんはどうします？」

書類を片づけながら鷹野が尋ねてきた。

特捜本部の中を見回すと、門脇と鷹野のほかにはもう数名しか残っていなかった。がらんとした講堂の中、エアコンの音がかすかに聞こえている。昼間はまったく気がつかなかった音だ。

「俺も寝るかなあ」

門脇はつぶやいた。ふたりきりだという気安さから、つい大きなあくびが出た。

「……門脇さんのあくび、久しぶりに見ましたよ」

「如月や尾留川の前では、あまり気を抜けないからな」

たしかにね、と鷹野はうなずく。門脇は頬杖《ほおづえ》をついて少し考え込んだが、やがて彼に話しかけた。

「今の時点で、鷹野はこの事件をどう見ている?」

「暴行を受けたらしい女性の写真も出てきたし、やはり男女の間のトラブルが原因じゃないでしょうか。……まあ正直、俺は恋愛関係に疎《うと》いのでよくわからないんですが」

「よくわからないのに、そう推測するのか?」

「今、手元にある情報を分析すれば、それが妥当だろうという話です。現段階ではそう推測するのが自然でしょう」

「恋愛感情については一旦おいといて、殺しの動機面から男女間のトラブルだと考えるわけだな」

「ええ。人を殺害するときの感情の爆発は、俺も理解することができます。その方向で読み解いていけば結論は出ますよ」

鷹野らしい意見だった。門脇はもっと情のことを考えてしまうのだが、鷹野のように割り切っていけば、いろいろなことがすっきりするのかもしれない。

ふと思い立って、門脇は鷹野に質問してみた。

「実は、俺の同期が病気で休職しているんだが、奥さんを励《はげ》ますにはどうしたらいいかな」

鷹野は意外だという顔をした。首をひねり、しばらく思案してから彼は答えた。

「話を聞いてあげたらいいんじゃないでしょうか。身内には悩みを打ち明けにくいかもしれません。直接関係のない門脇さんになら、愚痴をこぼしやすいのではないかと」

「なるほど。でも旦那《だんな》さんもいることだし、あんまり細かいことまで話題にするのはなあ……。あれこれ質問したら変に思われるんじゃないか？」

「いや、違いますよ。門脇さんは質問するんじゃなくて、愚痴を聞いてあげるんです」

「あ、そうか。……しかし最初はどうする？　悩みがあれば話を聞くよ、と言えばいいのか」

「うん、いいんじゃないですかね」

「……でも、ちょっとストレートすぎないか？　なんで私の悩みを聞きたがるんだろうとか、この人どういうつもりだろうとか、警戒されないかな。嫌われたらどうしよう」

門脇があれこれ言うのを聞いて、鷹野はため息をついた。

「結果が心配だっていうんなら、何もしないほうがいいんじゃないですか？　黙っているのが一番だと思いますけどね」

「おい、突き放さないでくれよ」門脇は相手を見つめた。「鷹野、おまえ冷たいなあ」

「そんなことを言われても……」

鷹野は右手の指先で、自分のこめかみを掻《か》いている。困ったな、という心の声が聞こえてきそうだ。

「たぶんこういうのは、その人次第なんですよ」鷹野は言った。「お互いに気心の知れた相手なら、自然に悩みの話も出てくるでしょう。そうなれば、門脇さんが何かアドバイスできるかもしれない。慌てずにチャンスを待ったらどうですか」

「わかった。その手でいこう」

「それでうまくいけば門脇さんの株が上がります。さらに詳しい話が聞けるんじゃないですかね。……まあ、俺にはよくわかりませんけど」

最後の一言が引っかかるものの、鷹野に説得されて少し元気が出た。

同期の幸坂を励ましたい、という強い思いが門脇にはある。そのためには、妻の真利子に元気を出してもらわなくてはならない。愚痴を聞くことで彼女の負担が減るのなら、いくらでも聞こうという気になっていた。

――この捜査が一段落したら、また電話してみるか。

門脇はポケットから携帯を取り出し、電話帳を確認してみた。幸坂家の固定電話のほか、彼女の携帯番号も登録してある。名前の欄には《柴山真利子》とあった。

直しそびれて、彼女の名前は今も旧姓のままになっていた。

## 6

完全に動きが止まるまで、どれくらいかかっただろうか。

ほんの数十秒だったような気もするし、五分以上だったような気もする。とにかく今、自分の足下にはひとりの男が横たわっていた。

口をあんぐりと開け、両目を大きく見開いて天井を睨んでいる。その男の両手は喉元《のどもと》にあった。ぎりぎりと喉の肉に食い込んできたロープを、なんとかして外そうとしたのだ。だが奴がどれほど暴《あば》れても、ロープが緩むことはなかった。必死の努力も虚《むな》しく、奴は息絶え、ただの肉塊となった。

鴉は呼吸を整えながら、その男を見下ろしていた。

仕事を終えたという達成感があった。実際、ここに至るまで鴉は何十回もシミュレーションを繰り返してきた。

この男は仕事場から出る時間が日によって違っていたため、殺害のタイミングが難しかった。それで自分はある仕掛けをして、この男を監視した。時間がかかるし、遠回りにも思える計画だったが、それを為し遂げるのが自分の目標だった。今日その仕掛けがうまく働いて、男を殺害することができたのだ。苦労した分、成功の喜びは大きかった。

今までこいつが積み重ねてきた罪。それらを鴉は丹念に調べ、裏を取ってきた。

もともと自分がこの男を殺そうと思ったのは、ある大きな罪のせいだ。だが調べ始めると、次から次へと悪行が明らかになってきた。ああ、これはもう駄目だ、と鴉は思った。他人のことはどうでもいいという子供のような考え方。女性を思いどおりに操ろうという薄汚い欲望。こいつのせいで大勢の人間が苦しんできたのだ。

人として許せなかった。こういう奴がいるから世の中がおかしくなる。そうだ。この男を消し去れば、多くの人がまともな生活を送れるようになるだろう。自分は英雄になれる、と鴉は考えたのだった。

深呼吸を繰り返すうち、徐々に気持ちが落ち着いてきた。

昨夜に続いて二回目の殺人だ。初回はもっと手際も悪かったし、興奮状態がなかなか収まらなくて困った。だが今回はおおむねうまくいった。人間に大事なのは経験だ。経験を重ねることで人は自信を得ていく。これもまた成長と言っていいのではないか。

平常心を取り戻したところで、鴉は次の行動に移った。

まず、死んだ男の体に触れてみる。黒手袋を嵌めた手で、奴のズボンのポケットを探った。そこには何も入っていなかった。

次に、立ち上がって室内を見回した。窓際の机の上に財布と携帯電話、手帳があった。中にはさまざまな情報が記録されているはずだ。鴉はそれらを透明なポリ袋にしまい込んだ。

さて、このあとは作業の時間になる。

鴉は持参したバッグからノコギリを取り出した。歯の状態をたしかめてみる。昨夜使ったあとしっかり手入れをしておいたから、切れ味は落ちていないはずだ。

ノコギリを右手に持って、鴉は遺体のそばにしゃがみ込んだ。

男は先ほどと変わらず、大きく口を開けて天井を見上げている。いや、開いた口が少し小さくなっているだろうか。これから死後硬直が起こるはずだが、その前にいくらかの変化はあるに違いない。

まさか息を吹き返したりはしないだろうな、と鴉は考えた。だが数秒後、そんなことを心配した自分が可笑《おか》しくなった。大丈夫だ。奴は死んでいる。もう、どんな悪事もできはしない。

――この男の薄汚い手……。

鴉は男の左手をつかんだ。薬指には結婚指輪が嵌まっている。

怒りが湧いてきた。奴はこの手で彼女に触れていたのだ。彼女の頰を撫で、うなじに指を這《は》わせ、胸をまさぐったに違いない。ああ、くそ！　許せない！

そばにあった雑誌を重ねて土台を作り、男の左腕を載せた。

手の先をしっかりと押さえ、鴉はノコギリを前後に動かし始めた。一度切れ目が入れば、あとは楽だ。リズミカルに右手を動かし、遺体の左手を切っていく。

やがて左手がぐらぐらし始めた。もう一息だ。

慎重にノコギリを動かしていくうち最後の皮が切れて、左手は遺体から完全に離れた。収穫物の質をたしかめるように、鴉はその左手を見つめた。それから、うん、とうなずいた。これでいい。上出来だ。

もともと部屋にあった白い布手袋を、切断した左手にしっかりと嵌めた。二重にしたポリ袋に入れて、自分のバッグにしまい込む。

最後にもう一度部屋の中を見回してみる。床に横たわっている遺体。その顔を鴉はじっと見つめた。

奴は死んだ。当然のごとく地獄に落ちるだろう。

憎しみと軽蔑の入り混じった視線を、鴉は死者に投げた。

辺りに人がいないことを確認してから、建物の外に出た。

夜の通りを歩きだす。

できるだけ早く現場を離れたい気持ちがあった。だが急ぎすぎてはならない。ここで不審に思われたら、自分の計画は頓挫《とんざ》する。何もかもが中途半端に終わってしまう。

この計画は完全に、完璧《かんぺき》に実行されなくてはならなかった。そうでなければ、今まで長い時間をかけ、綿密に練り上げてきたものが無駄になってしまう。そんなことになったら、あの人に申し訳が立たない。

鴉はある目的のもとに、この計画を考えてきた。

だがひとりで立てた計画には、ところどころ穴があり、そのまま実行できるものではなかった。それを補強してくれる人が現れたのは、今から三ヵ月前のことだった。

鴉は詳細を伏せながら、恨みつらみをブログに綴《つづ》っていた。それを読んだ人物がメールをくれたのだ。

最初はもちろん警戒した。だがやりとりをするうち、鴉は相手の博識さに驚かされた。その人物はさまざまな犯罪に詳しく、都内の地理にも精通していた。鴉がこれまでの経緯を説明すると、それはひどい、と同情してくれた。あなたには復讐する権利がある、それがあなたの正義となる、私はそれを手伝いたいのだ、と言ってくれた。おそるおそる鴉が犯行計画を明かすと、相手は不充分なところを指摘し、いくつかのアイデアを出してくれた。ネット上で議論を重ねるうち、鴉の計画は実現可能なものへと練り上げられていった。

そして今、鴉はこうして行動している。

ここまでやってこられたのは、あの人のおかげだった。助言を得られなければ、いつまでも机上の空論というレベルに留まっていたはずだ。鴉は実行犯という立場にある。その裏には、アドバイスをくれる人がいる。

その人はGM——ゲームマスターと名乗った。

# 第三章　ウィークリーマンション

## 1

アラームをセットしておいたのだが、鳴りだす二分前に目が覚めた。

七月十日、午前六時二十八分。携帯電話を手にして、門脇は上体を起こした。布団から抜け出て辺りを見回す。警視庁新宿警察署の道場には数多くの布団が敷かれていた。昨日設置された特別捜査本部に、門脇たちは泊まり込んだ。これからしばらくの間、昼は捜査に出かけ、夜はここで寝ることになる。

昨夜は歌舞伎町で、飛鳥ら数人の若いホストから話を聞いた。これこそ深夜でなければできない活動だといえる。そのあと新宿署に戻って仲間と少し情報交換し、就寝したのは午前三時ごろだった。結局三時間半しか寝ていないのだが、横になれただけでも幸いだった。本当に忙しいときであれば、徹夜が続くこともあるからだ。

六時五十分、門脇は特捜本部に入っていった。

通路を進んでいくと、すでに如月が席に着いているのが見えた。相変わらず仕事熱心な後輩だ。近づきながら門脇は声をかける。

「早いな、如月」

「あ、おはようございます」彼女は腕時計に目をやった。「門脇主任も早いですね。会議は八時半からですけど」

「まだ二日目だからな。考えなくちゃいけないことが山ほどある」

「おっしゃるとおりです」

如月はメモ帳を開いて、昨日調べた情報を捜査資料と比較しているようだった。自分の捜査内容だけでなく、ほかの刑事たちが調べてきたことも頭に入れておかなくてはならない。遊撃班として筋読みをするのなら、今集まっている情報をすべて見渡しておく必要がある。

「とはいえ、無理をするなよ」門脇は言った。「どうもおまえは頑張りすぎるところがある。あまり自分を追い込むのはよくないんじゃないか？」

「……すみません。主任にご迷惑をかけているようでしたらお詫《わ》びします」

「別に迷惑とは思っていないけどさ。まあ、如月は真面目なんだよな」

「真面目というか……」如月は少し考えてから続けた。「しっかり仕事をしていないと、周りからいろいろ言われそうで怖いんです」

おや、と門脇は思った。彼女がそんなことを口にするのは初めてではないだろうか。

「周りの目を気にしているってことか？」

「私、あまり経験のないころから捜一に入れていただいたでしょう。なんであいつが、という人は絶対にいると思うんです。女だから優遇されたんだとか、親が捜一の刑事だったからだとか、いろいろと……」

「言われているのか？」

「……言われてはいませんが、そういう空気を感じます」

「変なところで空気を読むんだな」門脇は苦笑いを浮かべた。「如月が鷹野と組んで、いくつも成果を挙げてきたのは事実だ。わかる人間にはわかる。優遇されているんじゃなくて、如月が優秀なんだってな」

「とんでもない」如月は慌てた様子で、首を左右に振った。「どうしたんですか、門脇主任。褒めて伸ばす教育ですか？」

「まあ、そういうことだ。若い刑事だと、褒められて調子に乗ってしまうこともあるだろう。でも如月はしっかりしてるよ。褒められても天狗《てんぐ》にはならない。むしろ戸惑ってしまうんだよな」

「そうですね。まさにそうです」

「もう少し自己主張をしてもいいような気がするけどな。……それともあれか、鷹野の前ではもっと自由奔放なのか？」

「いや、それは……」如月は口ごもった。「私にもよくわかりません」

「如月は頑張っているって、鷹野も言ってたぞ」

「本当ですか？　鷹野主任がそんなことを？」

身を乗り出してきそうな勢いだ。わかりやすい奴だな、と門脇は思った。

「いずれまた鷹野とのコンビも復活するだろう。成長した姿を見せてやったらどうだ？」

「それはいいですね」如月はうなずいた。「すばらしいアイデアです。さすが門脇主任。尊敬します」

「俺のことは褒めなくてもいいんだよ」

「すみません……」

如月は首をすくめて笑った。そんな仕草を見ると、彼女もだいぶ門脇に慣れてきたようだ、と思えた。


朝の会議が済むと、門脇は如月とともに捜査に出かけた。

今日自分たちが調べたいのは、龍也こと桐生政隆が撮影したと思われる女性のことだ。髪が長く、唇の左側にほくろがある。手錠をかけられたり、顔に痣があったりして、表情に生気がなかった。薄幸そうな女性というべきだろうか。

――誰だかわからないが、早く見つけて助けてやりたい。

そういう強い思いが門脇の中にあった。名前も年齢も知らない、ただ写真で見ただけの女性だ。だが拘束され、暴行を受けていたのなら救出したい。

しかし、彼女を痛めつけていたと思われる龍也はすでに殺害されている。彼女の居場所を知るためのヒントは、いったいどこにあるのだろうか。

気持ちを引き締めて、門脇は歌舞伎町への道を歩いた。

昨日右手が発見されたドラッグストアを中心に、女性の顔写真を使って聞き込みをすることにした。飲食店や雑貨店、衣料品店など、辺りにある店舗を順番に訪ねて、この人を見たことはないかと質問する。今のところ写真しかないのが難点だ。

「名前がわかるといいんですけどね」如月が言った。

「龍也さんと関係があったようだし、この女性は歌舞伎町に出入りしていると思う。ホストクラブの客かもしれないし、もしかしたら接客業をしているのかもしれない」

「両方という可能性もありますよね」

「そうだな。貢ぐ金がなくなって、キャバクラなんかで働いていた可能性もある」門脇はあらためて女性の写真を確認した。「よくある話だよ。……写真を見ているうち、そうとしか思えなくなってきた。いかにも男に利用されそうな人じゃないか？」

門脇が問いかけると、如月も写真を覗き込んできた。

「難しいところですね。この女性が犯人なのか、それとも誰かと共謀したのか、あるいは事件とはまったく無関係なのか」

「もっと情報がないと駄目だな。考えが空回りしてしまう」

「……ですね。私もそう感じます」

まだ午前中だが、ホストクラブでも昼の営業をしている店はいくつかある。また、ガールズバーやキャバクラで勤務を終えた女性が、軽く酒を飲んだり食事をしたりする店があるという。そういう情報をあちこちで入手し、門脇たちは店から店、人から人へとたどっていって聞き込みを続けた。

そのうち、ついに当たりが出た。

ダーツバーでカクテルを飲んでいた女性が、写真の女性を知っていると言ったのだ。

「何かの飲み会で一緒になったわね。このほくろと顔の雰囲気をよく覚えてる」

「名前はわかりますか？」門脇は尋ねた。

「ユキって言ってた。本名かどうかはわからないけど」

「会ったのはいつですかね」

「去年の九月ぐらいだったと思うけど」

「何をしている人か、聞きました？」

「キャバ嬢だって言ってた。『ライトベリー』って店に勤めているって。あの店、私も面接に行こうと思ったんだけど、あんまり評判よくないからやめたの」

大きな手がかりだった。門脇はその店名をメモしたあと、礼を言ってダーツバーを出た。

如月が携帯でキャバクラ・ライトベリーを調べてくれた。

「区役所通りから少し入ったところですね。ちょっと電話をかけてみます」

彼女は電話番号をプッシュして携帯を耳に当てた。しばらく呼び出し音を聞いているようだったが、やがて如月は顔を上げた。

「……出ませんね」

「この時間だしな。とにかく店に行ってみよう」

門脇は如月とともに歩きだした。

目的の雑居ビルまでは五分ほどだった。四階でエレベーターから降りると、すぐにライトベリーの看板が目に入った。

おや、と門脇は思った。ドアが開いていて、何か作業をするような音が聞こえてくる。

店を覗き込むと、ふたりの男性の姿が見えた。彼らは壁に化粧板を取り付けている。どうやら工事業者らしい。

「こんにちは。ちょっといいですかね」

スーツ姿の門脇を見て、業者ふたりは軽く頭を下げた。頭にタオルを巻いた男性が、店の奥に向かって声をかける。

「店長さん、誰か来ましたけど」

「え?」奥のほうから返事があった。「誰かって、誰です?」

「いや、俺に訊かれてもわからないんで……」

「はいはい、今行くから」

ジーンズを穿《は》き、薄手のシャツを着た男性がこちらへやってきた。歳は三十代半ばというところか。長めの髪を掻き上げて、彼は門脇の前に立った。

「火災保険の人? 約束は午後のはずだけど」

「いえ、警視庁の者です」

門脇は警察手帳を呈示した。それを見て男性はぎくりとしたようだ。工事業者たちも怪訝そうにこちらを見ている。

店長と呼ばれた男性は、声を低めて尋ねてきた。

「ええと……私、店長の中矢《なかや》といいます。何か問題がありましたか?」

「ちょっとうかがいたいんですが、こちらのお店にユキという女性が勤めていませんか。この人です」

資料写真を取り出して相手のほうに向ける。中矢店長はその写真を数秒見てから顔を上げた。

「うん、ユキちゃんですね。この子、去年の十二月に辞めてしまって……」

「連絡先を教えてもらえませんか」

「どうでしょうね。一応、履歴書を見てみますけど」

何か含みがあるような言い方だ。中矢は一旦奥の部屋へ引っ込み、じきに戻ってきた。

彼から履歴書を受け取って、門脇は目を通した。そのあと如月が携帯を構え、履歴書の写真を撮った。

「名前は村下由希《むらしたゆき》さん。年齢は二十三歳。住所は上北沢……」

「ああ、それはうちに入る前の住所ですね。働き始めるのと同時に、寮に入ってもらいました。辞めたときにその寮を出ています」

「すると、現在の住所は不明ですか。……じゃあ、電話をかけてみましょう」

門脇は自分の携帯を取り出しかけたが、そこで思い直した。男がかけると警戒するかもしれない。女性のほうがいいだろうと考え、如月に電話をかけるよう指示した。

如月は履歴書に記載されていた携帯番号に架電する。だが、じきに落胆の表情になって報告した。

「通じません。電話番号を変えたみたいです」

たまたま携帯電話を買い換えたのだろうか。そうでなければ、何か理由があって番号を変えたのか。

——もしかして、自分の身を守るためだったのではないか？

龍也から暴行を受け続けたユキは、彼から逃げようとして転居し、携帯番号まで変えたのではないか。そんな気がする。

ここで如月が中矢に尋ねた。

「辞める前、ユキさんが何かに困っている様子はなかったでしょうか」

「ああ……」

中矢には思い当たることがあるようだ。彼は舌の先で、自分の唇を湿らせた。

「ちょっと気になることを言っていましたね。……誰かにつきまとわれているとか何とか」

如月は門脇のほうをちらりと見た。門脇は彼女に、うん、とうなずいてみせる。これは犯人に一歩近づく情報ではないだろうか。

「相手はどういう人物だったんでしょうか」と如月。

「さあ、詳しいことはわかりません」

「その話を聞いて何か手を打ってあげたんですか？店長さんの立場で……」

「いや、それはですね」中矢は釈明する口調になった。「相談に乗ろうと思って話しかけたんですが、本人が答えたくないという感じだったんですよ」

この言い方だと実際には何もしていないな、と門脇は思った。しかし、だからといって中矢を強く責めることはできないだろう。一般の企業と違って、ライトベリーは夜の商売をする店だ。雇う側もあれこれ事情は訊かないし、雇われる側も積極的に話したりはしない。そういうルールの上に成り立っている仕事なのだ。

捜査協力への礼を述べて、門脇と如月は辞去した。

雑居ビルから出ると、夏の日射しが照りつけてきた。

今日はまた一段と暑い。まだ七月上旬だが、すでに夏本番というほどの気温になっている。

眩《まぶ》しそうに空を見上げたあと、如月が話しかけてきた。

「ユキさんが誰かにつきまとわれていたというのが事実なら、相手は誰だったんでしょうね」

「普通に考えれば龍也さんだろうな。あとは……キャバクラの客か」

「もしかしたら、歌舞伎町事件の犯人だったりして」

如月が急にそう言ったので、門脇はまばたきをした。

「それはどうして……。いや、そうか、可能性はあるか……」

「ええ。ユキさんにつきまとっていたストーカーなら、龍也さんを憎むんじゃないでしょうか。龍也さんはユキさんと、かなり深い関係があったようですから」

あの写真を見ると、龍也がユキに暴行を加え、精神的に支配しようとした疑いが生じる。

だが、そこで浮かんでくるのがもうひとりの人物だ。そいつはユキの自由を奪った龍也を憎み、計画を立てて排除したのではないか。

履歴書によれば、かつてユキが住んでいたのは上北沢にあるアパートだった。望みは薄いが、そこへ行ってみよう、と門脇は如月に提案した。もしかしたら近隣の人から何か情報が得られるかもしれない。

門脇たちは新宿駅に向かって歩きだした。昼休みに入ったこの時間、通りの両側に並んだ飲食店はどこも営業を始めている。イタリア料理店や焼き肉店、カレー専門店などからいい匂《にお》いが流れてくる。いらっしゃいませ、という従業員の声が聞こえる。

そんな中、何か作業をする音が響いてきた。通り沿いの雑居ビルのうち、茶色い外壁の一棟が工事中だった。一階部分にはラーメン店が入るらしく、開店予定を伝えるポスターが貼ってある。

工事中のビルの前を通り、門脇はそのまま歩き続けようとした。だが、隣の白いビルの一階、エントランスを見てはっとした。入居する会社などの名前がフロアごとに書かれている。その中に、気になる名前があったのだ。

路肩に停まっている高級車を見て、なるほど、と思った。

「ここは保志野組関係のビルらしい」門脇は如月にささやきかけた。

「そういうことですか……」如月も納得したという顔になった。

「昨日、美容院で見た対馬という男は、保志野組の人間だ。組のことを調べているうち、資金源であるフロント企業のことがわかった。その会社の名前が、ビルのフロア案内に書かれていたよ。保志野組の本部事務所もこのビルに入っているようだ」

「うちの特捜本部から、組の事務所にも聞き込みに行っているんですよね？」

「担当の刑事が行っているはずだ。さっき俺たちはストーカー説を話し合ったが、そうでない可能性もある。もしかしたら歌舞伎町事件は、暴力団同士の争いから起こったのかもしれない。その場合、龍也は暴力団と関係があったということになるな」

こういう場所だから、それも充分考えられることではある。

まもなく靖国通りに出るというところで、門脇の携帯電話に着信があった。ポケットから携帯を取り出し、液晶画面を確認する。早瀬係長からだ。

「はい、門脇です。何かありましたか？」

「厄介なことになった」早瀬は緊張を含んだ声で言った。「西新宿で人間の手が発見されたらしい。今度は左手だ」

え、と言ったまま門脇は黙り込んだ。また人間の手が見つかったというのか。しかも今度は左手？　予想外の情報に頭がついていかない。

隣で如月が怪訝そうな顔をするのがわかった。

「……西新宿のどこです？」

「高層ビルの最上階だ。レストラン街で左手が見つかった」

「わかりました。至急現場に向かいます」

「詳しい場所はメールで送る。急いでくれ」

「了解です」

携帯の画面を見つめて、門脇はしばし考え込む。それから如月のほうを向いて言った。

「事件が起こってしまった。おそらく同一犯による第二の事件だ」

如月は眉をひそめた。だが、すぐに表情を引き締めてうなずいた。

「西新宿ですね？」

「急いで駅の向こう側に移動だ。行くぞ」

そう言うと、門脇はＪＲ線をくぐる大ガードに向かって走りだした。

## 2

目的のビルは新宿警察署から見える位置にあった。

西新宿の高層ビル街の一画、河森《かわもり》ビルという超高層ビルだ。

昨日、今日と塔子たちはその青みがかった灰色の外壁を何度か見ていた。だが、単に通り沿いの景観として捉《とら》えていただけだ。特に用があるわけではなかったし、わざわざその建物をしっかり見ようとは思わなかった。

それが今、事件の現場となってしまった。特捜本部のある警察署のすぐ近くで、異様な事件が起こったというのだ。

塔子は道を急ぎながら想像を巡らした。もし歌舞伎町事件と同様だとすれば、今回も誰かが殺害され、その遺体から手が切り取られたのだと考えられる。犯人が劇場型犯罪を狙《ねら》っているのではないか、というのは手代木管理官の意見だった。このふたつの事件は、まさに手代木の推測どおりに起こったのかもしれない。

第一の事件は、歌舞伎町のドラッグストアで発生した。第二の事件はここ西新宿、ビジネスマンの多い場所で起こった。これ見よがしの犯行は、事件を起こした犯人の大胆さを表しているのではないかと思える。

河森ビルの地下駐車場に警察車両が入っていくのが見えた。あれは鑑識かもしれない。

近づいてきた巨大なビルを、塔子は見上げた。河森ビルはほかの高層ビルとともに、天を衝《つ》く威容を誇っている。今、夏の空がやけに青かった。ちぎれたような雲がはるか高い場所を流れている。そんな光景を、何か不思議なもののように塔子は感じた。

エントランスから一階に入り、エレベーターホールに向かっていく。ちょうど鷹野と、その相棒の兵藤がかごを待っているところだった。

「お疲れさまです」

塔子は鷹野のそばに駆け寄った。「手が……」と言いかけたが、慌てて口をつぐんだ。ホールにはエレベーターを待つ一般市民が何人もいる。彼らの前で事件の話をするわけにはいかない。

「驚いたな」門脇が近づいてきて、小声で鷹野に話しかけた。「こんなビルの中だとは」

「まったくです」鷹野は緊張した顔で答えた。「まずは現場の状況を確認しましょう。いろいろ考えるのは、そのあとです」

兵藤も険しい顔でうなずいている。捜査経験の少ない彼にとって、第二の事件の発生はかなりの衝撃だったに違いない。

塔子たちはエレベーターのかごに乗り込んだ。ほかに、一般客も五人乗ってきた。表示板を確認して、塔子は最上階、五十階のボタンを押す。別の客は四十九階を押した。四十九、五十階がレストラン街だ。

五人の客は全員、四十九階で降りてくれた。塔子たちはもうひとつ上、最上階の五十階でエレベーターを降りる。

すぐに高層ビル特有の眺望が広がるかと思ったが、そうではなかった。エレベーターホールは壁に囲まれた形になっていて、周囲に窓はない。せっかく高い場所にあるのに、と不思議に感じたが、じきにその理由がわかった。このフロアに無料の展望エリアはないのだ。眺望が楽しめる東西南北、窓際のエリアには中国料理、スペイン料理、和食、ステーキなどの店がある。四十九階にもまた、眺《なが》めのいい飲食店があるはずだった。

辺りを見回すと、前方二十メートルほどの場所に人だかりが見えた。

彼らが遠くから見守っているのは、飲食店とは別になっている休憩スペースだ。だが警察の手によって、その入り口部分にブルーシートが張ってあった。シートのそばには活動服を着た鑑識課員や、スーツ姿、ジャンパー姿の捜査員が何人もいる。

集まっている一般市民は四十名ほどだろうか。スーツを着た会社員、観光でやってきたと思われる中高年者、食事とお喋りのために訪れた女性のグループ、デート中らしい若い男女、そういった人たちだ。

携帯電話で捜査員を撮影している者、SNSで情報発信しようとする者、興奮気味に電話で誰かと話す者などがいた。たまたま食事に来たこの場所で、警察が捜査を始めたのだ。一般市民が興味を持つのは当然のことだろう。程度の差こそあれ、誰も彼も目の前の出来事に興奮しているのではないか。

「すみません、ちょっと失礼します」

人々に声をかけながら、塔子たちは休憩スペースに近づいていった。

ブルーシートの前に早瀬係長と徳重がいた。塔子は声のトーンを落として挨拶をする。

「到着しました。遅くなってすみません」

「ああ、お疲れさん」

早瀬はうなずいてそう答えた。言葉は穏やかだが、表情がひどく険しくなっている。

「どんな状況です？」門脇が訊いた。

「今、鑑識が中を調べている」早瀬は集まった部下たちを見回した。「発見の経緯はこうだ。午前十一時四十五分ごろ、ビルの清掃会社の女性がこのスペースの確認にやってきた。掃除は済んでいるが、混雑する昼の前に一度チェックすることになっていたらしい。今、パネル展示が行われているんだが、ベンチの下にポーチが落ちているのを見つけたそうだ。メーカーはルビィメイル。男性用の黒いポーチだった。中を確認したところ、白い布手袋を嵌めた左手が入っていた。男性のものだと思われる」

状況は歌舞伎町事件と非常によく似ている。ただ、前回出てきたのは右手、今回は左手だ。そこに違いがある。

塔子の考えを読み取ったかのように、最年長の徳重が言った。

「なぜ今度は左手なんでしょうね。そこに理由があるのかどうか……」

普段はムードメーカーとして冗談を口にする徳重も、今は眉をひそめて厳しい表情を見せていた。

「気まぐれにやったとは考えにくい」早瀬は言った。「トクさんはどう思います？　何か思いつくことはありますか」

「殺害現場では右手を切りにくい状態だったのか……。そうでなかったとすれば、やはり意図的に左手を選んだんでしょう。左手というのが、被害者の身元と関係あるのかもしれません」

「あの……」塔子は早瀬に尋ねた。「その左手は、きれいに手入れされていましたか？ もしかして、またホストが被害に遭ったのでは……」

「いや、鑑識の話では、あまり若くはないだろうということだった。皮膚の様子からそう判断できるそうだ。詳しくは、このあと調べてもらうことになるが」

だとすると、ホストが連続して狙われたわけではない、ということか。

横から鷹野が尋ねた。

「今回、指輪はありましたか？」

「ああ、そうだった。……今回も指輪はあった。左手の薬指に嵌められていた」

「すると、被害者は既婚者でしょうか」

「おそらくな。指輪には《K to S》という刻印があった。結婚指輪だろう」

そういうことか、と塔子は思った。結婚指輪をしていたのなら、なおさらホストだとは思えない。

「奥さんからこの左手の主へ、という形だとすれば、奥さんのイニシャルはK、被害者はSですね」

ひとつの手がかりにはなるだろう。しかし妻がKだとすると、たとえば「カズミ」とか「キミコ」とか「ケイコ」とか、相当多くの名前の候補が考えられる。夫のほうのSも「シンイチ」とか「シュウスケ」とか「セイジ」とかいろいろあるだろう。このヒントだけで被害者を特定するのは不可能に近いと思われる。

鑑識課員たちの採証作業が終わったというので、早瀬係長が十一係のメンバーを呼んだ。尾留川はデータ分析系の仕事があって、この現場には来ていない。早瀬を先頭に、門脇、塔子、徳重、鷹野の順でブルーシートの向こう側へ進んだ。鷹野の相棒である兵藤は、外で待機することになった。

シートのおかげで、ここから先は野次馬たちには見えない。

早瀬を先頭に、塔子たちは休憩スペースに入った。

扉はなく、誰でも自由に出入りできる八畳ほどのスペースだ。小さなイベントに使われる場所らしく、今は「新宿高層ビル街の歴史」という企画展示が行われていた。大きなパネルが何枚もあるせいで、休憩スペースは外から見えにくくなっている。

パネルに沿って進んでいくと、奥に三人掛けのベンチがふたつあった。

早瀬は向かって一番左の席の下、床の部分を指差した。

「ここにポーチが落ちていたということだ。今、指紋採取が行われているんだが」

「いかにも、落とし物といった感じですね」門脇が言う。

しゃがんで床を調べていた鷹野が、顔を上げた。

「わかりにくい場所ではありますが、隠しておいたというほどではないですね」

塔子の頭にふと疑問が浮かんだ。メンバーの前でそれを口に出してみた。

「犯人がやっていることはまさに劇場型の犯罪だと思うんですが、それにしても、今回はかなりリスクが高いですよね。歌舞伎町ならどこへでも逃げられますが、ここはビルの中ですから、心理的に少しハードルが高いという気がします」

「たしかにそうだ」早瀬が言った。「昼時、このスペースに来る人は少ないかもしれないが、万一何かしているのを見られたら厄介だ。咎められることはないとしても、人の記憶には残るかもしれない。それは犯人にとって避けたいことだったはずだ」

「それでも犯人はここにポーチを置いていきました。意味があってのことだと思います」

十一係のメンバーは顔を見合わせて、みなうなずいた。

「このフロアにある飲食店に関係があるのかもしれませんね」徳重が言った。「恨みがあるとか、因縁《いんねん》があるとか。要するに、犯人のこだわりということでしょうな」

念のため早瀬や鷹野、徳重はもう少しこの休憩スペースをチェックするという。この階にある防犯カメラのデータは、鑑識が入手してくれるそうだ。

塔子は門脇とともにフロアを回ってみることにした。

一般客たちは今も怪訝そうな顔で、休憩スペースの前に張られたブルーシートを見つめている。彼らの間を縫って、塔子たちはレストランのほうに向かった。

最初に訪ねたのは中国料理の店だった。ショーウインドウに飾られている食品サンプルはどれも立派で、価格も相当なものだ。仮にプライベートでやってきたとしても、塔子ひとりでは入れそうにない。

昼時なので店内には五、六組の客がいるようだった。出入り口のそばに女性店員がいたので、塔子はそっと声をかけてみた。

「警視庁の者ですが、責任者の方はいらっしゃいますか」

店員は驚いた様子だったが、「お待ちください」と言って奥へ消えた。

しばらくして五十代半ばの男性が現れた。彼は支配人だという。

「先ほどから、フロアが騒がしいようですが……」

支配人は不安げな表情を見せた。何かが起こっていることはわかるが、詳細はまったく聞かされていないのだろう。

「休憩スペースで異物が発見されまして」塔子は肝心のところをぼかして説明した。「十一時四十五分ごろのことなんですが、その前後、不審な人物を見かけなかったでしょうか」

「……いえ、特に気がつきませんでしたが」

「最近、お客さんとトラブルになったことはなかったですかね」

隣から門脇が訊いた。支配人は首をかしげて考えていたが、「いえ、何も」と答えた。

ほかの客の邪魔をしないと約束して、店内に入らせてもらった。だが塔子たちはあまり信用されていないらしく、支配人が一緒についてきた。監視されているようで、どうにも窮屈だ。

支配人の許可を得て、塔子と門脇は窓際の席に腰掛けてみた。

地上五十階からの眺望は圧巻だった。ガラスの向こうに東京の町が広がっている。遠くのほうは霞《かすみ》がかかっているようではっきりしない。テレビでよく高層ビルからの景色が流れるが、あれほど鮮明には町を視認できなかった。だが、それでもテレビ放送とはまったく別のリアルさがある。これは、五十階に上ってきた者でなければ味わえない感覚かもしれない。

視線を転じると、右の方向に大きな建物があった。隣の区画に建っている高層ビルだ。

「あれは高木生命《たかぎせいめい》ビルですよね」塔子は門脇に問いかけた。「かなり近く感じられますね」

「直線距離でおよそ五十メートルというところかな。こんちは、と挨拶ができそうだ」

さすがにそれは無理だろうが、この高さですぐ隣にビルが見えるというのは不思議なものだ。

高木生命ビルの外壁には、正方形に近いデザインの窓が並んでいる。今あの中で何百人、何千人という会社員たちが仕事をしているのだ。パソコンを使い、電話をかけ、会議を行っている。みな真剣な表情で仕事を進めているだろう。

まさか隣にある河森ビルで、このような事件が起こっているとは、誰ひとり予想もしていないはずだった。

## 3

河森ビル五十階の展望レストラン街には、ざわめきが広がりつつあった。

フロアの一角に張られたブルーシートのそばで、鑑識課員やスーツ、ジャンパーを着た捜査員たちが忙しく立ち働いている。

野次馬たちは興味深そうな顔で、成り行きを見守っていた。ここで遭遇した事件はどんなものなのか。あのブルーシートの中で何が起こっているのか。それを知りたくて、なかなか立ち去れずにいるのだ。

鴉は大勢の野次馬に交じって、捜査員たちを観察していた。

——警察の奴ら、まさかこんなところに犯人がいるとは思うまい。

そう考えると無性に楽しくなってきた。腹の底から、どす黒い喜びが噴き上がってくる。それと同時に、震えが止まらないような畏怖《いふ》、恐怖を感じる。ひりひりするような感覚だ。

今、自分はとんでもないことをしている。見つかったらすべて台無しになってしまうというのに、いつまでも現場近くに踏みとどまっている。下手をすれば刑事たちに逮捕されてしまうだろう。だがそのスリルがたまらない！

様子を窺っているうち、休憩スペースを離れて歩きだす男女に気がついた。ふたりとも刑事だと思われる。男のほうは体格がよく、何かスポーツでもやっていそうな感じだ。女のほうは——これは興味深い人物だった。男とは対照的にかなり小柄で、身長は百五十センチ少々しかなさそうだ。肩から斜めにバッグを掛けていて、まるで中学生のように見える。

その女は、鴉がこだわりを感じるような顔をしていた。もちろん、ここで出会ったのは偶然に違いない。だがその偶然は自分の強運が引き当てたものだ。

おそらく真面目で、何事にも熱心で、優等生のような振る舞いをする女。ちょっかいを出したい、からかってやりたい、という気持ちが湧いてくる。そう思わせるような容姿なのだから、仕方がないではないか。

男女の刑事は中国料理店に向かうようだ。ふたりは鴉の近くを通りかかった。

これはすごい、と鴉は思った。刑事が、わずか三メートルしか離れていない場所を歩いていくのだ。これほどぞくぞくすることがあるだろうか。大声で叫び出したい気持ちになった。犯人がいるよ！　ほら、ここに殺人犯がいるんだ！　どうして気づかない？　おまえたちの目は節穴か？

気持ちを抑えるのに苦労した。何度か、静かに深呼吸をする。

鴉はふたりの会話に耳を澄ました。

男は女のことを「如月」と呼んでいた。男の名前はわからなかったが、それはどうでもいい。鴉は如月に注目した。あの小さな女はどんな経緯で刑事になれたのだろう。警視庁はなぜあんな非力そうな女を採用したのか。彼女のことを知りたい、深く知りたい、と思った。

鴉はひそかに、歩いていく如月刑事の写真を撮った。その写り具合を確認して、満足の笑みを浮かべた。

思ったとおり、如月と男の刑事は中国料理店の店員に声をかけていた。おそらく、今日誰か不審な人物を見なかったかと訊くつもりなのだろう。ああ、何をしているんだ。君たちが捜している犯人はここにいるんだってば！　そう叫びたくなってきた。

ふたりが店の中に消えたあと、鴉は携帯でネット検索をしてみた。如月という名前で女性刑事を探すと、思いがけず、すぐに本人を特定することができた。警視庁捜査一課に所属する女性刑事・如月塔子。彼女は亡き父の遺志を継ぐような形で刑事になったらしい。そういう過去があるため、捜査一課の広告塔のようになっているのかもしれない。

結局のところ、本人の実力とは関係なく捜査一課にいるのだろう。だが、それはそれで面白い。あの女性刑事が気になって仕方がなかった。


二十分ほど捜査員たちを見ていたが、さすがにこれ以上は危険だと判断した。

鴉はエレベーターに乗って一階へ下りた。同じかごに、先ほど五十階で捜査を見物していた人物がいた。たまたまここで出会い、同じイベントを楽しんだ仲間という感じがする。だが好意を抱いているのは自分だけで、向こうは鴉のことを何とも思っていないはずだ。いや、そもそも同じ場所に鴉がいたことにすら気づいていないかもしれない。

そういうものなのだ、と鴉は思う。一期一会《いちごいちえ》という気持ちで自分は人々に接する。自分が起こした事件を知ってくれた人には感謝したい。彼らはみな観客なのだから。

上機嫌で鴉は河森ビルを出た。

それから、さて、どうしたものかと考えた。やるべきことはいろいろある。というより、予定された作業は山積みだ。河森ビルで時間を使ってしまったから、このあとは少し急がなければならない。

鴉は西新宿地区を歩いていく。夏の昼下がり、高層ビル街を熱い風が吹き抜ける。汗を拭《ぬぐ》いながら鴉は進んでいく。

先ほどの女刑事、如月の顔が頭に浮かんだ。いじめてやりたい、壊してしまいたい、という気持ちが高まってくる。同時に鴉は、歌舞伎町のあの女のことを思い出していた。なんとか自分の考えをわかってほしい、という気持ちがある。だがあの女はいつも拒絶する。鴉の中で、憎いという思いが膨《ふく》らんでくる。

如月とあの女の間に共通するところはほとんどない。だが、ふたりは同じように鴉を刺激する。鴉の中の攻撃性を引き出そうとする。

ふたりのことを考えながら、鴉は足を進めた。

前方の信号が赤になった。ああ、残念だな、と思った。せっかく機嫌よく、リズミカルに進んでいたというのに、こんなところで引っかかるとは。どうにも面白くないことだった。見えない何者かの悪意を感じてしまう。

ふと隣に目をやって、鴉は思わず顔をしかめた。一メートルほど離れたところで、若いカップルが信号待ちをしていたのだ。歳はどれくらいだろう。ふたりとも二十歳過ぎというところか。そういえば近くに専門学校があることを鴉は思い出した。クソが、と腹の中で毒づいた。こいつらは親のすねをかじって、たいして興味があるわけでもないことを勉強しているのだろう。いや、勉強よりはこんなふうに毎日デートをして、やれ誕生日だの、やれクリスマスだのと浮かれ騒いでいるに違いない。

そんなことを考えているうち、鴉はある男の顔を思い出した。途端に気分が悪くなった。ちくしょう。なぜこんなところで、あいつの顔が出てくるのだ。猛烈に不愉快だった。

それもこれも、赤信号につかまったせいだ。まったく自分は運が悪い。

苛立った気持ちを鎮めるためには、何かの行動が必要だった。

鴉は第三の犯行計画をさらに練ることにした。

## 4

中国料理店からスペイン料理店、和食の店など順番に訪ねていった。

しかし、不審者に関する情報はひとつも出てこない。それも仕方ないだろうな、と門脇は思った。仮に犯人が下見のためにこのレストラン街を訪れ、食事をしたとしても、不審な動きをするはずがない。奴はおそらく目立たないように、誰の記憶にも残らないようにと注意しながら行動したはずだ。

　口には出さないものの、一緒にいる如月もこの聞き込みには期待できないと考えているようだった。そういう気分は自然に伝わってくるものだ。逆に言えば門脇の落胆や苛立ちも、相棒である如月に感づかれているかもしれない。

　だが、思わぬところから重要な情報がもたらされた。

「門脇さん、如月ちゃん。ちょっとこっちへ」

　和食店を出た門脇たちに、徳重が声をかけてきた。その表情から、何か捜査に進展があったことが窺える。

　徳重のあとについて、門脇と如月は休憩スペースの前に戻った。早瀬係長と鷹野、所轄の兵藤がひとりの女性と何か話し込んでいる。

　門脇たち三人は急ぎ足で彼らに近づいていった。

　気づいた早瀬が手招きをした。

「こちらの女性が、例のブツを知っているというんだ」

　黒いスーツを着た細身の女性だった。薄めの化粧で、全体的に清楚な印象がある。彼女の顔には強い緊張の色があった。

「笹木《ささき》テクノスの白川《しらかわ》と申します」

　女性は丁寧に頭を下げた。

「笹木テクノスは知っているな？」早瀬が門脇たちに言った。「インターネット関連サービスを行っている会社だ。ネット通販やゲーム開発などでも有名だ。白川さんは専務取締役・岩崎《いわさき》壮一郎《そういちろう》さんの秘書をなさっているそうだ」

　白川は不安げな表情のまま、小さくうなずいた。

　なるほどな、と門脇は思った。彼女の清楚な感じや丁寧な所作は、秘書という職種によるものだったのだ。

「もう一度、経緯を説明していただけますか」

　早瀬に促《うなが》され、白川は話し始めた。

「私どもの会社の事務所は、この河森ビルの三十三階にあります。私は普段、専務の岩崎の指示に従って、スケジュール調整や打ち合わせ場所の手配、資料作りなどを行っています。ですが今日、岩崎は出社しませんでした。携帯で連絡をとろうとしたんですが、通じません。ただ、今までにも連絡せずに取引先と会ったり、所用で出社が遅れたりすることはありましたので、今回もそうなのかと思っていました。ところがそこへ、商談でレストラン街を利用していた社員から情報が入りました」

白川は視線を動かし、休憩スペースの前に張られたブルーシートをちらりと見た。

「レストラン街の休憩スペースで何か事件があったらしい、という情報でした」彼女は続けた。「胸騒ぎというんでしょうか、気になって私はここに来てみたんです。清掃員の方が刑事さんに何か質問されていたので、あとで声をかけてみました。清掃しているときルビィメイルのポーチが落ちていたと聞いて、もしかしたら、と思いました。岩崎はいつもルビィメイルのポーチを使っていたんです。私はすぐ、刑事さんに相談しました」

そこから先は、早瀬が話を引き継いだ。

「白川さんから事情を聞いた刑事が、俺のところに連れてきてくれた。それで、これまでの経緯を確認していたというわけだ」早瀬は彼女のほうを向いた。「白川さん、落ち着いて聞いていただきたいんですが、ここで見つかったポーチの中には、人間の左手が入っていたんです」

白川は息を呑んだ。大きな声を出してもおかしくない場面だが、秘書である彼女は、どんなときにも動揺を表に出さないよう訓練しているのだろう。

「刑事さん、その左手には何か特徴があったでしょうか。たとえば、薬指に結婚指輪を嵌めていたとか」

「そのとおりです」早瀬は白川に尋ねた。「岩崎さんは結婚指輪をつけていたんですか？」

「はい。前に岩崎本人から話を聞いたことがあります。指輪の内側には《K to S》という刻印があると。奥さんは清美《きよみ》さんというんです」

それを聞いて、門脇は低い声で唸った。早瀬や鷹野たちも同じ思いを抱いたようだ。清美から壮一郎へ。それをイニシャルで表せば《K to S》となる。

白川の証言により、あの左手が岩崎のものである可能性が高くなった。

「ちなみに岩崎さんは普段、白い布手袋を使っていたでしょうか」

早瀬が尋ねると、白川は記憶をたどる表情になった。じきに答えは出たようだ。

「私は見たことがありませんが、岩崎は切手収集の趣味があると話していました。そのとき白い手袋を使っていると聞いた気がします」

「そうですか……」

犯人はそのことを知っていたから、左手に白い手袋を嵌めたのだろうか。手の主についてヒントを出すのは、歌舞伎町事件のときと同じだ。早く被害者を特定するよう、警察を促しているのかもしれない。

――だから奴は、河森ビルの中に左手を遺棄したのか。

門脇はそう考えた。如月が言ったように、このビルのレストラン街に左手を遺棄するのはかなりリスクが高い。にもかかわらず犯人がそれを実行したのは、河森ビルに入っている会社に岩崎が勤務していたからだろう。身元の特定が早まるよう、あんな場所にポーチを置いたのだ。

「今、ポーチは鑑識課が調べています。白川さんには、あとで確認していただければと思いますが……。鷹野、写真はあるか？」

早瀬から指示を受け、鷹野はデジタルカメラを操作した。その液晶画面を白川はじっと見つめる。岩崎のものとよく似ている、と彼女は言った。

「どうでしょう、早瀬係長」徳重が提案した。「できれば今から、岩崎さんの仕事場を見せていただいては……。何か手がかりがつかめるかもしれません」

「ああ、そうですね」早瀬はうなずいた。「白川さん、いかがでしょうか？　三十三階に事務所があるんですよね？」

「岩崎は専務室で仕事をしていました。役員に確認しますが、警察の方の捜査ですから、おそらくご覧いただけると思います」

みなで移動することになった。ただし所轄の兵藤はここに残るらしい。何かあったら連絡するようにと、彼は鷹野から指示を受けていた。

早瀬、徳重、鷹野、如月、そして門脇の五名が、白川の案内でエレベーターに乗り込んだ。三十三階でかごを降り、右側に向かう。壁に《株式会社笹木テクノス》という重厚なプレートが掛かっていた。

ドアを開けて中に入ると、そこには広々とした事務所があった。向かい合わせにした机が十数列あり、大勢の男女がパソコンを操作している。ワイシャツ姿とカジュアルな私服姿が半々という感じだ。

白川が先に立って事務所の中を歩きだした。門脇たちは彼女のあとに続く。打ち合わせにやってきた取引先というふうに見えたのだろう、社員たちは特にこちらへ注意を払ってはいなかった。

少し待つよう言われて、門脇たちは壁の前に立った。鷹野は事務所の中を無遠慮に見回している。早瀬と徳重、如月は何か言葉を交《か》わし始めた。門脇はひとり、白川の行方を見守った。

彼女は窓を背にした大きめの席へ行き、眼鏡をかけた男性と何か話している。二分ほどで白川はこちらに戻ってきた。

「許可が下りましたので、岩崎の執務室にご案内します」

再び彼女のあとについて歩きだす。

窓の近くに壁で仕切られた個室があった。役員ともなると、こうした部屋が与えられるのだろう。入ってみると、そう広いスペースではないものの、ほかの社員から見えない場所にあるので、落ち着いて仕事ができそうだった。

部屋の中央にはコンパクトなソファセットが置かれている。右の壁際には資料を収めた書棚とキャビネット。その反対、左側の壁際にはどっしりした机が置かれていた。

門脇は窓のそばに行った。東側に面しているから、この時間帯、直射日光は当たらない。ブラインドの下りていない窓からは外がよく見えた。門脇は五十階の中国料理店からの景色を思い出した。あそこに比べると三十三階のこの部屋は、眺めがいいとは言えないかもしれない。東側にある高木生命ビルが視野に入ってくるからだ。

何を思ったのか、鷹野は窓の外をカメラで撮影し始めた。あの、と白川が言った。

「外はけっこうですが、室内の撮影はご遠慮いただけますでしょうか」

「ああ、すみません」

鷹野は白川に向かって頭を下げる。

徳重は書棚に並んだ書籍の背表紙をチェックしているようだった。本当は机やキャビネットを調べたいところだろうが、今の段階ではそうもいかない。

「最近、岩崎さんに変わった様子はありませんでしたか？」門脇は尋ねた。「秘書の白川さんなら、何かご存じじゃありませんか？」

「そうですね」彼女は思案の表情になった。「岩崎は難しい仕事をいろいろ抱えていましたから、中にはうまく進行しないものがあったかもしれません。それで機嫌がよくないこともありましたが……」

「ご家庭の様子はどうだったんでしょうか。奥さんとの関係とか」

「どうでしょうか。私にはなんとも」

「まあ、そうですよね。秘書の方に家庭事情まで話すことはないか……」

門脇は腕組みをして、じっと考え込む。

机の上を見ていた鷹野が、ふと思いついたという口調で白川に尋ねた。

「このペン立て、岩崎さんのものですよね？」

「ええ、そうです」

「このノートパソコンのマウスも……」

「そうですが、それが何か？」

鷹野は顔を上げて門脇のほうをちらりと見た。それから、こう言った。

「岩崎さんは左利きですね？」

「おっしゃるとおりです」と白川。

ああ、そうか、と門脇は思った。腑《ふ》に落ちたという顔で鷹野を見つめる。

彼が左利きだったことと、今回左手が切断されていたことは関係があるのではないか。そう思えた。

ノックの音がして、ドアが外から開かれた。部屋に入ってきたのは、先ほど白川と話をしていた眼鏡の男性だ。年齢は五十前後というところだろう。

「総務部長の曽根《そね》と申します」男性は頭を下げた。

「ちょっと手が離せなかったもので、遅くなってすみません。……それで刑事さん、弊社の岩崎が事件に巻き込まれたというのは本当ですか？」

「まだ断定はできませんが、おそらくそうでしょう」早瀬はうなずく。「岩崎さんが昨日、会社を出たのは何時ごろでしたか」

「さっき調べたんですが、ＩＣカードの記録では、午後九時十二分に事務所を出ています。今、社内で大きなプロジェクトがありまして、岩崎も遅くまで仕事をしていることが多かったようです」

「岩崎さんはまっすぐ自宅に向かったんでしょうか」

「……どうだった？」

曽根は白川に問いかける。彼女は首を左右に振った。

「私も行き先はうかがっていません。当初、仕事のあとどこかへお出かけになる予定だったようですが、事情が変わったのか、取りやめになって……」

「となると、町田《まちだ》のご自宅かな」と曽根。

「いえ、平日は初台《はつだい》ですから」

「ああ、そうか」

ふたりの間で話が通じたようだ。白川は門脇たちのほうを向いた。

「岩崎の自宅は町田市にあります。自宅と会社を行き来するときは、運転手付きの車で移動していきます。ただ、町田は遠いというので、平日は初台にあるウィークリーマンションから会社に通っていました。あそこからだと、このビルまで歩けますから」

「じゃあ、昨日は会社を出て初台に向かった可能性が高いわけですね」門脇は言った。「ひとり暮らしなら途中で食事をしたか、あるいは買い物をしたかもしれませんが」

「いずれにせよ、そのウィークリーマンションに帰ったはずですな」

そうつぶやいて徳重が窓に近づいた。ガラスの向こうに目を凝らしているが、あいにくこの窓から初台方面は見えないだろう。

「岩崎さんの顔写真をいただけますか。それから、ウィークリーマンションの場所を教えてください」

緊張感を滲《にじ》ませながら、早瀬係長は白川に言った。

## 5

塔子は車道を見回し、こちらにやってくるタクシーに向かって手を上げた。

うまい具合に空車を二台つかまえることができた。一台には門脇と塔子、鷹野が乗り込む。もう一台には早瀬と徳重が乗った。二台の車は京王線・初台駅方面へと走りだした。

新宿中央公園のそばを通り、甲州街道に出る。そこから先は直進だ。

前方に高層ビルが一棟見えてきた。国立の劇場が入っているビルで、初台駅と直結しているはずだった。

タクシーは住宅街の一画で止まった。塔子たちは急いで車を降りる。

総務部長の曽根から教わった住所を探して、住宅街を歩いていった。この辺りは西新宿から徒歩で二、三十分というところだろうか。近いという距離ではないが、運動不足を解消する目的などがあって、岩崎は歩いていたのだろう。

「あそこです」

住居表示板を確認して、塔子は前方の建物を指差した。クリーム色の壁にマンション名を記したプレートが掛かっている。目的地に間違いなかった。

一階に管理人室があったが、誰もいなかった。管理人が常駐するタイプのウィークリーマンションではないのだろう。案内板に書かれた連絡先を見て、徳重が電話をかける。合鍵を用意してほしいと頼んだようだ。

取り急ぎ、岩崎の部屋に行ってみることにした。

鷹野が先頭に立って一階の共用廊下を進んでいく。一〇五号室が岩崎の借りている部屋だ。

塔子たちは全員、白手袋を出して両手に嵌めた。

急速に緊張感が高まってきた。そういえば第一の事件で龍也こと桐生政隆の家を訪ねたとき、ドアは施錠されていなかった。

鷹野がチャイムを鳴らし、ドアをノックしたが返事はない。

手袋をつけた手で、鷹野はドアハンドルに触れた。軽く力を込めると、ハンドルは簡単に動いたようだ。鷹野はそばにいる早瀬に視線を送る。うん、と早瀬はうなずいた。それを確認してから鷹野はゆっくりとドアを開けた。

三和土《たたき》にはビジネスシューズが二足ある。だがそれはきちんと整えられずに、乱れて置かれていた。誰かが慌てて部屋を出るとき、蹴飛《けと》ばしてしまったように見える。その一点だけでも、不審と判断するのに充分だった。

「岩崎さん。岩崎壮一郎さん」鷹野は奥に向かって声をかけた。「警察です。いたら返事をしてください」

そこで言葉を切ったが、応答はない。鷹野の表情が険しくなった。

この状況を見て、塔子の頭に不吉な考えが浮かんだ。思い出されるのはやはり第一の事件、龍也が殺害されたあの現場だ。

靴を脱いで鷹野は廊下に上がった。塔子たちもそれに続く。

部屋の造りは一般的な1Kの賃貸マンションと同じだった。玄関から入ってすぐ右側にユニットバスとトイレがある。台所には流しとガスコンロが設置されているほか、中型の冷蔵庫と電子レンジ、トースター、電気ポットなどがあった。ウィークリーマンションの特徴として、あらかじめ用意されているものなのだろう。

奥にもう一部屋あるようだ。鷹野が引き戸を開けると、そこは六畳ほどの洋室だった。パソコンデスクと書棚、液晶テレビがある。向かって左手にシングルベッドが見えた。

塔子は息を呑んだ。

ベッドのそば、カーペットの敷かれた床に男性が横たわっていたのだ。艶《つや》のない肌から中高年の人物だと推測できる。顔を見て、塔子はその男性が誰かを知った。先ほど曽根から受け取った顔写真と同じ人物だ。

「岩崎さん！」

鷹野と門脇が床にしゃがみ込んだ。何度か名前を呼んだが、反応はまったくない。岩崎壮一郎は大きく口を開け、光のない目で宙を見ていた。

心拍や脈拍があるかどうか鷹野は調べている。門脇もそれに協力している。

やがてふたりは顔を見合わせた。門脇は力なく肩を落とし、鷹野は小さく息をついてこちらを振り返った。

「死亡しています」

「そうか……」

眉をひそめながら、早瀬がつぶやくように言った。

塔子は岩崎の左腕に目をやった。おそらく死後に損壊されたのだろう、左手が切られてなくなっていた。床の上には血で汚れた雑誌と小さな血溜《だ》まりがあり、そこで手を切断されたことがわかる。ノコギリなどの刃物は見当たらなかった。

「龍也さんのときと同じですね」門脇が口を開いた。「頭を殴ったあとロープなどで首を絞めて殺害。左手を切断して持ち去った……」

「手口を見れば、明らかに同一人物の犯行だとわかるな。被害者から切り取った手を、犯人は町なかに遺棄した。見つかることを前提にしている」

「そうですね」徳重がうなずいた。「奴は犯行を隠そうとしていない、ということです」

その行動から劇場型犯罪を狙う人物、あるいは愉快犯という推測が成り立つわけだ。

岩崎がすでに殺害されているであろうことは、塔子にも予想できていた。だが実際にこうして遺体を目にすると悔しさがこみ上げてくる。死亡した本人を見つけるまでは、まだわずかでも希望があるように思っていた。いや、正確に言えば、まだ希望があると信じたかったのだ。

早瀬が携帯電話を取り出し、特捜本部に報告を始めた。相手は手代木管理官らしい。

「……今、その岩崎という男性のウィークリーマンションにいます。……ええ、昨夜のうちに殺害された可能性が高いですね。……はい？　白手袋ですか？」

早瀬は部屋の中に目を走らせる。徳重がクローゼットの中を見て、早瀬に報告した。

「係長、ここに手袋がいくつかあります」

徳重にうなずいてみせてから、早瀬は電話の相手に言った。

「ありました。日常的に手袋を使っていたようです。それを知っていたから、犯人は左手に手袋を嵌めたのではないかと。……そうですね。お願いします。我々は現場の保全を行います」

通話を終えて、早瀬は携帯をポケットにしまった。それから、彼はこちらを向いた。

「もうじき応援が来る。鑑識課もな」

「やはり、ふたり目の被害者も亡くなっていた……」徳重がため息をついた。「気持ちが滅入《めい》りますね」

「面白くない状況ですよ。まったく面白くない」

そう言って、早瀬は悔しそうな顔をした。

パソコンデスクのほうでフラッシュが光った。みな驚いて、そちらに目を向ける。鷹野がデジタルカメラで室内の写真を撮っていた。

それを見て、塔子は気持ちを引き締めた。そうだ、自分もやるべきことをしなければならない。携帯を取り出し、カメラ機能で室内を撮影していった。鷹野と同じものを撮ることになるが、組が違うから、塔子は塔子で記録を残しておきたいと思ったのだ。

写真撮影を続けるうち、塔子は書棚のそばの壁に目を留めた。カレンダーが掛かっている。今見えているのは七月分で、ボールペンによるメモが残されていた。

「門脇主任、鷹野主任、ちょっと気になるものが……」

すぐにみな集まってきた。塔子はカレンダーを指差しながら説明する。

「記号が書かれているんです。『○《マル》』と『×《バツ》』と『?《ハテナ》』がありますね。『○』は毎週水曜に記入されています。『×』は第一、第三月曜。そして『?』は毎週金曜に書かれています」

「そうだな」門脇が腕組みをしながら言った。「『○』はOK、『×』は駄目、『?』はわからない、という意味かな。何のことだろう」

塔子と門脇は顔を見合わせる。早瀬や徳重も、しきりに首をかしげている。

しばらく考え込んでいた鷹野は、カメラを構えてそのカレンダーを撮影し始めた。

午後十時半、新宿署の休憩室に門脇班のメンバーが集まっていた。

参加者はいつものとおりで、リーダーの門脇、徳重、鷹野、尾留川、塔子の五人だ。それぞれコンビニの弁当を食べ、落ち着いたところで打ち合わせとなった。

塔子はテーブルの上を一度拭いてから、自分の捜査ノートを広げた。昨日書いた項目に、新たな情報を付け加えていくことにした。

■歌舞伎町事件

（一）龍也（桐生政隆）はなぜ殺害されたのか。★店の客から恨みを買った？　★または、客とは別の人物に恨まれた？

（二）なぜ龍也の右手を切断したのか。

（三）右手を歌舞伎町のドラッグストアに遺棄したのはなぜか。★龍也が歌舞伎町のホストだったから、同じ歌舞伎町に遺棄？

（四）右手の布手袋に意味はあるのか。★被害者は龍也だというヒント？

（五）ルビィメイルのバッグに右手と指輪を入れたのはなぜか。★被害者は龍也だというヒント？

（六）龍也の部屋にあった写真は、女性を暴行したときのものか。あの女性は誰か。★ユキ（村下由希）

（七）なぜ犯人は防犯カメラに写らなかったのか。★歌舞伎町に設置された防犯カメラに詳しい？

（八）ユキという女性は龍也の客だったのか。

■西新宿事件

（一）岩崎壮一郎はなぜ殺害されたのか。★仕事で恨みを買った？　または個人的な交友関係でトラブル？
（二）なぜ岩崎の左手を切断したのか。★岩崎が左利きだったから？
（三）左手を河森ビル五十階レストラン街の休憩スペースに遺棄したのはなぜか。★岩崎が河森ビル内に勤務していたから、同ビルに遺棄？
（四）左手の布手袋に意味はあるのか。★被害者は岩崎だというヒント？
（五）ルビィメイルのポーチに左手を入れたのはなぜか。結婚指輪を嵌めたままにしていたのはなぜか。★被害者は岩崎だというヒント？
（六）カレンダーのメモ「○」「×」「？」は何を意味するのか。
（七）岩崎は龍也と関係があるのか。
しばらくノートを見ていた門脇が口を開いた。

「龍也さんのとき不明だった点は、岩崎さんの事件にもほぼ当て嵌まるんだよな。なぜ手を切ったのか。その手をわかりやすい場所に遺棄したのはなぜか。さらに、ルビィメイルのバッグやポーチを使ったのはどうしてか……」

「殺害された理由も同じなんでしょうか」塔子はペンの先で項目をつついた。「でも、うまく繋がりませんよね。龍也さんを殺害したのは、ユキさんか、あるいは別の女性客、またはその関係者じゃないかと私は推測しました。ですが、岩崎さんはホストではありません」

「そうなんだよな。岩崎壮一郎さんが恨まれた理由を突き止める必要がある」

みな考え込んでしまった。

ホストである龍也が殺害された理由は、比較的容易に想像できた。女性を騙《だま》すというわけではないが、客にできるだけ多くの金を出してもらうのがホストという職業だ。金を出してくれるうちは愛をささやいて持ち上げ、金がなくなったらもう相手にしなくなる。そういう事実があったとすれば、愛が憎しみに反転し、女性客がホストに殺意を抱くという可能性はあるだろう。

しかしそういう犯人像を考えた場合、岩崎の事件が説明できなくなってしまうのだ。

「岩崎さんについて調べてみましたよ」徳重がベルトを緩めながら言った。「笹木テクノスはネットショッピングなどのEコマース、通信事業、ソフトウエア開発などを手掛けている会社です。ここ十年ぐらいで大きく成長してきました。岩崎さんはその会社の専務取締役です。営業部長時代は強気のセールスで有名だったようですね。会社が今の規模にまでなったのは、岩崎さんの功績が大きいとのことです。いずれは社長になる人物だと噂されていました」

「ところが、その人が突然、殺害されてしまった……」鷹野がつぶやく。

それを受けて、徳重は説明を続けた。

「過去に強引な商売をしてきた可能性があります。当然、会社間のトラブルもあったでしょうし、岩崎さん個人を恨んでいる者もいたはずです。そういう人間が何かのきっかけで岩崎さんを殺害した、というのは充分に考えられることだと思います」

「そうだとすると、龍也さん殺しとは動機が別だということになりますよね」門脇は渋い表情で言った。「筋読みが難しくなったな……」

門脇はスーツのポケットを探った。果汁グミの袋を取り出し、丸い粒を口に放り込む。煙草をやめた彼は口寂しさを紛《まぎ》らわすため、グミを食べるようになったのだ。

「さっきの会議で話が出たが、防犯カメラ関係の情報もあるんだよな？」

尾留川のほうを向いて門脇は尋ねた。缶コーヒーを飲んでいた尾留川は、うなずいて話し始める。

「河森ビルの現場には行けなくてすみませんでした。あのとき俺、データ分析班の仕事を手伝っていたんです。……まず、歌舞伎町のドラッグストアの件。これまでの調べと同様、不審な人物を見つけることはできませんでした。カメラの位置をすべて把握していたとしか思えないんですよね」

「敵ながら、たいした奴ですよ」徳重が言った。

「切断した手を遺棄するときはあれほど派手にやって自己主張したのに、自分自身は決して表に出ようとしない。用心深い人間です」

「一方、河森ビルの五十階にあった防犯カメラに、一瞬だけ不審な人物が写っていました」

「大きな手がかりだよな」門脇は腕組みをした。

「ただ、顔は見えなかったとか……」

「灰色のウインドブレーカーを着て、青いキャップをかぶった人物でした。所持品などは不明。上半身がちらっと写っただけで、顔ははっきり見えませんでした」

「ビルを出るところは写っていないのか」

「現時点では確認できていません」


尾留川からの報告はそこまでだった。そのあと不審者がどこへ行ったかは、明日からのデータ分析に期待しなければならないだろう。

「ビルを出てしまったあとは、追跡が難しいかもしれませんね」カメラをいじりながら鷹野が言った。

「雑居ビルが並んでいる場所なら、あちこちに防犯カメラがあるでしょう。でも西新宿の場合、高層ビルと高層ビルの間は空白地帯になります。道路しかないんだから当然そうですよね」

「点と点を繋いでいくような形になりますね」尾留川は唸った。「そのままカメラに引っかからずに、遠くへ逃げてしまうこともできる……。となると、明日の分析でも不審者は見つからないですかね」

「そうかもしれないなあ」

門脇も冴えない顔になった。一度は期待できるかと考えたが、実際にはかなり厳しいとわかって落胆したようだ。

塔子はしばらくノートを見ていたが、そのうち思いついたことがあった。小さく右手を挙げて発言する。

「岩崎さんがカレンダーに書き残した記号なんですが、もしかしたら、ユキという女性と会う予定だったりしませんか？」

ぴんとこなかったようで、門脇と鷹野は顔を見合わせている。

「どういうことだ？」門脇は尋ねてきた。「岩崎さんがユキと知り合いだったということか」

「ああ、すみません。思いつきでしかないんですが……」

「かまわない」鷹野も真剣な表情になっていた。「如月の考えを聞かせてくれ」

「強引かもしれませんが、龍也さん殺しの動機を岩崎さんにも当て嵌めてみようと思ったんです。推測ですが、龍也さんはユキという女性と交際していて、彼女に暴行を加え、それを恨んだ人間に殺害された。犯人はユキさんの元彼氏とか、そういう人物じゃないでしょうか……。もし、その犯人が岩崎さんのことも恨んだのなら、やはりユキさんが関係しているだろうと思ったんです。実は、ユキさんは岩崎さんとも交際していた。それをよく思わなかった犯人が、龍也さんだけでなく岩崎さんも殺害する計画を立てた……」

鷹野は顎を掻きながら考え込んでいたが、やがて塔子を正面から見つめた。

「あり得ることだな。元彼氏が犯人というのは説得力のある考え方だ。……で、その線で推測していくと、カレンダーの記号はどうなる？」

「『○』はユキさんと確実に会える日、『×』は会えない日、『？』はまだ予定がはっきりしない日、ということじゃないでしょうか」

なるほどな、と門脇は言った。

「確証はないが、ユキという女性と岩崎さんの関係を調べるのはアリだな。そしてユキさんが見つかれば、彼女に思いを寄せていた人間がわかるかもしれない。明日からはその線も調べていこう」

思いつきではあったが話してみてよかった、と塔子は思った。こうしたことは会議ではなかなか発言できない。少人数での打ち合わせだからこそ、先輩たちに意見を伝えることができたのだ。

「そうそう、もうひとつ報告を」徳重がメモ帳のページをめくった。「そのユキさんですが、履歴書に書かれていた村下由希というのは偽名でした。あの履歴書一枚からでは、本人にたどり着けそうにありません。家族や親族が見つかれば本人のことがわかるでしょうが、今のところ何も情報がないんですよね」

「ああ……調べてくださってありがとうございます」塔子は頭を下げた。「さすがトクさん。鑑取りの早さでは誰もかないませんね」

「まあ、こういうのはコツがあるからね。如月ちゃんにもいつか伝授したいものだけど」

「そのときは、どうぞよろしくお願いします」

塔子はにっこり笑ってみせた。

大事な話はすべて出て、そろそろ打ち合わせも終わりという雰囲気になってきた。

雑談の中で、鷹野がこんなことを話しだした。

「それにしても、犯人はどうやって被害者の行動を知ることができたんでしょうね。犯人が綿密に計画を立てるタイプだとすれば、事前にターゲットの行動パターンを調べていたはずです。ホストの龍也さんの場合は、まあ外から店を見張っていればいいかもしれない。でも岩崎さんがいたのはビルの三十三階です。そんな場所にいる岩崎さんを、ずっと見張っているのは難しいでしょう。仕事の都合で、会社を出る時間も毎日違っていたそうだし」

「きっと執念で調べたんですよ」尾留川が言った。「河森ビルの玄関前で待っていればいいんじゃないですか？」

「夕方からずっとビルの前で見張っているのか？　警備員に不審がられないかな」

「じゃあ、車から見張るというのは……」言いかけて、尾留川はすぐに首を横に振った。「それも難しそうですね。あんな場所で路上駐車は目立つでしょうから」

「だいたい部屋は三十三階なんだから、地上から事務所を見張るというのがそもそも無理だと思うんだ」

「何回か見張っているうち、うまく尾行できたんじゃないですかね。初台のウィークリーマンションさえわかってしまえば、待ち伏せすることもできただろうし」

「この犯人は、かなり細かい計画を立てて動いている ような気がする。事件を起こした日は特に、ターゲットの動きを監視していたと思うんだが……」

鷹野は納得がいかないという顔をしている。カメラの液晶画面を見て、これまで撮影した写真を調べ始めたようだ。

明日の予定をおのおの確認して、門脇班の打ち合わせは終了となった。

## 6

午後十一時を回って、歌舞伎町はいよいよ活気づいていた。

夜になるとこの町は賑《にぎ》やかに、華やかになり、多くの男女を呑み込んでしまう。昼間の気だるい空気は一変し、誰もが浮かれ騒いで金を使っていく。それがこの町をさらに煌びやかに見せる。まがい物の美しさが町中に溢れるのだ。

鴉は以前から歌舞伎町に出入りしているが、実はこの町にあまり魅力を感じてはいない。酔って笑い合う男女の姿は空騒ぎとしか感じられず、冷ややかな目で見ていたりする。自分が渦中に飛び込んで、何かをしたいと考えたことは一度もない。

好きか嫌いかで言ったら、この町は嫌いなほうだった。もともと大勢で騒いだりする経験がなかったから、何が楽しいのかよくわからないのだ。馬鹿騒ぎをしている連中のことは、普段から軽蔑していた。

それでも鴉がこの町にいるのは仕事のためだ。金を稼ぐ方法がそれしかないからだった。もし今より収入の高い仕事があれば、喜んで転職するだろう。そういう希望はあるのだが、なかなかいい場所は見つからず、仕方がないからずっと今の仕事にしがみついている。

それからもうひとつ。実はこちらのほうが理由としては重いのだが、鴉はある女性にこだわりを持っていた。彼女の動向を知り、ときどき接触して話をするには、この町に留まっているしかない。あの女をより良い方向へと導いていく。後悔のない人生を歩ませていく。それを実現するには、彼女を放置しておいてはいけない。彼女をまっとうな人間に変え、正しい道に進ませるためなら、自分はどんな苦労も厭《いと》わないつもりだ。

考え続けているうち、あの女の姿が頭に浮かんできた。

鴉は彼女を愛し、同時に憎んでもいた。自分が愛情を態度で示しても、結局彼女には伝わらない。だから愛情がそっくり憎しみに変わってしまう。エネルギーの大きさはそのままで、向かう方向が逆になるのだ。それはまさにアンビバレンツな心理状態だった。大切に思う感情と嫌いだという感情が同時に存在し、どう振る舞っていいのかわからなくなる。知識としてはそれを理解していたが、自分がそうなってしまうとは思ってもみなかった。所詮、人間というのは愚かで救いがたいものなのだ。

——愚かといえば、これもまた愚かすぎる行動なのか。

鴉は、ある場所へ通うのをやめることができずにいた。今日もまた、こんな時間に訪ねていくことになってしまった。

きらきらした表通りから路地に入っていくと、古い雑居ビルが一棟あった。ここは中国マフィアが幅を利かせる一帯で、日本の暴力団も手を出してこない。中国マフィアが信頼できる仲間というわけではないが、少なくともこのビルは、今の鴉にとってどうしても必要な場所だった。

薄暗い階段を地下へと下りていく。誰も掃除をしないのだろう、あちこちにごみが落ちていた。このビルの住人には、もともとごみを気にする習慣がないのかもしれない。

地下一階の廊下にはいくつかのドアがある。飲み屋がふたつ。怪しげな薬局がひとつ。そして一番奥にあるのが、鴉の目的地だ。

ドアには看板も表札も掛かっていない。初めて訪れたときには、ここでいいのだろうかとずいぶん迷ったものだ。だが情報どおり、この部屋には専門家が住んでいた。

ノックしてからドアを開ける。中は八畳相当ぐらいの部屋だった。形の揃っていないソファやベンチ、丸椅子などが壁際に並んでいる。手前にはテレビがあり、音を消した状態でバラエティ番組が映されていた。

奥にカウンターがあって、白いナース服を着た女性がパソコンを操作している。

鴉が近づいていくと、彼女は少し訛《なま》りのある喋り方で尋ねてきた。

「診察券お持ちですか」

「ああ……これです」

鴉はポケットから角の折れたカードを取り出した。ナースはそれを受け取り、パソコンで何かの確認をする。

「どこか具合悪いところありますか」

「前に治療してもらったところが気になってね。今後どうするか、先生に相談したいんですよ」

「わかりました。……今、暇してるから大丈夫ですよ。少し待ってください」

そう言って、ナースはカウンターから出てきた。

磨《す》りガラスの付いたドアを開けて、隣の部屋へ入っていく。

一分ほどで彼女は出てきた。

「いいですよ。どうぞ」

ナースに従ってドアの向こうへ移動する。消毒液のにおいがした。

そこは六畳ほどの広さの部屋で、カーテンによってふたつのスペースに分けられていた。左側はカーテンが閉まっている。右側には診察用のベッドと、パソコンの置かれたデスクがあり、白衣を着た男性がキーボードを操作していた。今見えるのはそこだけだが、実はこの奥にもうひとつ別の部屋があることを鴉は知っていた。以前、手術を受けたとき、そこへ通されたのだ。

ナースは右手のスペースに声をかけた。

「先生、お客さんですよ」

すると、パソコンに向かっていた男性が口を開いた。

「お客さんじゃなくて患者さんだろう。いい加減、覚えなさいって」

「あ、すみません」ナースはこちらを振り返った。「患者さん、先生の診察へどうぞ」

鴉はデスクのあるスペースに入っていった。

パソコンを操作していたのは、五十代半ばと見える男性だ。白いものの交じった髪を、無造作にうしろで束ねている。彼がこのクリニックの医師だった。

「はいはい、お待たせしました」

椅子をこちらに回転させて、医師は愛想《あいそ》よく言った。

「よろしくお願いします」鴉は患者用の丸椅子に腰掛ける。

「今日はどうしました?」

「前にも相談したんですが、ここ、鼻の形が悪くなってきたように思うんですよ。どうですかね。ちょっと診てもらえませんか」

「なんです？　形が悪い？」

首をかしげたあと、医師は鴉の顔を見つめた。それから、指先で目の周りや鼻に触れてきた。

「痛いですか？」

「いや、痛みはないんだけど、鏡を見ていると気になってしまって……」

しばらく鴉の顔を調べていたが、やがて医師は低い声を出して唸った。

「この前も言いましたが、特に問題はないと思うんです。ただ、ご本人としては気になるわけですね？」

「そうです。そのとおり」

「……まあ、ここへ来る患者さんは、みんな難しい事情を抱えていますからね。たぶん、あなたも大変なんでしょう。私は、細かい事情は訊かない主義です」

鴉は黙ったままうなずく。その点だけはメリットだと思えた。もし患者の秘密が守られなかったり、根掘り葉掘り事情を訊かれたりするようなら、こんな闇医者を頼る意味はない。

「もう一度手術してもらうことはできますよね？」

「それは大丈夫です。ただね、あらためて手術するとなれば、また二、三週間はダウンタイムがかかります。その間は家にこもっていなくちゃいけません」

「やはりそうなりますか……」

現実問題として、かなり難しいことだった。そんなに長くは仕事を休めない。思い切って転職してしまうのなら、休みの間に整形できるだろうが――。

「まあ、少し考えてみてください」医師は言った。「人それぞれ、いろんな理由があるでしょう。前の顔はどうしても見られたくない、という人もいます。私はそういう人の味方です。頼まれればいつでも手術をしますよ」

そう言って、医師は口元を緩めた。

賑やかな歌舞伎町を出て、鴉は電車を乗り継ぎ、自宅に戻った。

コンビニエンスストアで買った弁当を食べながら、ネットニュースに目を通す。政治、経済関係には興味がない。自分が知りたいのは社会のニュース、それも昨日今日、新宿で起こった事件のことだ。

画面をスクロールしていくうち、目的のニュース記事が見つかった。

おや、と鴉は思った。防犯カメラに写った自分の姿が公開されているのだ。灰色のウインドブレーカーと青いキャップ。人相はもちろんわからない。上半身だけだから身長も割り出せないだろう。それについては安心だった。

しかし油断をしたものだ。防犯カメラの設置場所はすべて頭に入れておいたつもりだが、河森ビル五十階で一瞬だけ姿を捉えられていたようだ。注意しなければ、と思った。

その記事を読み進めると、こんなことが書いてあった。写真の人物について何か情報を持っている方は捜査本部に電話してほしい、と。こういう話があると、何も知らないくせに電話をかける人間が出てきそうだった。いつの世にも迷惑な人間はいるものだ。

そこまで考えて、鴉はふと思った。

――あの人も、きっとこのニュースを見ているに違いない。

あの人というのは鴉が信頼を寄せるGM――ゲームマスターのことだ。自分の計画に多くのアドバイスをくれたのはGMだった。そのおかげで鴉は計画を磨き上げ、実行可能なものとすることができた。計画の後押しをしてくれたのはあの人だ。あれほどの知識と頭脳を持つ人が、その力を犯罪へと注《そそ》ぎ込んでくれている。鴉のやりたいことを見事にサポートしてくれる。ありがたいことだった。

その成果を、GMも楽しみにしていることだろう。この東京のどこかで、あるいは日本のどこかで、あの人は最新のニュースを待っているはずだ。自分はその期待に応えるため、最大限の力を発揮しなければならない。

ここまではとてもうまく進んでいる。そしてこの先、自分は三つ目の事件を起こすわけだが、その内容については少し検討が必要だった。ふたつの事件の成功を踏まえて、鴉にはぜひ実行してみたいことがあった。それを今、GMに相談しているところなのだ。

GMが驚くようなアレンジを加えてみたい。自分の成長をぜひGMに見てほしい。そういう気持ちがあった。

食事が済むと、鴉はバッグから写真を取り出した。第三のターゲットとなる人物。次に舞台へ上がるのはこいつだ。本人が嫌がっても泣き喚《わめ》いても関係ない。無理やりステージに引き上げ、地獄を味わわせてやるのだ。

新たな怒りを胸に、鴉は明日の計画を見直し始めた。

# 第四章　ロープ

## 1

早朝のコンビニエンスストアはすいていた。

惣菜《そうざい》などの並ぶ棚を覗いて、塔子は商品を吟味する。昨日の朝はおにぎりだったから、今日はサンドイッチを食べることにした。ミックスサンドとペットボトル入りのミルクコーヒー、のど飴《あめ》などをかごに入れてレジに向かう。

会計のとき、一円単位の端数《はすう》が出なかったのは嬉しかった。今日は運がいい、と思った。だがそのあと、塔子は考え直すことになった。

こんなつまらないことで運を使ってしまっていいものだろうか。せっかく運があるのなら仕事の中で使いたい。今日の捜査で大きな手がかりがつかめるようにと祈った。できることなら犯人を突き止め、追い詰めて逮捕してしまいたい。

——でも、そううまくはいかないだろうな。

事件の捜査には手間がかかり、被疑者を捕らえるのに相当な努力が必要だということを塔子は知っている。とにかく、粘り強く聞き込みをするのが一番だ。情報が集まらないことには、捜査は先へ進まない。

コンビニの外に出ると、熱い空気が体にまとわりついてきた。

七月十一日、午前六時三十五分。今日も朝から気温が高い。昼間の捜査活動は太陽との闘いになりそうだ。一応バッグに着替えを入れてあるが、また追加で用意しなくては、と思った。自宅にいる母に連絡して、段ボール箱で特捜本部まで送ってもらおう。

新宿署に戻り、講堂に入っていくとすでに十人ほどの捜査員が仕事を始めていた。若手の刑事が多い。その中に知った顔を見つけて、塔子は近づいていった。資料を睨んで腕組みしていたのは、鷹野とコンビを組んでいる兵藤だった。

「お疲れさまです。早いですね」

塔子が声をかけると、兵藤ははっとした様子で顔を上げた。

「あ、如月さん。おはようございます」

「もう仕事をしているんですか」

「ええ、まあ……。僕はまだ、大きな事件に慣れていないんですよね。先輩たちより頑張らないと、置いていかれてしまうので」

「努力家なんですね」

「いえ、そんなことは……。如月さんこそ、こんなに早くから大変じゃないですか」

「何かやっていないと不安なんです」

塔子が言うと、兵藤はまばたきをして尋ねてきた。

「本庁の捜査一課の方でもそうなんですか？」

「捜査というのは努力の積み重ねで進むものですよね。私が何かを見落としたせいで、犯人逮捕が遠のいてしまうかもしれないし……。それだけは避けたいから、いつも焦っているんです」

正直な気持ちだった。現場で経験を積んできたが、それでも毎回の捜査で反省すべき点が見つかる。ベストの仕事ができたと思えたことはあまりない。まだまだ力不足だと感じることが多かった。

「なるほど。どんなときも油断せず注意を払え、ということですね。勉強になります」

兵藤は何度もうなずいている。真面目な性格の刑事なのだろう。

ふと思いついて、塔子は彼に尋ねてみた。

「鷹野主任との捜査はどうですか」

「……有名な方ですからね。僕が足を引っ張ったらどうしよう、と心配です。捜査中も、あまり初歩的なことを訊いたら怒られるんじゃないかと思って」

「そんなことはないですよ。兵藤さんがこういう捜査に慣れていないのなら、むしろいろいろ質問したほうがいいと思いますけど」

「いえいえ、そんな。恐れ多くて……」

兵藤は慌てた様子で首を左右に振った。まあ、そうかもしれないな、と塔子は思った。鷹野のことをよく知らない人からすると、とっつきにくい印象があるのだろう。

「何か話したりはしないんですか。雑談という感じで」

「ああ、それはまあ……。僕がお喋りなので、主任は合わせてくださっているのかも」

「十一係のことは何か言っていましたか」

「捜査一課の中でも一番有名なチームですよね、すごいです、と僕が言ったら、ちょっと首をかしげていました。たしかに成果を挙げてはいるが、それはメンバー全員がやるべきことをやった結果なんだって。仲間に恵まれている、と話していました」

「そうですか、仲間に恵まれたと。ほかには何か……」

「如月さんのことも言っていましたよ」

兵藤の言葉を聞いて、塔子は真顔になった。声を低めて彼に尋ねる。

「どんなことを？」

「頑張ってくれている、と。すごく努力家だと言っていました」

「はいはい。それから？」

「ええと……それだけですけど」

もっといろいろ聞けるかと思って期待してしまった。塔子は内心の落胆を悟られないよう気をつけながら、兵藤に礼を言った。

「ありがとうございました。また聞かせてくださいね」

「ああ、そうだ」兵藤は思い出したという顔をした。「鷹野主任、ちょっと気になることを言っていましたね。組織の中のチームだから、いつまでもこのままということはないだろうって。俺が異動になるかもしれないし、ほかの誰かが抜けるかもしれないって」

「そうですか。そんなことを……」

「でも、それまでは全力で事件を解決していくそうです。誰にも迷惑をかけないようにしたい、ということでしたよ」

兵藤は口元を緩めた。鷹野の話を、あくまで雑談と捉えているのだろう。だが塔子には少し引っかかることがあった。

組織だから異動があるのは仕方がない。上意下達は警察の中で絶対のルールだ。だが今の話を聞くと、鷹野が異動を希望しているのではないかと不安になってくる。考えすぎだとは思うものの、そのことが気になって仕方がなかった。

午前中いっぱい、塔子は門脇とともに捜査を続けた。

遊撃班としての役目は、できるだけ正確な筋読みをすることだ。その筋読みによって捜査方針が決まり、犯人逮捕への道筋ができることになる。

だが、今の時点では情報不足の感が否めなかった。ふたりの被害者に接点があったかどうかも、まだわかっていない。犯人との関係も不明だ。捜査開始から三日目。塔子たちは積極的に動いて、事件の関係者に聞き込みを行う必要があった。

午後一時を回ったころ、ふたりで昼食をとることにした。この暑さで門脇は食欲が落ちているという。蕎麦《そば》屋が見つかったので、そこに入った。門脇は天ざるを、塔子は鴨南蛮《かもなんばん》を注文した。意外と天ぷらが旨いな、と門脇は嬉しそうだった。

蕎麦湯を飲んだあと、門脇が話しかけてきた。

「去年の夏の事件を覚えているか」

「ええと……」塔子は記憶をたどった。「八月に銀座で事件がありましたよね。お店のショーウインドウで遺体が発見されるという事件……」

「あのときも暑かったんだよなあ」門脇は椅子の背もたれに体を預けた。「暑すぎるとか寒すぎるとか、どうも俺は、不快感でしか季節を覚えられないみたいだ」

急に門脇がそんなことを言ったので、塔子はくすりと笑ってしまった。

「まあ、いつも仕事が忙しいですからね」

「夏だからといって海に行くわけじゃないし、冬だからといってスキーに行くわけでもない。捜査がないときは家で体を休めて、また次の捜査に備えるという感じだよな」

「ええ、そうですよね」

「そうこうするうち、体を壊してしまう奴もいる」

あ、と塔子は思った。

門脇の頭に浮かんでいるのは、同期の幸坂礼一郎のことだろう。今、幸坂は病気で休職中だ。門脇は彼と仲がよかったようだし、幸坂の実力を評価していたとも聞いている。

「幸坂さん、早くよくなるといいですね」

塔子がそう言うと、門脇は深くうなずいた。

「あいつが捜査の現場にいないなんて、組織にとって大きな損失だ。せっかくいいセンスを持っているんだから、復帰してばりばり働いてもらいたい」

「あんまりばりばり働くと、また調子が悪くなりませんか？」

「ああ、そうか」門脇は苦笑いを浮かべた。「人間、適度に休まないとな。よくなったり悪くなったりを繰り返したんじゃ、家族も心配する」

家族というのは幸坂の妻のことだろう。落ち着いた雰囲気の、真面目そうな人だったな、と塔子は思い出す。

「幸坂さんと奥さん、お似合いのご夫婦ですよね」

「……うん、そうだな」

何度かうなずいてから、門脇はコップの水を飲んだ。

食事を終えて、塔子たちは捜査を再開した。夏の太陽を恨めしく見上げながら、歌舞伎町の通りを歩いていく。キャバクラやガールズバーの関係者を順番に当たっていった。

何人か空振りが続いたが、そのうちユキを知っているという女性を見つけることができた。二十歳過ぎぐらいで、髪は太陽を思わせる金色だ。その女性はヒカリと名乗った。

「ユキってあの子でしょ？　ここにほくろのある……」

にっと笑ってみせたあと、ヒカリは自分の唇の左側を指差した。

「そう、たぶんその人です」塔子はうなずく。

ヒカリはガールズバーで働いていて、仕事のあと別の店で飲んでいるうち、ユキと知り合ったそうだ。

かき氷をご馳走してくれたら詳しく話すというので、塔子たちはヒカリのあとについていった。テイクアウト専門の店があり、飲み物やかき氷を販売している。ヒカリにひとつ買い与え、日よけテントの下でベンチに腰掛けた。

シロップで舌を真っ赤にしながら、ヒカリはかき氷を食べている。頭がキンキンすると言って、ときどき目をつぶる。おおかた食べ終わったあと、彼女はようやくこちらを向いた。

「……で、何だっけ？」

塔子の隣にいた門脇が、資料写真を取り出した。

「ユキさんですがね、この写真の女性に間違いないですか」

「どれ、見せて」

ヒカリは写真に目を落とす。しばらく見ていたが、やがて彼女は眉をひそめた。

「うん、ユキに間違いないけど……。でも、なんでこんな顔してんの？」

どうやらヒカリは勘のいい女性らしい。この写真は、顔以外の部分をトリミングしたものだ。しかし、もとは暴行を受け、拘束されている場面だと思われる写真だった。

「ちょっと事情がありまして」塔子は言った。「ユキさんを捜しているんです。危険な目に遭っている可能性があるものですから」

「そうなの？　もしかしてストーカー関係かな」

「ご存じなんですか？」

「誰かにつきまとわれてるって言ってた。それで住所を変えたり、携帯の番号を変えたりしなくちゃいけないって」

ライトベリーというキャバクラの店長もそう言っていた。やはりユキは誰かから逃げていたのだ。

「ユキさんの本名はわかりますか？」塔子は尋ねた。

「知らない。人の事情には首を突っ込まないってのが、うちらのルールだから」

「住所もわかりませんか？　あるいは電話番号でもいいんですが……」

「ああ、携帯ならわかるよ。昨日かかってきたし」

「本当ですか！」

思わず声が大きくなってしまった。幸い、周囲にほかの客はいない。

こほんと咳払いをしてから、塔子は再び口を開いた。

「勘のいいヒカリさんならわかりますよね？　おそらく今、ユキさんの身に危険が迫っています。私たちは彼女を助けたいんです。それが警察官の役目ですから」

ヒカリは黙り込んだ。ベンチに座ったまま何かを考えているようだ。彼女はしばらく通行人を眺めていたが、やがて言った。

「蟬《せみ》が鳴いてる」

塔子は耳を澄ましてみた。そう言われると、遠くから小さな鳴き声が聞こえてくるような気がする。だが、はっきりとはわからなかった。

「いつかキャンプに行こうって話してたのよ」ヒカ

リは続けた。「絶対無理だろうなって思いながら、でも約束したの。おかしいでしょ。私はユキの本名も住所も知らない。ユキだって私のことを何も知らない。それなのに、ふたりで約束だけして」

「親しい間柄だったんですね」塔子はヒカリをじっと見つめる。

「あの子は今、どこかに隠れているってことね。うん、それがいいと思う。身を守るために行動するって立派なことだから。いつまでも悪い男と一緒にいたら、何をされるかわからないもの」

「私もそう思います」塔子はうなずいた。「そして、ユキさんには警察の助けが必要です。……私は以前の捜査で、男性の暴力から女性を守るＤＶシェルターに行ったことがあるんです」

今年の一月にその事件は起こった。

解体準備中の商業施設で、らせん階段から男性が転落した。死後、左目を抉《えぐ》り取《と》られていたという事件だ。その捜査の中で、塔子は女性を守ろうとする団体に接触したのだった。

「男女の間には暴力だけでなく、いろいろな問題があります。私なら、きっとユキさんの力になれると思います。彼女の電話番号を教えてもらえませんか」

ヒカリは思案の表情を浮かべた。友人を塔子たちに託せるかどうか、じっと考えているのだろう。しばらくして彼女は言った。

「警察は好きじゃないんだけどね。……如月さんといったっけ？　あんたが電話をかけるんなら、番号を教えてあげる」

ヒカリは門脇をちらりと見た。たしかに、ユキがストーカー被害に遭っているのなら女性が電話をかけたほうがいいだろう。塔子は表情を引き締め、ヒカリに向かって一礼した。

「ありがとうございます。感謝します」

「その代わり、ちゃんとユキを助けなさいよね。あの子に何かあったら、ただじゃおかない」

「わかりました」

　塔子はもう一度ヒカリに頭を下げた。隣で門脇も目礼をしている。

　電話番号を教わった。行きがかり上、塔子はこのままヒカリの前で架電することになった。事件について聞かれてしまうかもしれないが、やむを得ないだろう。それに関しては、門脇も特に異論はないようだった。

　コール音が聞こえてきた。二回、三回、四回と続く。どうなるだろうか、と塔子は思った。知らない番号だからユキは無視するか。それとも黙ったまま電話に出るか。自分から名乗って電話に出ることはおそらくないだろう。

　六回目のコールのあと、電話が繋がった。

「もしもし……」女性の声が聞こえた。

　警戒していることがよくわかる。塔子は彼女を刺激しないよう、できるだけ穏やかに、明るい調子で話しかけた。

「ユキさんでしょうか？　はじめまして。私は警視庁の如月といいます」

「……警察？」

「驚かせてすみません。実は今、ある事件を捜査していまして、その中でユキさんのことを知りました。私たちはあなたを助けたいと思っています」

　そろそろ相づちが入ってもいいころだが、相手からは何も応答がない。少し不安になってきた。

「あの、ユキさん……聞こえていますか？」

　そのとき、ぽんと肩を叩かれた。驚いて振り返ると、そばにヒカリが立っていた。ちょっと貸して、と彼女は言う。塔子は携帯を彼女に手渡した。

「もしもし、ユキ？　私、ヒカリ。……ごめんね、携帯の番号教えちゃって。……ああ、そうだよね。私が先に電話すればよかったね。……それでさ、あんたストーカーに狙われてるんでしょう？　警察の人がそのことを心配してくれてるの。DVシェルターとかも知ってるんだって。悪い人じゃなさそうだから相談してみなよ」

ヒカリはユキを説得してくれたようだ。はい、と言って携帯をこちらに差し出した。塔子は拝むように両手を合わせてから携帯を受け取った。

「如月です。ユキさん、私たちならあなたを助けられると思います。一度会って、話をさせてもらえませんか」

「いきなり会うというのは、ちょっと……」

か細い声が聞こえてきた。ヒカリが間に入ってくれても、やはり抵抗があるようだ。

少し考えてから、塔子は言った。

「龍也さん——桐生政隆さんをご存じですよね。シャインガーデンで働いていたホストの方です」

「……知ってます」

「歌舞伎町の事件のことは、もう……」

そっと尋ねたのだが、応答がなかった。しばらく無言の状態が続いた。彼女の返事は聞こえてこないが、その心情は容易に想像することができた。ユキはすすり泣いていた。

「見ました……ニュースで」声を詰まらせながらユキは答えた。

「そうですか。ユキさん、あなたに関係があるかどうかわかりませんが、もうひとつの事件はご存じでしょうか」

「もうひとつって何です？」

「笹木テクノスの専務取締役・岩崎壮一郎さんが亡くなりました」

「え？　あ……あの、ちょっと待ってください。今、何て言ったんですか」

「岩崎壮一郎さんが亡くなりました。龍也さんと同じように殺害されたんです」

「そんな……」

昨夜から報道が行われているのだが、ユキは知らなかったようだ。龍也のことがショックで、ほかのニュースどころではなかったのかもしれない。

塔子は考えを巡らした。今の反応から、ユキが岩崎とも接点があったことは明らかだ。あとは、それがどのような関係だったのか、という話になる。

　塔子のそばで、門脇がじっと耳を澄ましていた。漏れてくる声を聞き取っているようだ。ヒカリもまた、怪訝そうな表情で成り行きを見守っていた。

　携帯を握り直して、塔子はゆっくりと相手に話しかけた。

「ユキさん、混乱されていると思いますが、落ち着いて聞いてください。現在、私たち警察はそのふたつの事件を捜査しています。あなたはおふたりを知っているんですよね？」

「それは……」

　ユキは言い淀んだ。警察官に対して、どこまで話していいかと迷っているのだろう。そして、このように迷うということは、何か打ち明けにくい事実があるということだ。

「龍也さんの部屋に、あなたの写真がありました。あなたは彼と交際していたんですよね？」

「写真を……見たんですか？」

「あなたは彼から暴行を受けていたんでしょう？　それはユキさんが望んだことではなかったはずです。私たちはあなたの味方です。事情を聞かせてもらえませんか」

　塔子は気持ちを込めて切々と訴える。その思いがついに通じたらしく、ユキは話し始めた。

「去年、私はキャバクラに勤めていたんです。九月の初め、仕事上がりのとき知り合いの子に誘われて、ホストクラブに行きました。そこで龍也に会ったんです」

　やはりそうか、と塔子は思った。彼女と龍也の交際は、客とホストという関係から始まっていたのだ。

「そんなにお金は使わなかったんですけど、龍也に気に入られてつきあうようになりました。彼の家にも泊まりに行きました。早い時期にそういうことになったので、ホストクラブ通いはすぐにやめました」

「そうだったんですか。結局、お店には何回ぐらい行ったんですか？」

「三回しか行っていないと思います」

「去年、九月に三回？」

「はい。本当に彼は優しかったんです。最初は」

そもそも来店回数が少なかったし、大きな金額を使わなかった。だからシャインガーデンで聞き込みをしたときも、ユキの話は出なかったのだろう。

「ホストクラブ通いはやめましたが、私は龍也に頼まれて、お金を貢ぐような形になりました。私から直接お金を受け取れば、お店に中抜きされなくて済むから、ということでした。私はキャバクラで働いて貯《た》めたお金の大部分を、彼に渡しました。でも、それだけでは少ないと彼は言いました。龍也は私に、キャバクラを辞めて風俗店へ行くよう命じました。……嫌でした。でも私は龍也が好きだったから、断れなかったんです。それで去年の十二月から風俗の仕事を始めました」

声がかすれて、今にも消えてしまいそうに思えた。辛い告白をさせていることに、塔子は罪悪感を覚えた。だが、捜査のためには情報を得なければならない。今回の事件を解決するには、どうしても必要なことだった。

「辛いことでしたね」塔子は慰めるように言った。「本当によく我慢しましたね」

「……そのうち、状況が変わったんです」ユキは続けた。「今年になってから、龍也が私に暴力を振るうようになりました。ホストクラブの売上が伸びなくて、ストレスが溜まっていたようでした。なんとかしてあげたかった。でも、私にはもう無理でした。彼の気持ちは、完全に私から離れてしまっていたんです。同じように、私の気持ちも彼から離れていきました」

その時期に暴行写真が撮影されたということだろう。龍也は撮った写真をずっと保管していた。何に使うつもりだったのかはわからない。

「そんな中、今年の三月なんですが、風俗店の客だった岩崎が、愛人契約を結ばないかと言ってきました。毎月かなりの額をもらえるというので、風俗店はやめました。もともと嫌だったし、そのころにはもう龍也への気持ちは冷めきっていましたから、未練はありませんでした。私は引っ越しをしたり携帯の番号を変えたりして、龍也から逃げました」

ここまでの話を聞くと、ある疑問が湧いてくる。塔子は相手に尋ねた。

「あなたにつきまとっていた人物というのは、龍也さんだったんですか？」

「……たしかに、別れたあと龍也は私を捜していました。それは、私が稼ぐお金がほしかったからです。でも、龍也が私の新しい住所を知ることはありませんでした」

「ということは……」塔子は考えながら言った。「そのことを知った何者かが、龍也さんを殺害したんじゃありませんか？　犯人はあなたを助けようとしたのでは？」

「いえ、それは……」

「そして、その人物が岩崎さんも殺害したんでしょう。岩崎さんはあなたと愛人契約を結んでいたんですよね？　犯人はあなたに好意を抱いて、ほかの男たちからあなたを助け出そうとしたんじゃありませんか？」

責めるつもりはまったくない。だが話しているうち気持ちが高ぶって、塔子の言葉は少し強い調子になっていた。

ユキは黙っている。彼女を萎縮《いしゅく》させてしまっただろうか。塔子は咳払いをしてから、柔らかい声で話しかけた。

「ユキさん、このままだと、犯人はあなたを危険な目に遭わせるかもしれません。それだけは避けたいんです。もし龍也さんとは別に、あなたを狙っているストーカーがいるのなら教えてもらえませんか。

正体がわからないのなら、何か手がかりになる情報だけでも聞かせてください」

言葉を切って、塔子は相手の反応を待った。五秒、十秒と沈黙が続く。だが塔子にはわかった。ユキは迷っているのだ。彼女の息づかいから、それがはっきりと感じられる。

やがて、彼女の声が聞こえた。

「……一昨日、あの人に待ち伏せされたんです。私は怖くなって逃げました」

「ストーカーですね？」

「昨日の夜には電話がかかってきました。あの人は言いました。今、物騒《ぶっそう》な事件が起こっているから気をつけろ、と」

電話がかかってくるということは、身近な人物なのだろう。塔子は尋ねた。

「その人の名前を教えてもらえますか？　あなたがよく知っている人なんですよね？」

返事はない。ユキの息づかいが聞こえてくるばかりだ。

もどかしい思いが強まった。おそらくユキは犯人の正体を知っている。だがそれを警察には言えないらしい。それこそまさに、愛情と憎悪の入り混じったストーカー事案ではないのか。

「わかりました」塔子は言った。「今すぐというのは無理かもしれません。少し時間をかけて、しっかり考えてみてください。情報をいただければ、私たち警察はあなたの身を守ります。必ず守ってみせます。だから、気持ちが変わったら連絡をいただけませんか。今、電話をかけているこの携帯に連絡をください。お願いします」

数秒後、電話は切れてしまった。

携帯を手にしたまま、塔子は深いため息をついた。わずか十分ほどの電話だったが、一時間も話していたように感じられる。

門脇は険しい顔をしていたが、塔子に向かって大きく二度うなずいた。今はあれがベストの対応だったと認めてくれているようだ。

ヒカリは自分の携帯を出して画面を見ている。ユキに電話しようと考えたのかもしれない。だが、今はそのときではないと思い直したようだった。

彼女はユキと深く関わったわけではないが、何か通じ合うものがあったのだろう。だから一緒にキャンプに行こうなどと話したのではないか。実現の可能性は低いとわかっていながらも、ふたりはその約束をしたのだ。

遠くから、また蟬の声が聞こえたような気がした。

強い日射しの中、塔子は空を見上げてじっと耳を澄ましていた。

## 2

ヒカリが去っていったあと、門脇はスポーツドリンクを二本買った。

あいていたベンチに腰掛け、一本を如月に手渡す。彼女が財布を取り出そうとするので、俺の奢《おご》りだと言って隣に座らせた。

「すみません、ご馳走になってしまって」

「熱中症になったら困るからな」門脇はハンカチで額の汗を拭った。「それにしてもここ何日か、ひどいな。日本の夏ってこんなに暑かったか?」

「毎年そう思いますよね。異常気象なんでしょうか」

しばらく地球温暖化について話したが、ここで結論が出るわけでもない。じきに会話は途切れてしまった。

門脇はスポーツドリンクを飲みながら、道を行く人々に目をやった。食材の配達をする者や、酒のケースを運ぶ者、店の前を掃除する者。午後の日射しの中、歌舞伎町では夜の準備が進んでいる。

あらためて門脇は事件の全体像について考えてみた。

「ユキさんの話から、だいぶ事情がわかってきた。ふたつの事件の犯人は、ユキさんのストーカーで間違いなさそうだ」

「やっぱり男女間のトラブルでしたか……」水滴の付いたペットボトルを見つめながら、如月が言った。「生々しい話ですよね」

「まあ、どこに行ってもそういう事件はあるよ。俺の女に手を出しやがって、と犯人は怒りくるうわけだ。実際にはそいつの女じゃなかったりするんだが、思い込みというやつは恐ろしい」

「本当ですね。怖いと思います」

如月はじっと考え込んでいる。女性であれば誰でも、多かれ少なかれ男性への警戒心はあるだろう。互いを知って無事カップル成立となればいいが、男性側が一方的に好意を寄せ、なぜ俺の気持ちがわからないのだと暴走することがある。ストーカーの誕生だ。

「ただ、今回のケースは少し特殊かもしれない」門脇は話を続けた。「犯人の中に生まれた憎しみや殺意はユキさんではなく、その交際相手に向かった。ホストの龍也さんを殺し、インターネット関連会社の専務だった岩崎さんを殺した」

「邪魔者がいなくなれば、ユキさんを取り戻せると思ったんでしょうか。そんな、単純なものじゃないのに……」

眉をひそめて如月は言う。この事件に関しては、彼女にもいろいろと思うところがあるのだろう。

ここで門脇は話題を変えた。

「ちょっと気になっているんだがな。打ち合わせで鷹野が言っていたが、犯人はどうやって被害者の行動パターンを知ったんだろう。特に岩崎さんだ。彼は三十三階で仕事をしているから、監視はなかなか難しい」

「たしかに、ウィークリーマンションの場所を知るときにも尾行が必要だったはずですね。そのためにも、岩崎さんが会社を出るタイミングを知っておく必要があった……」

そういうことだ、と門脇はうなずいた。

「それで、ひとつ思いついたことがある。岩崎さんのいた河森ビルの隣には、高木生命ビルがあるだろう。直線距離でわずか五十メートルほどだ。あそこからであれば、岩崎さんの執務室を見ることができるんじゃないだろうか」

あ、と言って如月はまばたきをした。昨日窓から見た隣のビルを思い出したようだ。

「言われてみれば近いですね。高木生命ビルから岩崎さんの部屋が見えるかも……」

「仮にブラインドが下りていても、高さが同じぐらいのフロアなら、岩崎さんの動向を知ることができると思う。夕方になって明かりが消えれば、もう帰るんだと想像がつくよな。それを確認してからビルの玄関へ駆けつければ、岩崎さんを尾行できたんじゃないだろうか」

「そうやってウィークリーマンションの場所を突き止めたわけですね。そして事件当日も、岩崎さんがいつ会社を出るかわかった、と……」

「高木生命ビルに行ってみないか」

「ええ、すぐに移動しましょう」

如月はベンチに置いてあったバッグを肩に掛ける。

門脇はスポーツドリンクのペットボトルをごみ箱に投げ入れ、素早く立ち上がった。


歌舞伎町を出て大ガードをくぐり、西新宿に出る。

青梅街道《おうめかいどう》を歩いていくと、最初に見えてくるのが高木生命ビルと河森ビルだ。いずれも地上五十階前後、高さにして二百メートルほどある高層ビルだった。その向こうに建つ新宿警察署と比べると、差は歴然だ。

昨日門脇たちが訪ねた河森ビルは青みがかった灰色で、すっきりした直線的な外観となっている。だがその東側に建つ高木生命ビルは、一部に曲線を活かした珍しいデザインの建物だ。

まず門脇たちは高木生命ビルの一階ロビーに行き、フロア別の会社一覧表をチェックした。ビルに入っている会社がフロアごとにまとめて表示されている。如月がそのプレートを携帯で撮影した。

「あ、待てよ」門脇はプレートを指差した。「このビルは最上階に展望スペースがあるな。そこからの見え方はどうなんだろう」

「確認してみましょう」

ほかの客数名とともにエレベーターで最上階に上ってみた。ここは河森ビルより少し低く、四十八階建てだということだ。

エレベーターホールに出ると、無料の展望スペースへの案内表示があった。一般客のあとについて廊下を進んでいく。まもなく、開けた場所に出た。

「こいつはすごいな」思わず門脇は、そう口に出していた。

壁一面に大きなガラス窓があり、その向こうに東京の町が広がっている。新宿駅から延びている線路を中央線の電車が走っていた。線路の先、左手にあるのは歌舞伎町だ。右のほうに目を転じると木々の緑が見えた。

「あれは新宿御苑《しんじゅくぎょえん》か」

「あ、そうですね。たしかに」如月もうなずいている。

窓に沿って展望スペースを歩いてみた。最初は窓ガラスの大きさに圧倒されたものの、場所はそれほど広くないようだ。じきに門脇たちは展望スペースの確認を終えた。

「ここは外れですね」如月が小声で言った。「窓は東向きです。河森ビルはちょうど反対側、西側に建っていますから、ここからだと見えません」

展望スペースは候補から除外していいということだ。

如月は携帯電話を取り出した。先ほど撮影した、フロア別の会社一覧表を画面に表示させる。

「ほかに、無料で立ち入れる展望スペースはありませんね」

「このビルの西側に入っている会社であれば、岩崎さんの部屋が見えるよな」

「ええ。岩崎さんの部屋からこの高木生命ビルが見えたわけですから、当然、逆も可能ですよね」

如月の携帯を見つめて、門脇は考え込んだ。一フロアあたりの高さはどのビルもだいたい同じだろう。だとすると、この高木生命ビルの西側、三十三階ぐらいにある会社からであれば、岩崎の部屋が見える可能性がある。

「このビルの三十二階は食品メーカー、三十三階は人材派遣会社、三十四階は不動産会社か」

「下から順番に訪ねてみましょう」

エレベーターに乗り込み、如月は三十二階のボタンを押した。

そのフロアに事務所を構えるのは、カレーなどを製造・販売する「ロッジ食品」という会社だった。この会社の商品は門脇もよく買っている。手軽に食べられるカレーライスやハヤシライスは、ひとり暮らしの強い味方だ。

総務部の社員に頼んで、西側に面したエリアを見せてもらった。三つの部屋に分かれていて、いずれもオフィスとなっている。窓に近づくと、五十メートルほど先に青みがかった灰色の壁が見えた。河森ビルだ。

岩崎の執務室はあのビルの三十三階、南寄りだったはずだ。こちらから見ると、左端《ひだりはし》のほうということになる。

「ここが三十二階だから、向こうの三十三階はあのフロアかな」

門脇が指差す先に、如月は目を向ける。それから彼女は窓ガラスに額を押し当て、上のほうを見た。口の中で何かぶつぶつ言っているので、どうしたのかと思っていると、

「主任、あそこの窓に白いものがあるんですが、見えますか」

「え？　どれだ」

隣のビルに向かって門脇は目を凝らす。じきに如月の言っていることがわかった。ある窓に、内側から白っぽいものが貼ってあるようだ。

「あれを目印にして、そのひとつ下のフロアが三十三階です」

「なんでわかるんだ」

「上から数えましたから。あの白い窓は三十四階なんです」

「目がいいんだな。ええと……じゃあ、三十三階の左のほうの……」

視線を動かしていった。昨日訪ねた記憶からすると、岩崎の部屋の窓は、左端から十個目ぐらいまでのどこかだろう。

如月は社員の許可を得て、窓の外の写真を撮り始めた。写真は、あとでこの場所を思い出すときに役立ってくれるはずだ。

最後に岩崎の写真を見せ、笹木テクノスという会社を知っているかと尋ねてみた。しかし社員は首を横に振るばかりだ。

礼を述べて、門脇たちはエレベーターホールに向かった。

ひとつ上、三十三階の西側にあったのは人材派遣会社の「ディンベル」だった。テレビで盛《さか》んにＣＭを流しているから、これも門脇の記憶にある会社だ。

人事・総務関係の社員が部屋を案内してくれた。西向きのエリアには四つのオフィスがあるそうだ。順番に見せてもらった。

「ああ、河森ビルの三十三階がよく見えるな」門脇は窓の向こうを指差した。「あのフロアだろう？」

「例の部屋は左のほうでしょうから……あのへんですかね」

「夜になったらもっとはっきり見えるだろうな。こいつは可能性があるぞ」

四つのオフィスを見せてもらったが、どの部屋からも岩崎の執務室は、ある程度見えることが確認できた。

オフィスのほかに、もうひとつ部屋があるという。

「ここは従業員用の休憩室です」女性社員は言った。「私どもの会社では人こそ財産だと考えております。こうした休憩室をしっかり造って、社員にリフレッシュしてもらえるよう努めています」

落ち着いた内装で、あちこちにテーブルや椅子、ソファなどが配置されている。奥には靴を脱いで上がれる畳のスペースもあった。飲み物や菓子、カップ麺《めん》などの自動販売機が設置されているし、コーヒーは飲み放題らしい。これは羨《うらや》ましいな、と門脇は思った。

窓から覗くと、この部屋からも河森ビルの三十三階がよく見えた。許可を得て、如月は窓からの景色を撮影する。ここはフリースペースだから室内も撮っていいと言われ、如月は携帯を片手に部屋の中を歩き始めた。

窓の反対側、壁に面したところに大型の液晶モニターが三台あって、それぞれに映像が映し出されている。左端は空撮した海や山などの環境映像、真ん中は京都などの観光地を扱うドキュメンタリー風の映像、そして右端は動物の生態を追った映像だった。それぞれのモニターにはデスクトップパソコンが接続されていて、流す映像は自由に選べるようだ。

門脇は腕組みをして考えた。これまで見てきたオフィスは、いずれも従業員でなければ利用できないはずだ。しかしこの部屋はどうだろう。

「この休憩室に、外部の人間が入ることはありますかね」門脇は女性社員に尋ねた。

「それはあり得ないですね。出入りするにはICカードが必要です。刑事さんたちのように、社員が案内してきたのなら入ることもできますが」

あの、と横から如月が言った。

「ビルの清掃会社の人だったらどうです？」

「……まあ、それは可能ですね。でも清掃員が長い時間ずっとここにいたら変ですよね。その場合、社員が気づくと思います」

たしかに彼女の言うとおりだ。如月も納得したようだった。

ここでも岩崎の写真を見せ、笹木テクノスについて質問してみた。だが、特に情報は得られなかった。

捜査への協力に感謝して、再びフロアを移動する。

三十四階の西側にあるのは「峰口《みねぐち》不動産」という会社だった。CMを見たことはないものの、これも有名な会社だ。門脇も社名だけは知っている。

眼鏡をかけた男性社員に案内されて、門脇と塔子は事務所に入っていった。中は大きくふたつのスペースに分かれているという。ひとつは本社で、全国の支店を統括している。もうひとつは東京支社だそうだ。

窓から河森ビルのほうへ目を向けると、岩崎の部屋は少し見づらい印象があった。しかし向こうのビルの人間が窓際まで来れば、視認することができそうだ。

廊下に出て礼を述べようとしたとき、如月が社員に問いかけた。

「すみません、あそこにある部屋は何でしょうか」

彼女が指差しているのは、廊下の先にあるいくつかのドアだった。ふたつのオフィスとは違う部屋があるようだ。

「ああ……あれは社長室や、役員の部屋でして」

「見せていただくわけには……」

「申し訳ありません。それはご勘弁いただけないでしょうか」

如月はちらりと門脇の顔を見た。仕方ないだろう、と門脇はうなずく。

門脇が呈示した岩崎の写真にも、笹木テクノスという社名にも、社員は反応を示さなかった。ここも外れだと思われる。

その様子を見ていた如月が、紙片に何かをメモして社員に差し出した。

「もし可能なら、社長室や役員室が見られるタイミングを教えていただけないでしょうか。ここに電話をいただければ、すぐにお邪魔しますので」

「いや、それはお約束できかねますが……」

「私たちは新宿警察署にいますから、すぐにうかがえます。チャンスがあれば、ぜひ連絡をください」

「はあ……まあ、一応お預かりしておきます」

そう言って、眼鏡の男性社員はメモを受け取った。

## 3

高さ百数十メートルの場所で、隣に建つビルを監視する——。

門脇のその着想は突拍子もない話のようだったが、実現の可能性はあると塔子は思っていた。だから高木生命ビルでの聞き込みには期待した。だが、いくつかのフロアで捜査をしても、これといった収穫はなかった。門脇の着想が間違っていたのか、それとも自分たちの調べ方が甘いのだろうか。

もっと時間をかけ、より多くのフロアを調べてみるべきかとも思った。だが、門脇のほうからこんな話が出た。

「空振りかもしれないな。諦めて別の捜査に切り替えよう」

「そうですか？　いい着想だと私も思ったんですけど」

「あとで何か気づいたことがあったら、また来ればいい。とにかく今はどんどん行動しないとな」

相談の結果、歌舞伎町に戻ることになった。

ユキの話では、岩崎は風俗店で彼女の客になったという。岩崎は有名企業の専務だから、店に来るときは自分の立場を隠していただろう。とはいえ、たびたび同じ風俗店に通っていたのなら、何かしら痕《こん》跡《せき》を残した可能性はある。従業員に顔を見られたとか、店の近くで知り合いに会ったとか、人の噂に上ったとか、そういうことだ。

「如月が女性だからというわけじゃないんだが……」門脇は言いにくそうな顔をして塔子を見た。

「いや、まあ、女性だから言うわけだが、無理はしなくていいぞ。人には向き不向きがある」

「いえ、気にしないでください。私も刑事ですから」

「……そうか。たしかに、俺が気をつかいすぎるのもよくないな」

納得したという表情で門脇は言った。塔子はこくりとうなずく。

ホストクラブからキャバクラ、ガールズバーなど、これまで塔子もいろいろな店を訪ねてきた。そして捜査三日目となる今日、ついに性風俗の店で聞き込みをすることになった。

気後れしないと言ったら嘘になるが、歌舞伎町という場所にだいぶ慣れてきたのは事実だ。酒と金と欲で息苦しくなるような町だが、ここでしか生きていけない人もいる。そして、ここへ来なければ生きていけない客たちもいるのだろう。それを理解した上で捜査をしなければならなかった。

さすがに明るいうちから風俗店に行く客はいないと思っていたが、そうでもないようだ。彼らの反応は大きく二種類に分かれていた。塔子や門脇から目を逸らして立ち去ろうとする者がいる一方で、何事かと好奇の目を向けてくる者が少なからずいた。

門脇は店の人間を呼び出し、岩崎の写真を見せて、ここへ来た客かどうかを尋ねた。だが従業員はみな首を横に振った。客への配慮から、知っているとは言えないのだろうか。あるいは、そもそも彼らは客の顔など見てはいないのか。

岩崎に続いて龍也の写真、ユキの写真も確認してもらったが、やはり従業員たちの反応は薄かった。気のない返事をする従業員を見ていると、すべて徒労なのかという考えが浮かんでくる。やはり風俗店への聞き込みは難しいものがあるようだ。

何軒か回ったところで、門脇が塔子に尋ねてきた。

「少し休むか?」

「いえ、大丈夫です。まだ、これからですよね」

「前にも言ったが、如月は頑張りすぎるんだよな」

「ええと……私、あまり頑張らないほうがいいんでしょうか」

「それはまた極端だな。……いや、頑張ってくれていいんだよ。だけど無理をするなって話だ」

「どこから先が無理なのか、自分ではちょっと……」

「まあ、そうだろうなあ。そのへんが如月らしいところだ」

門脇は苦笑いを浮かべている。塔子のほうは、どうもすっきりしない気分だ。

次の店へ移動しようとしたとき、バッグの中で携帯電話が鳴りだした。塔子は慌てて携帯を取り出し、液晶画面を確認する。未登録の番号が表示されていた。いや、しかしこれは知っている番号だ。先ほど自分がかけた携帯番号だった。

「はい、如月です」

「もしもし。……私、ユキですけど」

「どうしました? 何かありましたか?」

「実は……さっきあの人から電話があったんです」

塔子は携帯電話を握り直した。あの人とは、例のストーカーのことだろう。

「何と言ってきたんですか?」

「ニュースを見たか、と尋ねてきました。新宿で起こったふたつの事件……」

そこで言葉が途切れてしまった。塔子は耳を澄まして相手の様子をうかがう。息づかいが不規則になっているのがわかった。

「ユキさん、大丈夫ですか？」

「龍也と岩崎を殺してやった、とあの人は言いました。あいつらは自業自得なんだ、地獄に落ちればいいんだと……。そんなひどいことをわざわざ言ってきたんです。私、ショックを受けてしまって」

今もそのショックは残っているようだった。ストーカーの仕打ちに衝撃を受け、ユキは誰かにすがりたくなったのだろう。そのとき塔子の携帯番号を思い出して、連絡してきてくれたのではないか。

「ユキさん、あらためてお訊きします。ストーカーは誰なんですか？」

もしかしたらユキの家族や親族なのかもしれない。だが、それらの手がかりもつかめていない状態だった。

「……ごめんなさい。それは勘弁してください。私にとって特別な人なんです」

「龍也さんや岩崎さんを殺害した人ですよ？」

「そうですね。でもあの人は正しいことをしたと思っているんでしょう。何を言っても聞き入れてはもらえないんです」

何度訊いても、ストーカーの正体を教えてはもらえないようだ。仕方なく、塔子は別の質問をした。

「ストーカーはほかに何か言っていませんでしたか？　それだけでも教えてください」

些細《ささい》なことでもいい、犯人に関する情報がほしかった。

「私……混乱していましたけど、このままじゃいけないと思っていろいろ訊いたんです。向こうの言うことに調子を合わせて、話を続けて……」

塔子は携帯を握り直した。

「本当ですか？　それで、何かわかったんですか？」

「話しているうち、あの人がぽろっと言ったんですよ。今、家電の工場にいるって」

「家電の工場？」

塔子は聞き返す。これは極めて重大な情報ではないか？

電話の向こうから、少しかすれたユキの声が聞こえてきた。

「……私、聞いたことがあるんです。前に住んでいたアパートの近くに廃工場があったって」

「今、その場所にいるということですね？」

「はい。あの人、そこに隠れているんじゃないかと思います」

「どこの、何という工場かわかりますか？」

「詳しくは知らないんですけど、たしか足立《あだち》区の……梅島《うめじま》にあるって聞きました」

「足立区梅島にある家電工場……」

塔子はそう言いながら、門脇のほうを向いた。彼はうなずいて、自分の携帯電話を操作し始めた。検索してくれているようだ。

その間に、塔子はユキとの通話を続けた。

「ここまで話してくれたのなら、そのストーカーの名前を教えてもらえませんか。それですべて解決するんですから」

「ああ……すみません。私、よくわからないんです。あの人を捕まえてほしいのか、そうじゃないのか。自分のことなのにわからない。……だから如月さんに電話してしまったんだと思います」

「ユキさん、お気持ちはよくわかります。そのストーカーはたぶん、あなたと近しい関係だった人なんですよね。でもそうであれば、今すぐその人を止めなくてはいけません。そうでしょう？」

「ごめんなさい。こんな中途半端なことになってしまって……。私を許してください」

塔子が返事をする前に、電話は切れた。

携帯を耳から離して、塔子は門脇の顔を見上げる。門脇は自分の携帯をこちらに向け、画面を見せてくれた。

「足立区梅島に家電メーカーの工場があったそうだ。五年前に廃業して、そのままになっている。奴はそこにいる可能性があるな」

「至急その場所に向かいましょう」塔子は表情を引き締めた。「今も犯人がいるかどうかはわかりません。でも、何か手がかりがつかめるかもしれません」

わかった、と門脇はうなずいた。

彼は携帯を操作して、特捜本部へ報告の電話をかけ始めた。


住宅街の外れに、高い塀でぐるりと囲まれた土地があった。目指す建物はその中だ。四角い箱を思わせる大きな建物だった。

ここは足立区梅島にある廃工場だ。

建物を見上げていると、隣の敷地から重機の音が響いてきた。廃工場の隣でビルの解体工事が行われているようだ。門脇は眉をひそめてそのビルを見つめていた。これから捜査を行うというのに、この騒音はひどいと感じているのだろう。

両手に白手袋を嵌めながら、門脇は言った。

「工場の所有者には、早瀬係長から連絡してもらった」

「立ち入りの許可はOKということですね」

「俺が建物の外を一回りして、出入り口を確認してくる。もうじき応援が来るから、如月は建物の外で待て」

「わかりました」塔子はうなずいた。

門に掛かっていた鎖を外して、門脇と塔子は工場の敷地に進入した。

工場自体は飾りの少ない建物で、郊外型のホームセンターほどの大きさだと思われる。

門脇は建物の正面にある出入り口に近づいた。手を掛けると、ドアは軋《きし》んだ音を立てて開いた。彼は建物の中を覗き込む。どうやら異常は感じられないようだった。振り返り、塔子にうなずきかけたあと、門脇は建物の外壁に沿って時計回りに歩き始めた。

出入り口はひとつではないはずだ。資材を受け入れたり、製品を出荷したりするための搬入・搬出口がどこかにあるだろう。ほかに従業員用の通用口などもあるのではないか。

門脇の姿が見えなくなると、塔子は表情を引き締めた。この建物の中に殺人犯がいるかもしれないのだ。緊張感が高まってくる。

隣のビルからは今も重機の音が聞こえてきていた。かなり大規模な工事らしく、たまに地響きが伝わってくる。

もしかしたら、と塔子は思った。この工事は犯人にとって、都合がよかったのかもしれない。騒音が大きいから、廃工場で多少の音を立てても聞かれることはないだろう。また、工事現場は人の出入りが多いはずだから、隣の廃工場に誰かが入っていってもあまり目立たない。

塔子は建物の前に立って、辺りを見回した。先ほど通り抜けた門のそばには警備員室がある。以前はあそこで、出入りする業者の確認などが行われていたのだろう。

荒れた前庭には段ボール箱や木製のパレットなどが放置されていた。壁の近くに野球のグローブやバットが転がっている。工場が動いていたころ、若い社員たちがキャッチボールなどをしていたのではないか。のんびりした昼休みの光景が頭に浮かんでくる。

ひときわ大きな作業音が響いてきた。塔子は思わず眉をひそめ、仮囲いで囲まれた隣のビルを見上げる。

そのときだった。右の肩に強い衝撃が走った。バランスを崩して、塔子は地面に片膝《かたひざ》をついた。

その直後、目の前が真っ暗になった。黒い袋のようなものを頭部にかぶせられたのだ。袋の口を紐《ひも》できつく絞られたようで、すぐには外せそうにない。

逃げなければ、という意識が働いた。視界を奪われたまま、両手を激しく動かして敵の居場所を探る。そこへ第二の打撃が来た。激しく背中を殴打され、地面に倒れてしまった。誰かが覆《おお》い被《かぶ》さってきて、塔子の両手を腰のうしろで縛り上げる。

「何をするの！」

見えない相手に向かって塔子は声を上げた。だが応答はない。聞こえるのはビルを解体する隣地の作業音だけだ。

相手は塔子を立ち上がらせ、乱暴に背中を押して歩かせた。

「どこへ行くつもり？　答えなさい！」

その人物は黙ったままだった。抵抗しようとすると脚を蹴られた。

十メートルほど歩いただろうか。急にうしろから突き飛ばされた。何かにつまずいて、塔子は固い床に倒れ込む。

袋をかぶせられているせいで何も見えない。

再び、何者かの手が塔子に触れた。突然、喉を圧迫された。塔子ははっとする。これはロープだ。


今、自分の首にロープの輪が掛けられたのだ。

次の瞬間、強い力でぐいと引き上げられた。

天井の梁《はり》か何かにロープが通されているのだろう。そばにいる何者かが、ロープの反対側を全力で引いているのだ。そのせいで塔子の体は立ち上がるような形になった。さらに引き上げられて、つま先立ちになる。体を支えるのがやっとだ。そしてもう一回ロープが強く引かれ、塔子は宙吊りになった。

ぎりぎりとロープが首に食い込んでくる。このままでは窒息死してしまう。

「ロープを……放しなさい」塔子は声を絞り出した。「私は……警察官です。早く……ロープを……」

だが相手は返事をしない。苦しい息の下、塔子はさらに問いかけた。

「あなたは……ユキさんのストーカーでしょう？」

返事はない。

「龍也さんと岩崎さんを……殺害したのは……あなたでしょう？」

返事はない。

隣のビルで、がらがらと何かが崩れる音がした。

また地響きがやってきた。

塔子は足をばたつかせた。空中で体が揺れる。今、自分は床から何センチぐらい浮いているのだろう。

「ロープを……放して。早く！」

塔子はかすれた声で言った。しかし犯人からの応答はまったくない。奴は塔子が苦しむのを見て、にやついているのだろうか。目の前で刑事が息絶えるのを、心待ちにしているのか。

——こんな場所で死ぬなんて。

めちゃくちゃに手足を動かしてみた。だがそれによってますます首が苦しくなる。意識を失うまで、あと何十秒残されているのだろう。

「門脇主任！　私は……ここです！」

先輩に助けを求めた。だが門脇は今、建物の裏に回り込んでいる。ここからだいぶ離れているだろうし、そもそもビルの工事の音がすべてをかき消してしまう。

「誰か……誰か来て！」

唐突に母の顔が頭に浮かんだ。刑事だった父が亡くなっていたので、母は塔子が警察に入ることには反対した。警察官は常に危険と隣り合わせだ。わざわざ塔子がやらなければいけない仕事なのか、と考えていたのだろう。それを塔子は説得した。大丈夫だから、と話した。根拠のない自信だったが、塔子はこれまで何度も危機を乗り越えてきた。自分は運がいい人間だと思っていた。

しかし、それは勘違いだったらしい。自分はたまたま怪我《けが》をしなかっただけだし、たまたま死ななかっただけだ。運が尽きたら、いとも簡単に死んでしまうのだ。こんなふうに、みじめな恰好をして、もがき苦しみながら死んでいくのだ。

徐々に意識が薄れてきた。そろそろ限界に近い。もう駄目だ——。

そのときだった。「如月！」と叫ぶ声がして、急に体が落下した。塔子は膝から床にくずおれた。肩をつかまれ、上体を引き起こされた。誰かが首のロープを外し、頭にかぶせられた布袋を取ってくれた。

塔子はその人物を正面から見ることができた。あっ、と思った。

「怪我はないか、如月」

真剣な顔で問いかけてきたのは鷹野だった。うしろに所轄の兵藤もいて、不安そうな目でこちらを見ている。

「鷹野さん、どうしてここに……」塔子は尋ねた。

「早瀬係長から連絡を受けて、応援に来たんだ。まさかこんなことになっているとは思わなかった」

塔子の手首を確認しながら、鷹野はそう説明してくれた。食い込むように両手を締めつけていたのは、大きめの結束バンドだ。鷹野はそれをカッターで切ってくれた。

辺りを見回してみて塔子は気づいた。ここは門のそばにある警備員室だ。天井の建材が剝《む》き出《だ》しになっていて、そこにロープを掛けていたことがわかった。塔子を宙吊りにしたあと、犯人はロープの反対側を壁の手すりに結びつけていたらしい。

「犯人は……立ち去っていたんですね」

「ああ。俺たちがここに来たとき、如月の声が聞こえたんだ」

それで鷹野たちは警備員室に踏み込んでくれたのだ。あと少し遅ければ、塔子は死んでいただろう。

急に胸が詰まって涙が出てきた。だがそれを知られたくなくて、塔子はゆっくりと深呼吸をした。声が震えないようにと注意しながら、鷹野に一礼する。

「ありがとう……ございました」なんとか、それだけ言えた。

鷹野は塔子にうなずきかけたあと、ドアの外にある廃工場に目を向けた。

「門脇さんはどこにいる？」

険しい表情のまま、鷹野は尋ねてきた。

# 4

建物の中はむっとするような暑さだった。

元は多くの人間が働いていた家電工場だが、すでに廃墟《はいきょ》となっている。右手に製品を組み立てたり保管したりするスペースがあったが、それ以外は多くのパーティションで仕切られていた。風通しは非常に悪い。これでは屋内の温度は上がるばかりだろう。

しかも、隣接する土地ではビルの解体工事が行われているのだ。重機の動く音、建材の軋む音などが響いてくる。

そんな暑苦しい環境だったが、集中しているせいか、あまり不快だとは感じなかった。

鴉は静かな興奮状態の中にある。


たった今、自分がしてきたことを思い返すと笑みが浮かんできた。意識して口角を上げてみる。こういう顔をしていたら、きっと映画に出てくる悪党のように見えることだろう。主人公たちを嘲笑《ちょうしょう》し、痛めつけ、場合によっては殺してしまう。観客からは嫌われ、ブーイングを浴びることになるかもしれない。だが、それでいい。悪党とはそういうものだ。

誰の心の中にも邪悪なものはある。他人の成功をうらやみ、幸せな姿に嫉妬する。酒を飲むたび誰かをこきおろし、毒舌をふるう。あんな奴は死ねばいい、と吐き捨てるように言う。実は、多くの人間が悪党に憧《あこが》れているはずなのだ。

そういう気持ちを隠している連中に、鴉の行動を批判することができるだろうか。いや、誰もできないはずだ。

むしろこの勇気ある蛮行に共感し、同調する者が出てくるのではないかと思う。腐った世の中を引っかき回し、自分の目的のためだけに事件を起こす。本来、誰もが悪党になれるのだ。だが世間の奴らは善人面をして、社会常識がどうの、ルールやマナーがどうのと偉そうに言う。ふざけるな。クソ食らえだ！

それに比べたら『羅生門』に描かれた下人には深みがある。善人であろうと思いながらも、結局そんな努力は無駄だと気づいたからだ。

かつて国語のプリントにはこう書いてあった。

《このときの下人の心情の変化を述べよ》

馬鹿馬鹿しい、と鴉は思ったものだ。心情の変化も何もない。下人は最初から悪党の心を持っていた。だが周りからの圧力で、それを隠していただけだ。最後に彼は、自分の本当の姿を取り戻した。そこから先の人生は、きっと充実していたに違いない。

からん、と足下で音がした。はっとして鴉は歩みを止める。落ちていた金属製の小箱を、足で蹴ってしまったようだ。

息を詰めて辺りを見回す。

パーティションが多いため、工場の作業スペース全体を見渡すことはできない。目を閉じ、耳を澄ましてみた。誰かいるだろうか？　この建物に侵入して、自分を捕らえようとする刑事がいるのか？

いや、奴らに捕まることはないだろう。リスクのあるこの廃工場での事件さえも、自分はしっかりと計画を立ててきたのだ。

鴉はこれまでの出来事を思い返した。

昨夜、鴉はあの女に電話をかけ、また明日電話すると伝えておいた。

なぜそんなことをしたかというと、そろそろ警察があの女に連絡してくるころだと考えたからだ。警察の動きはニュースでずっと追いかけている。それに加えて昨日は河森ビルで、捜査に当たる刑事たちを直接見ることができた。実際に見たことがあるかどうかは、大きな問題だ。敵を知ることで、鴉はこの計画のモチベーションを高めることができた。

今日になり、先ほど鴉はあらためてあの女に電話をかけてみた。そのとき彼女の様子が変だと気づいた。慌てているような、何かを隠そうとするような、そんな気配が電話の向こうにあったのだ。おかしいと感じた。

鴉はあの女を問いただした。すると、彼女のところに刑事が電話をかけてきたことがわかった。女の刑事で、如月と名乗ったそうだ。あいつだ、と鴉は気づいた。河森ビルで見かけた小柄な刑事。いいぞ、いいぞ、と鴉は思った。ひと目見たときから、如月はほかの刑事とは違うと感じていた。あいつには妙な魅力がある。いや、女性としての魅力ではなく、言うなれば——そう、悪党を引き寄せるような魅力だ。小柄で童顔、バッグを肩から斜めに掛けるなど、まるで中学生のようではないか。きっと真面目な優等生なのだろう。クラスをまとめようとする委員長タイプかもしれない。まったく鼻持ちならない女だ。だが、それがいい!

その如月があの女に電話をかけてきた。この機会を逃す手はないと思った。鴉は如月をおびき出そうと考えた。

あの女との電話で、遠回しに自分の居場所を伝えた。あくまで、うっかり口にしてしまったというふうにしたのだ。以前たまたま見つけて、あの女にも話したことのある廃工場だった。

これであの女は、警察に連絡するだろうと思った。運がよければ、自分は如月に接触できるかもしれない。チャンスがあれば痛めつけてやろう、と思った。

あの女との電話を終えたあと、鴉はこの廃工場にやってきた。如月が現れることを期待して、警備員室にロープを用意した。そうして、警備員室の陰《かげ》から門の辺りを観察していたのだ。やがて男女の刑事が現れた。ひとりはあの如月塔子だ。やった、と鴉は思った。同行していた男の刑事は、建物の裏のほうへ回っていった。如月は建物の正面に残った。

ああ、こいつはなんと幸運な出来事だろう！　鴉は如月の背後に忍び寄り、肩を殴打したのだ。布袋をかぶせ、視界を塞《ふさ》いでやった。両手を縛ってやった。奴は動揺し、パニック状態に陥《おちい》ったようだった。

「何をするの！」

「どこへ行くつもり？　答えなさい！」

彼女の声を聞いているうち、鴉はぞくぞくしてきた。

警備員室に連れていき、首にロープを掛けて如月を吊り上げてやった。ロープの反対側は手すりに結びつけた。宙に吊られた如月はもはや動くこともできず、助けを求めるしかなかった。だがビル工事の音が大きくて、奴の声は仲間に届かないはずだった。

まもなく奴は声を出せなくなるだろう。窒息し、意識を失うことになる。宙に吊られた状態で、あの女は小便を漏らすに違いない。断末魔《だんまつま》のすばらしいショーではないか！

だがその楽しみは、途中で邪魔されてしまった。門の外に車が停まるのが見えたのだ。スーツ姿の男たちが降りてくる。助けが来たのだ。鴉は舌打ちをした。もう少し女刑事を見ていたかったが、これ以上は無理だ。男たちに気づかれる前に鴉はその場を離れ、廃工場の建物に入ったのだった。

パーティションの間を縫って、鴉は進んでいく。建物の裏にある従業員の通用口から外へ出るつもりだった。脱出ルートは事前に確認できている。塀を乗り越え、隣の駐車場から何食わぬ顔をして道へ出ればいい。そのあとはどうにでもなる。

先ほどやってきたふたりの男は、今ごろ如月を助けているだろう。鴉の姿は見ていないはずだから、すぐに工場には入ってこないと思われる。

となると残る問題は、如月とともにやってきた男だった。あれは少々厄介だな、と鴉は思った。

あいつはこの建物の裏へ回って、それからどうするつもりだったのだろう。一回りして如月のところへ戻ろうと考えていたのか。いや、それにしては時間がかかりすぎている。如月を宙吊りにしている間、鴉は周囲に気を配っていたが、あの体格のいい男が戻ってくることはなかった。

まあいい、と思った。如月をいたぶるという当初の目的は果たせたのだ。この一件は、大きな喜びを鴉に与えてくれた。それと同時に、警察に対してはいい攪乱《かくらん》になるはずだった。如月が襲われたことで、警察の幹部たちは動揺し、困惑するだろう。この事件の犯人は何を考えているのだ、と悩み始めるに違いない。

薄暗い建物の中を歩くうち、二十メートルほど先に明るい光が見えてきた。通用口のドアをあらかじめ開けておいたのだ。そのドアから、夏の日射しに照らされたコンクリートがわずかに見える。

だが、そこで鴉は足を止めた。ドアの近くに誰かがしゃがんでいるのが見えたのだ。鴉はパーティションの陰に身を隠し、少しずつその人物に近づいていった。

十メートルほどまで接近すると、その人物の顔が見えた。

それは、如月と一緒にやってきた男だった。

＊

門脇は従業員用の通用口から、建物の中を覗き込んだ。

如月と別れてから、ひとりで建物の周囲を確認してきた。まず荷物の搬入口を見つけたが、そこはシャッターが閉まっていて人が出入りするのは無理だった。そのあと、もう少し進んだところで、この通用口のドアを見つけたのだ。

ドアは開かれていた。工場が操業停止したとき、そのままになってしまったのか。あるいは、施錠されていたものを誰かがピッキングなどでこじ開けたのか。正面の出入り口が施錠されていなかったことを考えると、何者かがすでに侵入している可能性がある。

建物の中はかなり暑そうだ。窓が閉め切られた状態なら、仕方のないことだと思える。直射日光を受ける戸外に比べると、内部は薄暗かった。門脇は目を閉じて暗さに慣らしてから、もう一度中を覗き込んだ。

左手には作業用のスペースがあったが、それ以外はパーティションが設置されていて見通しが悪い。

しばらく様子を窺っているうち、門脇は眉をひそめた。

数メートル先、段ボール箱のそばの床に、何か黒っぽい染《し》みが見えるのだ。咄嗟《とっさ》に頭に浮かんだのは、人の血液ではないかということだった。ここが犯人のアジトなら、誰かが囚《とら》われているのかもしれない。もしかしたらそれは、三人目の被害者となってしまうのではないか。いや、今の時点でもう血を流しているとしたら、すでに殺害されているのではないだろうか。

周囲を見回したあと、門脇は小走りになって段ボール箱に近づいた。音を立てないよう、箱の向こうに回り込む。

息を詰めて覗いてみたが、そこに誰かが倒れていることはなかった。床の黒い染みは、油か何かの汚れだ。段ボール箱を開けてみても、不審なものは入っていない。

そのとき、ポケットの中で携帯電話が振動した。

門脇は携帯を取り出し、液晶画面を確認する。鷹野からメールが届いていた。

《現着。如月を救出しました。誰かに襲われた模様。注意してください》

いったいなんだ、と門脇は思った。

如月を救出？　誰かに襲われた？　どういうことだろう。もしかして如月はこの建物に入ったのだろうか。いや、違うかもしれない。犯人は最初から建物の外にいて、如月がひとりになるのを待っていたのではないか。だとしたらこれは犯人の罠《わな》なのか。奴は捜査員を廃工場に呼び出して、攻撃を仕掛けたということか。

あまりに大胆、そして無謀なことだった。警察官を誘い出して襲いかかるなど、リスクが大きすぎる。それでも、奴の計画は成功してしまったのだろうか。

鷹野が如月を救出したのなら、彼女は危険な状態だったということだ。危ない目に遭わないようにと、門脇は彼女を建物の正面に残した。それが裏目に出てしまったのか。

ちくしょう、失敗した、という後悔が胸の内で膨らんだ。

すぐに鷹野と合流し、態勢を立て直してからこの建物を調べるべきか。普通であればそうするところだ。しかし如月が襲われたという情報が、門脇を動揺させていた。自分の判断のせいで後輩が危険な目に遭ったのだ。そして犯人はこの建物の中に逃げ込んだ可能性がある。そうであれば、ここで引き返したら、みすみす奴を逃がしてしまうことになるだろう。

そんなことを考えている間に、隙が生じていた。

突然、後頭部に強い衝撃が走った。少し遅れて痛みがやってきた。門脇は頭を押さえて床にしゃがみ込む。そこへ第二の攻撃が来た。慌てて横へ逃れる。特殊警棒が空を切った。

門脇は素早く立ち上がろうとした。だが、体がふらついた。頭を殴打されたせいで周りがぼやけて見える。それでも、なんとか相手を観察した。

灰色のウインドブレーカーに青いキャップ。こちらの目がかすんではっきりしないが、色の濃いレンズの眼鏡をかけ、マスクで顔を隠しているようだ。

これは防犯カメラに写っていた人物だろう。龍也と岩崎を殺害した犯人に違いない。奴はパーティションに隠れて、門脇の背後に回り込んでいたのだ。

「武器を……捨てろ」

犯人に向かって、門脇は言った。鋭い声を出したつもりだったが、弱々しいものにしかならなかった。

犯人は再び特殊警棒を振り上げ、勢いをつけて振り下ろした。ひゅっ、と空気を切る音がする。かろうじて門脇はそれをよけた。

だが、そこで思わぬことが起こった。ぐっと力を込めたとき、左脚が痛んだのだ。以前、銃で撃たれた古傷のせいだった。

一瞬のうちに、こちらが不利になった。

体勢を整えた犯人は、横から警棒を打ちつけてきた。側頭部に衝撃が走り、目の間に火花が散る感覚があった。全身の力が抜けていく。

そのまま、門脇は床の上に倒れ込んだ。

## 5

鷹野の顔を見上げ、塔子は緊張した声で言った。

「門脇主任は建物の裏です。ほかに出入り口がないかと……」

隣から響いてくる工事の音が邪魔になった。一度言葉を切ったあと、塔子は声を強めた。

「ほかに出入り口がないかと確認しに行きました。私には、応援が来るまでここで待つようにと言って……」

「建物の裏だな？　如月はここにいろ」

「でも鷹野さん、人数は多いほうがいいのでは」

「無茶をするな。これは命令だ」

「……わかりました」

鷹野はうしろを振り返り、相棒を手招きした。

「兵藤、君は正面の出入り口を見張れ。相手は武器を持っている可能性がある。油断するな」

「了解です」兵藤は顔を強張らせながら答える。

塔子をちらりと見てから、鷹野は走りだした。辺りに注意を払いつつ、壁に沿って建物の裏へ回り込んでいく。

相変わらず隣から騒音が響いてくる。コンクリートを削る音、金属を引きちぎる音がする。それは巨大な獣が発する悲鳴のようだ。

不吉な思いを抱きながら、塔子は隣地のビルを見上げた。

「如月さん、大丈夫ですか」兵藤が話しかけてきた。「一段落したら、病院に行かないと……」

「それはあとで考えましょう。今は、犯人のことです」

塔子は表情を引き締め、廃工場の出入り口をじっと見つめた。今、あの建物の中で何かが起ころうとしている。いや、すでに起こっているのかもしれない。

同じように出入り口を見ながら、兵藤がぽつりと言った。

「如月さんはすごいですね」

「……え？」塔子は首をかしげる。「何がです？」

「あんなひどい目に遭ったのに、平然としているし」

「ああ……」塔子はうなずいてみせた。「助けてくれて、どうもありがとうございました。さすがにもう駄目かと思いましたけど、諦めずにいれば、なんとかなるものですね」

「普通だったら、取り乱しているところだと思います」

「大丈夫、私はそう簡単にはやられません。仮に銃撃戦になっても、小さいから敵の弾をよけられますよ」

そんな冗談を言って、塔子は口元を緩めた。兵藤は笑っていいのかどうかと、ためらっているようだ。

ビルの作業音の合間に、車のエンジンの音が聞こえた。塔子と兵藤は門のほうを振り返る。自動車が三台停まって、スーツ姿の男性たちが降りてきた。応援が到着したのだ。

「如月、お疲れさん」

先頭にいたのは尾留川だった。今日もベルトの代わりにサスペンダーを着けている。彼は塔子を見て、まばたきをした。

「顔色が悪いけど、どうかしたのか？」

「すみません、いろいろありまして……」

などと話しているところへ、携帯電話に着信があった。塔子は慌てて携帯を取り出し、通話ボタンを押す。

「はい、如月です」

「鷹野だ。大丈夫か？」

「こちらは問題ありません。今ちょうど尾留川さんたちが着いたところです」

「何人かこっちに回してくれるか。建物の真裏だ。門脇さんが怪我をした」

え、と言って塔子は眉をひそめた。兵藤や尾留川が、怪訝そうな顔でこちらを見ている。

「どんな状態なんですか」

「頭を殴られたらしい。今、意識を取り戻したところだ」

意識はあるとわかってほっとした。だが、頭部を負傷したというのは気になる。

電話を切ると、塔子は尾留川に向かって言った。

「鷹野主任から連絡がありました。門脇主任が頭に怪我をしたそうです。何人か来てほしいと」

「本当か？」尾留川は慌てた様子で、捜査員たちに声をかけた。「ええと……ふたり残して、あとは一緒に来てもらえますか。兵藤くんだったよな、君は救急車を呼んでくれ」

「わかりました」兵藤はポケットの中を探った。

塔子は尾留川たちとともに、建物の壁に沿って走った。折れたビニール傘やペットボトルなどのごみが落ちている。それらをよけながら、急いで進んでいく。

途中にトラックが乗りつけられる搬入口があった。ここはシャッターが下りている。角をひとつ曲がって、建物の裏側に出た。二十メートルほど先にドアが見えた。

従業員用の通用口だ。ドアは大きく開かれている。

尾留川とともに覗き込むと、数メートル先に先輩たちの姿が見えた。門脇は段ボール箱に腰を下ろしている。鷹野はその横に立って、門脇の頭の傷を調べているようだ。

「大丈夫ですか」

門脇に駆け寄って、塔子は声をかけた。痛みがあるのだろう、彼は顔をしかめていたが、塔子を見て軽く右手を上げた。

「すまん。俺としたことが、この体たらくだ。服装はわかったが、視界がぼやけて相手の顔は確認できなかった」

「救急車を呼んでいます。すぐ病院に行きましょう。頭の検査をしてもらわないと」

「まあ、頭がよくないのはいつものことだけどな」

門脇は苦笑いしながらそんなことを言う。だが、この状況では笑えなかった。

「犯人は逃走したようだ」鷹野が言った。「この建物を出て、裏へ逃げたんだろう」

「鷹野さん、念のため、俺たちは周辺を調べてきます」

そう言うと、尾留川はほかの捜査員とともに建物から出ていった。すでに犯人は遠くへ逃げてしまっているだろうが、もしかしたら何か痕跡が残っているかもしれない。

「ところで門脇さん、これに見覚えはありますか？ゴム製品らしいんですが……」

鷹野は白手袋を嵌めた手に、何か黒いものを持っていた。サイズは百円硬貨ぐらいで、厚みのある品物だ。

「いや、気がつかなかったな」

「そこに落ちていました。以前からこの工場にあったのなら埃《ほこり》が付いているはずです。でもこのとおりきれいですから、犯人の遺留品かもしれません」

塔子は鷹野の手にあるゴム製品を見つめた。直径は二センチほど、厚さは五ミリほどだろうか。

「何かの下に付けるゴム足のように見えますが」

「うん、俺もそう思っていた」と鷹野。

彼はゴム製品をビニール袋にしまい込む。それを見てから、門脇が言った。

「悪かったな、鷹野、如月。俺はみんなの足を引っ張ってしまった。情けない」

「そんなことはありません」塔子は言った。「私だってそうです。油断していて、あんなことになってしまって……。申し訳ありませんでした」

「ああ……如月のほうも大変だったらしいな。無事でよかった。如月に何かあったら、悔《く》やんでも悔やみきれないところだった」

「私のことはいいんです。ご自分のことを考えてください」

「気持ちはありがたいが、後輩を守るのも俺の役目だからな。しっかりしなくちゃいけない」

いつになく静かな口調だった。負傷して気持ちが弱っているのか。それとも、塔子のことを真剣に心配してくれているのか。いずれにしても、門脇が急に歳をとってしまったように思えて、塔子は不安になった。

「無理をしないでください、門脇主任」

「おまえたち後輩が危なくなったら、俺は盾になるつもりでいるんだ」

「そんなこと……」

「俺は体が大きいから、弾に当たりやすいんだよ」

何と応じていいのかわからず、塔子は黙り込んでしまった。返事に迷っていると、塔子に代わって鷹野が口を開いた。

「いいですね。面白い冗談ですよ、門脇さん」

「うん。今日の俺は冴えてるな」

門脇はまた苦笑いを浮かべる。だが痛みが強くなったのか、眉間《みけん》に皺《しわ》を寄せて深い息をついた。

そんな門脇の姿を見ているうち、塔子の中に暗い雲のような思いが湧き起こった。先ほどの出来事が頭に浮かんでくる。何も見えないまま宙吊りにされ、窒息しそうになった。鷹野たちが来てくれなければ自分は死んでいた。弾に当たらないから大丈夫などというのは、くだらない戯《ざ》れ言《ごと》だ。自分は間違っていた。運がよかったから、今まで無事だっただけなのだ。

ぐっとこみ上げてくる感情があった。だがここは事件が起こった現場だし、自分は警察官だ。

塔子は気持ちを抑え、門脇と鷹野に向かって言った。

「すみませんでした。これからは、自分の身は自分で守れるよう努力します」

門脇はうなずきながらも、ゆっくりと首を左右に振った。彼は塔子をじっと見つめる。

「いい覚悟だ。……もしそれでも危険が迫ったら、そのときは俺たちが如月を守る」

「我々はチームですからね」

横からそう言って、鷹野は口元を緩めた。


午後七時を過ぎると、捜査員たちが徐々に特捜本部へ戻ってきた。

塔子がひとり自分の席で資料を読んでいると、そばに誰かがやってくる気配があった。

「如月ちゃん。具合はどう？」

顔を上げると、徳重が心配そうにこちらを見ていた。今、捜査から戻ってきたところらしい。

「ご心配をおかけしました」塔子は立ち上がって会釈をした。「病院で診てもらいましたが、何も問題ありませんでした」

「しかし、ひどい目に遭ったものだね」

廃工場での出来事を知っているのだろう。徳重は眉をひそめている。

塔子はあえて明るい声で言った。

「鷹野主任のありがたみがよくわかりました。また危ないところを助けていただいたんです」

「本当に運がよかった。気をつけなくちゃいけないよ。普段から君はね、ちょっと無鉄砲《むてっぽう》なところがあるから」

「いえ、今日は特に無鉄砲なことはしていないんですよ。油断していて、うしろからやられました」

「本当に？　大丈夫なの？」

「すみません、気をつけます」

首をすくめて塔子は詫びた。そういえば徳重には二十代前半の娘がいるのだ。塔子が襲われたと聞いて、心配してくれていたのだろう。

「ああ、トクさん、お疲れさまです」

徳重を見つけて、鷹野がこちらにやってきた。うしろに尾留川もいる。

ふたりにうなずきかけたあと、徳重は鷹野に尋ねた。

「門脇さんはどうなんです？　頭を殴られたって聞いたけど」

「本人は元気そうですが、検査入院となりました。結果は明日ですね」

そうですか、と徳重はつぶやく。渋い顔をして彼は唸った。

「最近、怪我をすることが多くなりましたね。門脇さんは前に脚を撃たれているし、今回は頭をやられた。鷹野さんも入院したことがありましたよね」

「ああ、たしかに」尾留川が口を開いた。「如月もこの有様《ありさま》だし、怪我をしてないのは俺とトクさんくらいですよ」

「とにかく気をつけていきましょう。我々の敵は、凶悪な殺人犯なんですから」

徳重は真剣な顔をしてそう言った。

午後八時から、夜の捜査会議が始まった。

塔子が報告のために立ち上がると、捜査員たちの表情が変わった。みな事情を知っているから、この報告は聞き漏らすまいと考えているようだ。

「遊撃班から報告します」塔子はメモ帳を開いた。「本日、例のユキさんという女性と電話で話すことができました。彼女はストーカーの被害に遭っていて、そのストーカーこそが歌舞伎町事件、西新宿事件の犯人だと思われます。ユキさんから情報を得て、私と門脇主任は足立区梅島の廃工場に行きました」

そこで一度言葉を切った。みなが注目しているのがよくわかる。

このあとの報告は自分や門脇にとって恥ずべきことだろうか、と塔子は考えた。ミスであることは事実だ。犯人に襲われ、たいした抵抗もできずに取り逃がしてしまった。それも塔子と門脇、ふたりの刑事がいて、どちらも犯人の顔さえ見ていないのだ。責められても仕方がないと思える。

姿勢を正して、塔子は報告を続けた。

「廃工場で私は襲撃を受けました。門脇主任も犯人に襲われ、負傷しました。犯人はそのまま逃走。手がかりは何も得られませんでした。申し訳ありません」

塔子は幹部席に向かって深々と頭を下げた。たっぷり五秒待ってから頭を上げる。

幹部席から、神谷課長や手代木管理官がこちらを見ていた。

「それで体の具合はどうなんだ、如月」

神谷が尋ねてきた。塔子は緊張した声で答える。

「検査の結果、私は特に問題ありませんでした。門脇主任のほうは明日、結果がわかるかと……」

そうか、と神谷はうなずく。彼は椅子の背もたれに体を預けた。

その隣で手代木管理官が口を開いた。

「まったく、どうなっているんだ」苛立ちが感じられる口調だった。「なぜこんなことが起こった？

あってはならないことだ」

部屋の空気が張り詰めたように思えた。背筋を伸ばして、塔子は上司に詫びる。

「申し訳ありません。反省しています」

「反省だと？」手代木は青い蛍光ペンを塔子のほうに向けた。「おまえは何を言っているんだ。反省するとかしないとか、そういう問題じゃない。……犯人の奴、どうして刑事を襲ったりしたんだ？　我々警察官が襲撃されるなど、あってはならないことなんだ。それはわかるな、如月」

「あ……はい。おっしゃるとおりです。すみません」

手代木は塔子をじっと見つめる。それから首をかしげた。

「おまえはなぜ謝るんだ」

「それは……ミスをして、みなさんにご迷惑をかけましたから」

「迷惑などかけられてはいない。如月、おまえが今すべきなのは謝罪ではなく、犯人を憎むことだ。憎んで、追い詰めて、ねじ伏せることだ。……今回はおまえと門脇が襲われたが、誰がターゲットになってもおかしくはなかった。我々警察官は、仲間がやられたら放ってはおかない。必ず犯人を捕らえて取調べ、自分のしたことを後悔させる。それが我々のやり方だ。わかるか？」

「……はい」

塔子はこくりとうなずく。手代木にこんなことを言われるとは意外だった。てっきり、ミスを厳しく責められると思っていたのだ。

室内の空気が、少し和らいだようだった。

「おまえも門脇も大事な部下なんだ」神谷課長が言った。「無事に特捜本部に帰ってくるのが何よりも大事だ。ミスは誰にでもある。それを補うために仲間がいるんだ」

「ありがとうございます」

深く礼をしながら、塔子は神谷の言葉を噛《か》み締《し》めた。自分はミスを詫びることばかり気にしていたが、神谷や手代木はもっと先を見据えていたのだ。今は責任を追及するより大事なことがある。そう考えているのだろう。

「さて、それでだ」神谷が塔子に尋ねてきた。「門脇はいつ復帰できるかわからないんだな？」

「はい。早ければ明日の午後には戻れるかもしれませんが……」

「わかった。ではコンビの変更だ。如月は、明日の朝から鷹野と組むように」

えっ、と声が出てしまった。それはまったく考えていなかった。

塔子は前列に座っている鷹野を見た。彼はこちらを振り返り、小さくうなずく。

「鷹野の相棒……兵藤といったか」神谷は続けた。「おまえはデータ分析班に編入する。防犯カメラのデータ解析だ。これは大事な仕事だからな」

「了解しました！　全力を尽くします」

兵藤は立ち上がって幹部席に一礼した。それから彼は塔子のほうを向き、にっと白い歯を見せた。鷹野主任はあなたに譲ります、とでも言いたげだ。別の班に移ることについて、不満はないようだった。

会議のあと、塔子は鷹野のそばに行った。鷹野は資料に何かをメモしていたが、塔子に気づいて顔を上げた。

「あの……鷹野主任、明日からよろしくお願いします」

「うん。門脇さんの分まで頑張らないとな」

「まだきちんとお礼を言っていなかったんですが……助けてくださってありがとうございました。あのあといろいろ考えて、今日の件はやはり危なかったなと」

「神谷課長も言っていただろう。警察官はみんな仲間なんだ。それに……」

「はい？」

「如月は俺の後輩だし、相棒だからな」

　塔子ははっとした。後輩というのはわかるが、相棒だと言ってくれたのは素直に嬉しい。このところ塔子はずっと門脇と組んでいたから、鷹野の口からそんな言葉が出るとは思っていなかった。

「俺も腹を立てている」鷹野は真剣な表情で言った。「如月や門脇さんがあんな目に遭わされたんだ。敵討《かたきう》ちというわけじゃないが、犯人を捕らえて、厳しく問い詰めなければ気が済まない」

　鷹野がこんなことを言うのは珍しい。彼は塔子を仲間だと考え、期待してくれているのだろう。

　その期待に応えなければと、塔子はあらためて自分に言い聞かせた。

# 第五章　ネットワーク

## 1

　特捜本部が設置されてから四日目の朝を迎えた。

　七月十二日、午前七時三十五分。塔子はコンビニのレジ袋を提げてエレベーターに乗った。行き先フロアのボタンを押してドアが閉まるのを待つ。ところが、閉まりかけたところへ強引に体をねじ込んできた者がいた。驚いて顔を見上げると、相手は坊主頭の男性だ。新宿署刑事課の寺田課長だった。

「……大丈夫ですか？」

「ああ？　何がだ」

　そう聞き返されて塔子は戸惑った。ドアにぶつかったのを大丈夫かと尋ねたのだが、相手は朝から不機嫌そうだ。

　寺田は最初の捜査会議のとき、電話で部下を怒鳴りつけていた人物だ。あの人を敵に回すと厄介だ、と門脇にも言われている。

　これは黙っていたほうがいいだろうと思い、塔子は目を逸らした。

　エレベーターは上昇を始めた。普段ならじきに目的のフロアに着くのだが、こういうときは時間が長く感じられる。気詰まりな空気の中、塔子は操作盤をじっと見つめた。

「おまえ、如月と言ったっけ」

　急に寺田が話しかけてきた。塔子は相手のほうを向いて軽くうなずく。

「はい、十一係の如月塔子です」

「門脇と組んでいたんだよな」

「そうです。ただ、門脇主任は今病院にいますので、いつ戻ってくるかはわからなくて……」

「そんなことは知ってる」

「……すみません」

会話は途切れてしまった。

気まずいなと塔子が思っているうち、ようやくエレベーターの扉が開いた。特捜本部のあるフロアに到着したのだ。

そのまま講堂のほうへ歩いていこうとすると、うしろから声をかけられた。

「おい、ちょっと待てよ」

「あ……はい」

いったい何だろうと思いながら塔子は振り返る。寺田はエレベーター脇の壁によりかかって、腕組みをしていた。

「門脇の具合はどうなんだ」

「頭を何度か殴られたようです。それで検査が必要だということになりまして」

「脚はどうだ。しばらく前に撃たれたんだろう？」

「その傷はもう大丈夫だと聞いていますが……」

「誰が言った？」

「門脇主任、本人です」

ふん、と鼻を鳴らしてから寺田はにやりとした。

いかにも悪そうな顔だな、と塔子は思う。新宿という町で刑事をやるには、これくらいの迫力が必要なのだろう。

「病人や怪我人ってのは、嘘をつくんだぜ」

「……え？」

「よく思い出してみろ。患者に誰かが訊くよな。『大丈夫ですか』って。そのとき患者は何て答えるか」

「それは……」塔子は考えを巡らしてみる。

「わからないか。『大丈夫ですか』って訊かれると、よほどのことがない限り、人は『はい』って答えちまうんだよ。門脇も同じだ。大丈夫かと訊かれたら、大丈夫だと答える。実際にはあまり大丈夫でなくてもな。あいつはそういう男だ」

「……寺田課長は門脇主任をご存じなんですか？」

「昔、あいつに少し仕事を教えたことがある。体ばかりでかくて、考えの足りない奴だったよ。だが、門脇は実直な人間だ。自分の立場が悪くなっても、ごまかしたり他人を騙したりはしない。俺はそういう人間が好きなんだ」

「たしかに、門脇主任はそういう人ですね」

「おまえ、門脇の近くにいるんなら、ちょっと気にしてやってくれないか。あいつ、後輩の前では気張っているが、根本的なところが弱いんだ。体の調子が悪くても、隠して仕事をするようなところがある。脚のことも頭のことも、周りが注意して見てやったほうがいい」

寺田の言葉を聞いて、塔子は驚いていた。かつて仕事を教えた門脇のことを、彼は今でも気にしているのだ。以前よほど馬が合ったのか、それとも何かこだわりがあるのか。いずれにせよ、こう見えて寺田は他人に気づかいをする性格らしい。

「同期の奴が結婚したときもな……」

「え？」塔子は首をかしげた。「幸坂さんのことですか？」

塔子の口からその名が出るとは思っていなかったのだろう。寺田は急にばつの悪そうな顔をした。彼は咳払いをしてから腕組みを解いた。

「いや、何でもない」

「私、この前、幸坂さんの家に行ったんですけど……」

「うるせえな。早く行け」

追い払われてしまった。自分から話しかけてきたくせに、と塔子は口を尖《とが》らせる。だが門脇の性格に関する話は、なぜか心に残った。門脇はチームリーダーという立場だから、相談できる相手がいないのかもしれない。難しいものなんだな、と塔子は思った。


朝の会議が終わると、塔子は鷹野とともに特捜本部を出た。

前回の事件も門脇と一緒だったから、鷹野と行動するのはずいぶん久しぶりだ。ざっと数えてみて、四ヵ月ぶりだと気がついた。

それがわかると妙に緊張してきた。以前、自分は鷹野にどう接していただろう。どんなふうに話していただろうかと戸惑ってしまう。

「あの……なんというか、懐《なつ》かしいですね」塔子は鷹野に話しかけた。「こうして、ふたり並んで歩くというのも」

「およそ四ヵ月ぶりか」

「そうなんです」塔子はうなずいた。「前の事件、覚えていますか。私の家にずっと脅迫状が届いていましたよね」

「もちろん覚えているさ。たった四ヵ月前だぞ」

「じゃあその前の事件は？　閉鎖された商業施設のらせん階段から、男性が転落していたという……」

「ああ、あのときのスモックはけっこう似合っていたな」

急にそんなことを言われて、塔子は戸惑った。つい早口になってしまう。

「いや、あの、鷹野さん、そういうのは覚えていなくていいですから」

「そうなのか？　よくわからない奴だな」

鷹野は不思議そうな顔をして塔子を見下ろす。

ああ、こういう感じだったな、と塔子は思い出した。鷹野は先輩、自分はだいぶ下の後輩だが、捜査をしながら気兼ねなく話せる雰囲気があった。それは二年ほどかけて作り上げられたものだ。もちろん門脇も優れた先輩なのだが、まだ塔子は気をつかってしまうところがある。

——やっぱり、鷹野さんは鷹野さんなんだなあ。

当たり前のことだが、そんなふうに思った。

「ところで如月、これからどうするつもりだ」鷹野が尋ねてきた。

そうですね、と塔子は考え込む。

「例のユキさんですが、昨日話をしたあと電話が通じなくなってしまったんですよ。今、携帯電話会社に通話履歴の開示を請求しているところなんですが……」

「もし如月のほうで急ぎの約束がないのなら、行きたいところがある」

「ええ、かまいませんが……どちらへ？」

「科捜研だ」

「あ、科捜研ですか。意外ですね」

「どうしてだ。俺はおもにブツの担当だよ。昨日、廃工場にゴム製品が落ちていただろう。あれの解析結果を聞きに行くんだ」

塔子が知らないうちに、ゴム製品を科捜研に回していたということだ。こういうブツ捜査もまた久しぶりだな、と思いながら塔子は足を速めた。

桜田門《さくらだもん》の警視庁本部に移動し、エレベーターで六階に上がる。

捜査一課のいわゆる「大部屋」には行かず、連絡通路で別棟に渡った。そこに科学捜査研究所がある。

事前に鷹野が連絡を入れておいたらしく、面会の相手はすぐにこちらへやってきた。

「お疲れさまです。……あっ、如月さんも一緒でしたか！」

ぱりっとした白衣に、少し形の古い黒縁眼鏡。年齢は鷹野より上で、今はたしか三十九歳だったと思う。普段から塔子たちをサポートしてくれている河上啓史郎《かわかみけいしろう》研究員だ。

「いや、驚きました」河上は塔子に向かって言った。「鷹野主任は所轄の人と組んだと聞いていたから、てっきり如月さんはいらっしゃらないと思っていました」

「鷹野主任が所轄の人と組んでいるって、よくご存じでしたね」

「え……ああ、はい」河上は小声になって答える。

「尾留川さんから教えてもらいまして」

塔子は尾留川の顔を思い浮かべた。普段から調子のいい人だが、どうやらかなりお喋りでもあるようだ。

「それより如月さん、大丈夫ですか？　昨日大変な目に遭われたんですよね。よっぽどメールしようかと思ったんですが、失礼かなと思って……」

以前、河上にはメールを送ったことがある。塔子は彼に向かって頭を下げた。

「ご心配をおかけして申し訳ありません。なんとか無事でした」

「本当に気をつけてくださいね。こう言っては何ですが、私は如月さんのことをいつも心配しているんです。もし如月さんに何かあったら、私は犯人を絶対に許しません」

河上は拳《こぶし》を握り締めている。これは心強いことだ。

「さすがです、河上さん。犯罪者を憎む気持ちは、私たち刑事と同じなんですね。ともに一般市民のため、全力を尽くしていきましょう」

塔子がそう言うと、河上と鷹野が同時にこちらを向いた。ふたりとも怪訝そうな顔をしている。いったい何だろう、と塔子は思った。

「どうかしましたか？　警察官なら誰でも、犯人を許さない、という気持ちを持っていますよね？」

「いや……ええと、私は如月さんのことを気にかけていると言いたかったわけで……」

「どうもありがとうございます。私、みんなに心配されてしまうんですよね。もっとしっかりしないと」

塔子がそう言うそばで、鷹野と河上は顔を見合わせている。何か妙な雰囲気だが、まあいいか、と塔子は思った。

打ち合わせスペースに案内される途中、塔子は捜査一課のバッジを付けていなかったことに気づいた。財布からバッジを取り出す。ところが、手が滑《すべ》って床に落としてしまった。そのままバッジは、作業用のパソコンデスクの下に転がっていった。

「あ、バッジが……」

三つ机が並んでいるのだが、いずれの席にも研究員はいない。机の上には大型モニター、下にはパソコンの本体や無停電電源装置、段ボール箱などが押し込まれている。

塔子は机の下を覗き込んだが、バッジは見当たらなかった。

「そのへん、かなり散らかっているもので……。バッジですよね？」河上が尋ねた。

「すみません、隙間に入ってしまったみたいで」

「どれどれ。見せてください」

河上は塔子に代わって床にしゃがみ込んだ。パソコンと無停電電源装置の間を覗いていたが、じきに低い声で唸った。

「まいったな。よく見えませんね」

「河上さん、私、あとで捜しますよ。時間がもったいないですから、先に打ち合わせを……」

「いや、これならどうかな」

河上は机上のモニターから何かを取り外した。オンラインで会議をするための小さなウェブカメラだ。パソコン本体とは長いケーブルで繋がっている。

「本来の使い方じゃありませんが、ちょうどいいですからね」

パソコンを操作すると、カメラで捉えた映像がモニターに表示された。河上はウェブカメラを持って、再び机の下にしゃがむ。パソコン本体と無停電電源装置の隙間にカメラを入れると、モニターにその様子が映し出された。何十センチか進んだと思われるところに、塔子のバッジがあった。

「やった！　見つかりましたよ、如月さん」

「さすがです、河上さん。テクノロジーの勝利ですね！」

「テクノロジーねえ……」横で鷹野がぼそりと言う。

河上がウェブカメラを引っぱり出したところへ、

あらためて塔子がしゃがみ込んだ。右手を隙間に突っ込み、思い切り伸ばしてみたのだが――。

――と、届かない……。

指先でカーペットを探ったが、何もつかめない。転がった場所はもっと奥なのだろう。

「如月、代わろう」鷹野が言った。「俺のほうが、手が長い」

「いやいや鷹野さん、手の長さだったら私だって……」

と河上が言ったが、そのときにはもう鷹野は手探りを始めていた。ほんの数秒でバッジは見つかり、彼はそれを塔子のほうへ差し出した。

「ああ、どうもありがとうございます」

「礼なら河上さんに言うといい。テクノロジーの勝利だからな」

にこりともせずに、鷹野はそう言った。

思わぬところで時間を使ってしまった。塔子は鷹野と河上に詫びながら、打ち合わせスペースに向かった。

パーティションで区切られた場所にテーブルと四脚の椅子があった。どうぞ、と河上は椅子を勧めたあと、テーブルの上に資料を置いた。

「では、報告を始めます。昨日、特捜本部から分析の依頼があったのはこれです。梅島の廃工場で門脇主任を襲ったとき、犯人が落としたものらしいということで……」

彼は資料を開き、あるページを指差した。そこには黒いゴム製品の写真が載っている。昨日、門脇が襲われた現場に落ちていたものに間違いない。

「直径が二十二ミリ、厚さが五ミリのゴム製品です。調べてみたんですが、これは家電などの下に貼って滑り止めにするゴム足ですね。しかしただのゴムではなく、合成されたポリイソプレンを原料とした合成ゴムです」

「ポリイソプレン……」塔子は首をかしげる。「特殊なものなんでしょうか」

「天然ゴムの成分ですから、そう特殊なものではないですね。滑り止めとかクッション材として流通しているものだと思います」

それを聞くと、鷹野は腕組みをして唸った。

「手がかりとしては、役に立ちそうにないですね……」

「犯人を特定するには情報不足でして、申し訳なく思います」河上は頭を下げた。

「いや、河上さんが気にすることはありません」鷹野は首を横に振った。「科捜研の仕事は正確性が大事ですから、曖昧な推測は避けるべきでしょう。それは私たちもよくわかっています」

河上はほっとしたという顔になった。

「そう言っていただけると助かります。こうじゃないかという思い込みで、足を掬《すく》われることもありますから……。実際、科捜研の出した結論によって、捜査の方向が大きく変わってしまう場合があります。もしそこで間違ったことを回答してしまったら、取り返しがつきません」

「おっしゃるとおり、責任重大ですよね」塔子は河上にうなずきかける。

「怖い仕事だと思っています。作業が立て込んでくると忘れがちですが、肝に銘じておかなくちゃいけません。私たちの分析のせいで、誰かの一生をめちゃくちゃにしてしまうおそれもあるんだから、と」

塔子は河上の言葉を噛み締めた。それは捜査員の仕事でも同じだ。無実の人を刑務所に送るようなことがあってはならない。常に慎重な捜査を行う必要がある。

「それから、如月さんが襲われた現場のことですが……」河上は塔子の表情を窺った。

「どうぞ、気になさらず教えてください」と塔子。

「……結束バンドはナイロン製です。如月さんの両手を縛ったぐらいですから、かなりサイズの大きなものでした。結束バンドもロープも市販品なので、ここから犯人を見つけることは難しいかと思います」

「頭にかぶせた布袋はどうですか」鷹野が尋ねた。

「三百円ショップで扱っている商品だということはわかりました。鷹野さんが好きな百円ショップではないんですが」

「それもまた、販売ルートをたどるのは難しいということですね」

「ええ、残念ながら……」

河上は鷹野に向かって、申し訳なさそうな顔をした。

そのほかいくつかの説明があって、科捜研からの報告は終わりになった。

資料を片づけながら、河上が塔子に尋ねてきた。

「ところで、門脇主任の具合はいかがですか」

「ああ、それもご存じでしたか」塔子は言った。「朝、メールを送ったら返事が来て、まだ決定してはいないけれど、昼前には退院できるんじゃないかということでした」

「それはよかった……。しかし門脇主任も大変ですね。脚を撃たれたかと思えば、今度は頭を殴られて」

「こういう仕事なので危険は承知ですけど、それにしても度重なると心配ですよね。近くに誰か、不幸を招くような人がいるんでしょうか」

そんなことを塔子が話していると、バッグの中で携帯電話が鳴った。急いで携帯を取り出し、液晶画面を確認する。

「誰だろう。知らない番号ですね」塔子は着信ボタンを押した。「はい、如月ですが……」

耳を澄ましてみたが、返事は聞こえない。「もしもし」とあらためて呼びかけてみる。次の瞬間、電話は切れてしまった。

「間違い電話でしょうか」

「如月さん、大丈夫ですか？」河上が不安げな顔で塔子を見た。「もしいたずら電話だったら許せませんね。仕事の邪魔になるかもしれないんですから」

「そうですね……。ちょっと気になります」

少し考えたあと、塔子は携帯電話をバッグの中にしまった。

礼を述べて、塔子と鷹野は科捜研を出た。

## 2

午前十一時十五分。今日も午前中から、かなりの暑さになっている。

歌舞伎町などは大変だろうな、と鴉は思った。毎日、暗くなると多くの人間が享楽にふける町。薄汚いものが、夜の間にどくどくと溜まり続ける。そして翌日、太陽が昇り、気温が上がると、それらは腐り始めるのだ。特にこの時期は蒸し暑い。あちらのビル、こちらの路地、さまざまな場所から、吐き気がするような腐臭が漂ってくる——。

そんな光景を想像するたび、鴉は顔をしかめてしまうのだ。

気分が悪くなるぐらいなら、おかしな想像をしなければいい。それはわかっているが、あの町への嫌悪感はどうにも拭い去ることができない。

外の気温は三十三度を超えたようだ。

だが、今自分がいる部屋はエアコンが効いていて快適だった。こういう場所で作業ができるのはありがたい。外に出かけることの多い鴉だが、今日はスケジュールを調整して、終日ここで過ごせるようにしてある。

今、鴉はパソコンデスクに向かっている。椅子に腰掛け、ちょうどいい具合に調整した背もたれに体を預けている。マウスを操作し、キーボードを叩いたあと画面をじっと見つめた。

これから起こることは、長く一般市民の記憶に残るのではないか。もしかしたら日本の犯罪史に刻まれるかもしれない。ぜひそうであってほしい、と鴉は思った。

あの女がユキという源氏名を使ってどのような行

動をとり、どのような境遇に陥ってしまったか。それは多くの人に知られるべきことだった。普通にSNSなどで発信しようとしても、多くの情報に埋もれてしまうだろう。それなら、より強い手段を使うべきだと鴉は判断したのだった。これは絶対に間違っていないと信じている。

あの女の姿が頭に浮かんできた。

今、彼女は鴉を避けているが、それはおそらく一時的なものだろう。落ち着いてじっくり考えれば、彼女にとって一番大切なのは鴉だとわかるはずだ。早く気づいてほしい。それが彼女自身のためにもなるのだ。

あの女は大学入学と同時に上京した。だが、それは人生をめちゃくちゃにする重大な誤りだった。安易に奨学金を得たため、彼女はその返済に苦しむことになったのだ。

地方と東京とでは生活の質も違うし、人や物の動きも違う。東京で就職した彼女は、収入と支出のバランスをとれなくなった。まあ、それはそうだ。周りにはきれいな服や美味しそうな料理、楽しいレジャーなどが数多くある。演劇やコンサート、各種イベントも、地方では決して触れることのできないものだ。

友達の誘いもあったのだろう。あの女は華やかな生活に惹《ひ》かれ、あちこちへ出かけて金を使った。就職したばかりの新入社員では給与も限られている。本来、身の丈《たけ》に合った生活をすべきだったのに、自分の欲を抑えきれず、出費を重ねてしまった。

結果は容易に想像できるものだった。遊びのため、そして奨学金を返すためにあの女は新たに借金をすることになった。じきにその返済が滞るようになり、困った彼女は何人かの友人に相談をした。金を貸してくれる者はいなかったが、仕事を紹介してくれる者はいた。一晩でかなりの金が稼げる。一ヵ月ではこれぐらい、一年ではこんなにすごい額になる。奨学金を返しながらでも、余裕で楽しい生活ができるはずだと、その友達は言ったに違いない。

あの女はキャバクラで働くようになった。最初は会社に内緒でやっていたはずだ。だがそのうち、夜の仕事をしていることがバレたのではないか。それで、彼女はわずか数ヵ月で会社を辞めてしまったのだろう。

友達が言ったとおり、たしかにキャバクラ嬢という仕事は収入が多かった。会社勤めを続けるより短時間で稼ぐことができた。年齢的にいつまで続けられるかはわからないが、奨学金もすぐに返せるだろう。数年あればかなり貯金もできそうだ。

だが、そこで思わぬことが起こった。キャバクラ嬢仲間に連れられて、彼女はシャインガーデンというホストクラブに行ったのだが、そこで人生最悪の出会いをしてしまった。彼女は龍也こと桐生政隆とつきあい、金を貢ぐようになった。

あの女はキャバクラで稼いだ金のほとんどを渡してしまっていた。それどころか、なかば龍也に強制されて、性風俗の店で働き始めたのだ。のちにキャバクラは辞めることになった。

まったく、とんでもない話だった。

そのことを知った鴉は、何度かあの女と話をした。積極的に賛成はできないが、キャバクラで働くことに反対はしない。奨学金を返すため、収入を増やす必要があったというなら仕方がないと納得もした。だが、男に金を貢ぐとはどういうことか。しかもその男のために、風俗店で客をとるとはおかしいではないか。そんなことをさせた時点で、龍也が彼女を大事にしていないのは明らかだ。奴は彼女を、金を稼ぐ道具としか思っていない。おそらく龍也には別の女がいる。向こうが本命だろうから、いずれこちらは捨てられるだろう。龍也などとは早く別れたほうがいい。鴉はそう諭《さと》した。

だが鴉が必死になればなるほど、彼女は龍也をかばうようなことを言った。あの人は私がいないと駄目だから、面倒を見てあげるの。そう言って鴉を拒絶した。

そのときの鴉の気持ちはひどいものだった。龍也への怒りに震える一方で、あの女には幻滅した。どうしてわからないのかと、厳しく尋問したかった。だが彼女は逃げ回る。鴉のことを毛嫌いし、身を隠してしまう。

あの女はまったくわかっていない、と鴉は思った。いっそ彼女を嫌いになれたらどんなに楽だろう。だがそれはできなかった。彼女を正しい方向へ導けるのは自分だけだ、という強い思いがあった。

のちにあの女が龍也と別れたと知って、鴉は快哉《かいさい》を叫んだ。ようやくわかってくれたのか、と喜び勇んで出かけていった。だが彼女は新しい男を作っていた。風俗店の客だった岩崎という奴だ。その男と愛人契約を結ぶことで、風俗店と同じぐらいの金がもらえるという。一度収入の高い生活を知ってしまうと、もう普通の仕事には戻れないらしかった。

鴉はそれを激しく嫌った。彼女が薄汚い中年男の愛人でいるのを、黙って見ていることはできない。それではあまりにおまえがかわいそうだ、と彼女に言った。

するとあの女は、過去に見せたことのないような形相で声を荒らげた。私が何をしようと勝手でしょう。いつも偉そうに説教して、どういうつもりなの。私につきまとうのはもうやめて。私はあんたのものじゃない——。彼女は大変な剣幕で怒鳴った。

ショックだった。鴉は今まで、彼女のためを思って話をしてきた。それなのに、なぜこうなってしまったのか。

彼女を止めたいという気持ちがあった。それと同時に、自分をあんなふうに罵《ののし》った彼女を責めたいという思いもあった。考え続けるうち、無性に腹が立ってきた。どうしてわからないのだ。あの女は馬鹿なのか。ちくしょう！

現実を理解させるにはショック療法しかない、と鴉は考えた。もう、やむを得ないのだ。こうでもしなければあの女は目を覚まさないだろう。

鴉は彼女の男たちを殺す計画を立て始めた。そしてこれまで、龍也と岩崎の殺害を成功させたのだった。

鴉はパソコンの画面をじっと見つめた。

今、モニターに映っているのは、ここからかなり離れた場所の映像だ。鴉はネットワークを使い、遠隔操作で別のパソコンを操作している。相手側の画面を見ても、表面上そのことはわからないようになっている。裏でこっそりパソコンをコントロールする方法はいくらでもある。高校生のころ、それを身につけた。専門学校のころには別の手段も覚え、今ではさらに磨きをかけている。

それらの技術的な裏付けをもって、鴉は今回の計画を練った。そして実現のきっかけを与えてくれたのがGM——ゲームマスターだ。ブログやメール、その他のツールを使って鴉はGMと連絡をとった。向こうから指摘されることはいちいち正しかったから、鴉は感謝した。我慢することはない、犯罪計画を実行すればいい、と背中を押してくれたこともありがたかった。

だが実際に計画を進めるうち、少しずつストレスが溜まってきた。

決してGMを嫌ってはいないし、疎んじたりもしていない。しかし、どう言えばいいのだろう。進捗《しんちょく》状況などを報告し続けるうち、自分がGMに縛られているような気がしてきたのだ。たとえるなら、塾で問題を解くたび「先生できました」と報告しに行って「よくできました」と丸を付けてもらう。次の問題を解いたらまた「先生できました」と持っていく。自分とGMとの関係は、そういうことの繰り返しのようだと感じたのだった。

一度そう感じてしまうと、急速にこの関係が煩わしくなってきた。龍也、岩崎とふたりを無事に始末したとき、鴉の中で気持ちの変化が起こった。これまではGMに助けてもらってきたが、そろそろ自分の力を試してみたい。幸い、ひとりで考えついた計画があるので、それを実行してみたくなった。鴉はその計画をGMに伝えた。すぐにGMから返事が来たのだが、読んでみるとあまりいい感触ではなかった。いろいろリスクがあるから考え直してみないか、と書かれていたのだ。

どうしてかと鴉は尋ねてみた。経験豊富なGMから見れば、たしかにリスクが感じられるかもしれない。しかし自分はこれをやってみたい。何かあったとしても、それは自分自身に跳ね返ってくることだ。責任は自分でとる、と返信した。

GMはまだ渋っているようだった。その煮え切らない態度を見て、鴉は思った。GMはリスクを気にしすぎている。完璧に仕上げることに、こだわりすぎている。そんなことではダイナミックな犯罪は実行できない。

やるのは自分なのだ。何かあったとき捕まるのは自分だ。あなたには感謝しているが、この先は好きにやらせてほしい、と訴えた。ここまで来ればもう、あとはひとりで充分だろう。要するに、鴉である自分は巣立ちのときを迎えているのだと、そんなことを思った。

もう少し考えさせてほしい、とGMは言ってきた。だが鴉の新しい殺人計画はすでに練り上げられている。ここで次の行動まで時間がかかっては、犯行全体の美が損なわれる。今まで努力してきた意味がなくなってしまう。

GMからの返事を待たずに、鴉は計画を進めることにしたのだった。

鴉はマウスを操作して、ウェブカメラの角度を変えてみた。そこ《そこ》に映っているのは、ここ何日かで準備した仕掛けだ。計画は順調に進みつつある。

遠く離れた場所にあるその仕掛けを、鴉はモニター越しにじっと見つめた。

# 3

　天井にあるスピーカーから、診察時間を案内する声が聞こえてくる。

　門脇は検査着を身に着け、病院の廊下を歩いていた。

　昨日の午後ここへ入院して、いくつかの検査をした。その時点で大きな問題はないだろうということだったが、精密検査は今日の午前中になると言われた。それで門脇は特にやることもないまま、個室で一晩を過ごしたのだった。

　病院食だからあまり期待していなかったが、夕食は旨かった。久しぶりに早い時間からテレビを点《つ》け、ニュースやドラマを見たが、じきに飽きてしまった。

　頭に浮かぶのは今回の事件のことだった。犯人の目的は何なのか。なぜ如月と自分を襲ったのか。何か警察に対して恨みを持っているのか、それともあれは単なるデモンストレーションだったのか。

　そもそも犯人は、ユキという女性とどの程度親しい関係だったのだろう。被害者と接触したことのない人物がストーカーになることもあるが、今回のケースではふたりは顔見知りだったと考えられる。それはユキの発言からも明らかだ。

　この事件はイレギュラーな要素が多いな、と門脇は思った。歌舞伎町で右手が見つかったときは、暴力団構成員の仕業ではないかという意見もあった。しかし次に左手が出てきたのはビルの五十階だ。日本一の繁華街から日本一の高層ビル街へと、事件の舞台が移ったことになる。

　やはり手代木管理官が言ったように、犯人は劇場型犯罪を行っているのだろうか。多くの人間に犯行を見せて驚かせるのが、奴の目的のひとつなのか。しかし龍也や岩崎を殺害した動機は必ず存在するはずだ。

一番の問題は、犯人は何者で、今どこにいるかということだった。

昨日、廃工場で接触した人物を思い出そうとした。服装はわかったが、顔をはっきり見ることはできなかった。あのとき奴はゴム足を落としたらしいが、如月からのメールによると、その出どころはまだわかっていないようだ。

――それにしても情けない。俺としたことが……。

負傷したのだからと、周りはみな気をつかってくれる。誰ひとり門脇の失態を責める者はいないが、それがかえって負担になった。普通なら厳しい上司が、おまえは何をやっているんだと怒鳴るところだろう。

そうだ、新宿署の寺田課長あたり、そんなふうに言いそうだった。昔の捜査で世話になったが、最近ああいうタイプの刑事は減ったように感じる。だからこそ寺田は、歌舞伎町を管轄する新宿署で刑事課長をやっているのだろう。ほかの人間ではなかなか務まらないというわけだ。

そんなことを考えているうち、門脇は指定された部屋に到着した。面談室というプレートが掛かっている。ドアをノックすると、中から返事があった。ドアを開け、一礼して門脇は部屋に入っていった。

特に問題はないという医師の説明を聞いて安心した。

自分の部屋に戻って着替えをする。鏡を覗き込んで気持ちを引き締めた。廃工場での事件を思い出し、もうあんな無様《ぶざま》な姿は誰にも見せないぞと心に誓う。後輩たちのためにも、リーダーとして力を尽くさなければ、という思いがあった。

一階で会計の手続きをしてようやく病院を出られるようになったのは、正午を過ぎたころだった。

携帯を確認すると、如月からまたメールが届いていた。昨日から合わせると、これで五通目だ。

《お疲れさまです。検査のほうはいかがですか？無理をしないようにと早瀬係長がおっしゃっていました。結果が出たらご連絡ください》

捜査について何も触れていないのは、門脇によけいな心配をさせまいという配慮からだろう。後輩にまで気をつかわせてしまって、なんとも申し訳ない気分だ。

早瀬係長に電話をかけ、検査結果に問題はなかったことを伝えた。

「無理しなくていいぞ」早瀬は言った。「今日はもう家に帰って休んだらどうだ」

「いえ、昨日の晩ゆっくりさせてもらったので大丈夫です。これから特捜本部に戻ります」

「急がなくていい。せめて昼飯を食ってきてくれ」

「わかりました。じゃあ、お言葉に甘えて……」

電話を切って、門脇はひとつ息をついた。早瀬はああ言ってくれたが、のんびりするつもりはない。早めに食事をして、すぐ新宿署に向かおうと考えた。

地下に食堂があるというので覗いてみた。幸い店内はすいている。これなら料理が出てくるのも早いだろう。ショーケースを見てラーメンとしょうが焼き定食とで迷ったが、肉がいいなと思って後者にした。

料理はすぐに出てきた。病院の中の食堂だからか、味付けは少し薄めかもしれない。しかし飯の炊《た》き具合は自分好みの軟らかさだったので、得をした気分になった。

お茶を飲みながら、テレビで流れている教養番組に目をやった。

高齢者向けのパソコン入門といった内容だ。何回か続くシリーズで、今日は表計算ソフトの使い方を教えてくれているようだった。

自分も支給されたパソコンで表計算をするが、いつも尾留川に手伝ってもらうから難しいことはわからない。出来上がった表を見て、数字の追加・修正をすることぐらいしかやったことがなかった。

今、講師が作り方を説明しているのは、架空のクラス名簿らしい。

「『役職』ごとに名前を入力していきましょう。『学級委員長』は佐藤《さとう》さん、『副委員長』は鈴木《すずき》さんという具合です」

「先生、『書記』がまだ決まってないんですけど、どうすればいいですか」

「その場合は空欄にしておいてかまいません」

「『?』にしてもいいですか」

「……まあ、そうですね。ご自分でわかるのであれば、それでもかまいませんよ」

門脇は眉をひそめて画面を見つめた。

頭の中で情報が繋がっていく感覚があった。もう一度お茶を飲んでしばらく考える。それから、勢いよく立ち上がってレジに向かった。

食堂を出て一階に上がり、電話ができる場所に移動する。携帯を取り出して、如月に架電した。

「お疲れさまです、如月です」相手の声が聞こえた。

「ああ、門脇だ。早瀬さんにはさっき電話したんだが……」

「聞きました。検査の結果、問題なかったようですね。安心しました」

「今ちょっといいか。俺の考えを聞いてほしい」

「あ……はい。うかがいますけど」

「岩崎さんのウィークリーマンションにカレンダーがあったよな。あそこに記号が書かれていただろう。あれの意味を考えてみたんだ」

「『○』と『×』と『?』がありましたね」

「俺たちは最初、ユキさんと会える日が『○』、会えない日が『×』、わからない日が『?』だと思っていた。しかし解釈が違うかもしれない」

「え……。どういうことですか?」

如月は電話の向こうで戸惑っているようだ。門脇はゆっくりと言った。

「自分が会える日が『○』、会えない日が『×』だというのは正しいと思う。しかし『?』はユキさんが誰か別の男と会う日だ、と岩崎さんは疑っていたんじゃないだろうか。名前がわからないから『?』だったというわけだ」

先ほどの教養番組からの連想だった。門脇はさらに続ける。

「もちろんユキさんは、ほかに男がいるなんて言わなかっただろう。だが岩崎さんは彼女と話しているとき、その言葉や態度から、自分以外に男がいると感じたんじゃないかな」

「岩崎さん以外の男性というと、ホストの龍也さんですか?」

「いや、岩崎さんの部屋にあったのは今月のカレンダーだ。ユキさんは龍也さんとはもう別れていたはずだ」

「じゃあ……もしかしてストーカーと会っていたんでしょうか」

「ストーカーからは逃げていたわけだから、会う予定なんて書かないだろう。となると『?』は龍也でも岩崎でもない、第三の男だと俺は思う」

門脇はそう説明したのだが、如月はまだ半信半疑でいるようだ。

「今までそんな話は出てきませんでしたけど……」

「ユキさんは以前キャバクラにもいたし、風俗店にもいた。男と出会う機会はいくらでもあった。現に彼女は龍也さんのあと岩崎さんとつきあっている。別の男がいてもおかしくないだろう」

「なるほど、たしかに可能性はありますね。岩崎さんとは毎日会っていたわけではないでしょうから、時間はあったはずだし……」

さて、それでだ、と門脇は言った。

「俺の予想が正しいとして、犯人がユキさんの周りにいる男をすべて排除したいと考えたのなら、奴はもうひとつ事件を起こすと思わないか?」

「三人目の男性を始末する、ということですか」

「そのとおり。奴のことだ、計画はもうスタートしているんじゃないだろうか」

「……まずいですね。そうだとしたら、なんとかして阻止しないと」

「俺はこのあと、もう一度早瀬さんに連絡してみる。如月は今の話を鷹野に伝えてくれ」

「了解です」

電話は切れた。確証はない話だが、如月もかなり焦りを感じていたようだ。

時刻を確認すると、まもなく午後零時五十分になるところだった。門脇は携帯をポケットにしまって、病院の正面玄関に向かった。

## 4

歌舞伎町で聞き込みをしているところへ、門脇から連絡があった。

彼から聞いた内容を、塔子は鷹野へすぐに伝えた。鷹野は難しい顔でしばらく考え込んでいたが、やがてこちらを向いた。

「『○』、『×』、『?』の解釈については、正直なところ少し疑問もある。だがユキさんに三人目の男がいるとする見方は、もっと早く検討すべきだった。門脇さんの言うとおり、犯人は次の計画を進めている可能性があるな」

「一番確実なのはユキさん本人から話を聞くことですよね。彼女は犯人の正体を知っているようでしたから」

塔子はユキの携帯に架電してみた。だが電源が切られているのか、一向に通じない。

「昨日から何度かかけているんですが、やはり駄目ですね」

「携帯電話会社には問い合わせているんだよな?」

「早瀬係長にお願いしていますが、まだ会社から回答がないみたいです」

鷹野は低い声を出して唸った。

「まいったな。こんなところで行き詰まるとは……」

情報を持っている人間はわかっているのに、証言を拒否されてしまっている。彼女の居場所もつかめていない。その一点さえ突破できれば捜査は大きく進むはずなのに、塔子たちはいつまでも足踏みをしている。

――早くしないと、次の被害者が出るかもしれない。

焦りがつのってきた。龍也や岩崎の遺体が脳裏に浮かんでくる。あのような事件がまた繰り返されるのだろうか。

塔子が携帯をバッグにしまおうとしたとき、突然着信音が鳴った。慌てて液晶画面を確認すると、尾留川の名前が表示されていた。

「はい、如月です。尾留川さん、何かありましたか?」

「待たせて悪かった。今、携帯電話会社から情報が来たんだ。ユキという女性の本名は藤森深雪《ふじもりみゆき》。直近で、彼女が携帯電話を使ったのは二回だ。今から四十分前に池袋の住宅街で、十分前には新宿駅付近で通話している。電話した相手の番号はわかっているが、闇で転売された携帯らしい」

「もしかして、ユキさんは自宅から新宿に移動したんでしょうか」

「そう考えられるね。歌舞伎町に向かったんじゃないかな」

ユキ――藤森深雪はキャバクラ嬢や風俗嬢の経験がある人物だ。尾留川の言うとおり、新宿に来たのならおそらく行き先は歌舞伎町だろう。

「わかりました。早速、捜してみます」

「俺のほうは、藤森深雪の家族を調べてみるよ」

「お願いします。尾留川さん、ありがとうございました」

先輩に礼を言って、塔子は電話を切った。

今の情報について鷹野に報告すると、彼は何度かうなずいた。

「歌舞伎町に来たとして、ユキさんはどの辺りにいるのか……。彼女と関わりのある店かもしれない。行ってみよう」

かつてユキが勤めていたキャバクラ、風俗店を訪ねてみる。だがどちらの店でも、今日彼女の姿を見てはいないそうだ。

続いて、桐生政隆が勤めていたホストクラブ・シャインガーデンに行ってみた。すると、ここで当たりが出た。

「この女性なら、さっき来ましたよ」店長の榎本は、写真を見て証言した。「急ぎで訊きたいことがあるって言うんです。何か厄介な話かと心配していたら、龍也に関することだと……」

「どんな話をしたんですか?」塔子は勢い込んで尋ねた。

「『私を捜している人を見ませんでしたか』と訊かれました。どうも、龍也の事件の関係者がこのへんにいるらしくてね。そんな人は来ていないと答えると、この女性は出ていってしまいました」

「行き先はわかりませんか?」

「さあ、そこまでは聞いていません」

彼女の行き先について、塔子はあれこれ考えを巡らせる。横から鷹野が言った。

「この女性はユキさんといって、龍也さんのお客さんだった人なんです」

え、と言って榎本は写真をあらためて見つめた。

「うちの店にいらっしゃっていた方ですか? 記憶にありませんが……」

「そうでしょうね。三回しか来ていないようなので」

「……ちょっと待ってください。ひょっとしてこの女性が龍也を殺した、と?」

榎本は真顔になって尋ねてきた。鷹野は落ち着いた口調で答える。

「いや、その可能性は低いと思います。彼女が事件に関わっているのは事実ですが、犯人はおそらく別の人間です」

説明を聞いて一応は納得したようだが、それでも榎本は不安げだ。

もしユキがまた来たら連絡してほしいと伝え、塔子は電話番号のメモを渡した。

ホストクラブを出て、塔子たちは歌舞伎町の通りに戻った。

午後になり、日射しが一段と強くなってきている。日向《ひなた》を歩いていると、頭がじりじり焼かれるような気がした。たまに風が吹いてくるが、この環境下ではほぼ熱風だ。

ユキが出入りしていた場所を、塔子たちはさらに訪ねていった。バーやカフェなど、いくつか彼女の行きつけの店が判明しているのだ。

キャバクラや風俗の仕事を終えたあと、彼女はどんな思いを抱いて行きつけの店を訪れたのか、と塔子は考えてみた。一仕事終えてようやくゆっくりできる、という気分だったのか。そのときだけは、素の自分に戻ることができたのか。

何人かの男性と同時につきあう生活など、塔子には想像することもできなかった。そこに本当の愛はあったのだろうか、という疑問が湧く。しかしその一方で、自分には何もわかっていないのではないか、という気持ちもあった。もしかしたら本当の愛などという言葉を出す時点で、すでに自分は間違っているのかもしれない。

おそらく価値観が違うのだ。だからこそ、ユキの生き方を簡単に否定してはいけないという気がする。不遇の彼女に同情するといったら、それは失礼にあたるだろうか。同情という言葉がよくないのなら、共感というべきか。そうかもしれない。全面的に肯定するのは難しいが、彼女の生き方に共感することはできるのではないか、と塔子は思う。

バッグの中で電話が鳴りだした。急いで携帯を取り出す。そこに表示された番号を見て、塔子ははっとした。これまで二回電話で話したあと、登録しておいた番号だ。

「ユキさんからです」

鷹野にささやいたあと、塔子は通話ボタンを押した。

「はい、如月です」

「あの……ユキです。すみません」緊張した声が聞こえてきた。

「お電話ありがとうございます」できるだけ明るい調子で塔子は言った。「何かありましたか？」

「刑事さん、私、どうしていいかわからなくて……」

「話してみてください。力になれると思います」

「……実は、知り合いと連絡がつかないんです。滝《たき》洋輔《ようすけ》という人なんですが、昨日から電話が通じなくて」

「滝洋輔さんですね。年齢は？」

「四十一歳です」

「ユキさんとはどういうご関係の方でしょうか。差し支えなければ教えてください」

少しためらう様子だったが、やがてユキは答えた。

「私の……交際相手です」

やはりそうか、と塔子は思った。その滝というのが、門脇の言っていた第三の男ではないだろうか。

「現在も、おつきあいをされている方ですか？」

「はい……」

「その方のこと、詳しく教えていただけませんか。お仕事とか……」

しばらく間があった。だが、じきに気持ちが固まったのだろう、ユキは話しだした。

「滝さんは、神田《かんだ》にある建築設計事務所の課長です。私の上司だった人です」

「……ユキさんは、以前その会社に勤めていたわけですね」

「そうです。そこを辞めて、歌舞伎町で働くようになりました」

何か理由があってキャバクラ嬢になったのだろう。普通に考えれば、金が必要だったということではないか。

「今年の四月、滝さんから連絡が来て、どうしているかと訊かれました。会社にいたころは何もなかったんです。ただ、いい人だなと思っていただけでした。だって、彼には奥さんと子供がいましたから……」

「でも、あなた方は交際を始めたわけですね？」

「夜の仕事をするようになって、私、疲れていたんだと思います。そこへ滝さんが現れたものだから、すっかり頼ってしまったんです。あの人は――この事件の犯人は、それが許せなかったんじゃないかと」

「龍也さんや岩崎さんと同じように、滝さんも命を狙われるということでしょうか？」

「はい……。昨日の夜から滝さんと連絡がつかなくて、会社に問い合わせたら、今日は無断欠勤だとわかりました。私、会社の人間のふりをして家に電話してみたんです。奥さんの話では、昨日の夜は帰ってこなかったということでした。奥さんも心配していました」

まずいな、と塔子は思った。滝はすでに拉致《らち》されているのではないか。あるいは――もっとひどい事態になっていることも考えられる。

――いや、今は落ち着かなくては。

深呼吸をしてから、ユキに尋ねてみた。

「どこか心当たりはありませんか。犯人が普段よく出入りしていた場所とか、滝さんと関わりがある場所とか。たとえば昨日の、足立区梅島の廃工場のような……」

「わからないんです。今、私も歌舞伎町を捜しているんですけど」

消え入りそうな声でユキは言う。精神的にだいぶまいっているようだ。

「じゃあユキさん、犯人の——ストーカーのことを聞かせてください」思い切って塔子は尋ねてみた。「どうか、その人の名前を教えてください。あなたは滝さんのことが心配なんでしょう？」

あまり強い調子にならないよう気をつけたつもりだった。しかし、その質問を嫌ったのか、ユキは黙り込んでしまった。

「ユキさん、お願いします。ストーカーは何という人なんですか」

「……鴉と名乗っていました」

「鴉？」

「今、私が言えるのはそれだけです」

突然、通話は切れてしまった。

こちらから電話をかけ直してみたが、ユキは出てくれない。塔子は眉をひそめた。焦りすぎたか、という後悔があった。

鷹野に今のやりとりを伝える。彼もまた悔しそうな表情を浮かべた。

「しかし、やむを得ないことだ」鷹野は首を振りながら言った。「彼女はたぶん、自分からいろいろなことを話すタイプではないだろう。こちらから質問を続けるしかないんだ。そうであれば、途中で切られてしまうことだってある」

「ですが、肝心の犯人のことが聞き出せませんでした。ただ、鴉としか……」

「気持ちを切り換えていこう」鷹野は塔子の肩をぽんと叩いた。「第三の男は滝洋輔だと明らかになった。そこから手がかりを探っていくんだ」

「……わかりました」

塔子はこくりとうなずいた。

ふたりでそれぞれ電話をかけ始めた。

鷹野は滝のことを特捜本部に報告している。これからの動きについて、早瀬と相談しているようだった。

一方、塔子のほうは滝洋輔について調べていった。神田にある建築設計事務所をピックアップし、順番に架電していく。四ヵ所目が当たりだった。

「ええ、滝はうちの社員です。ただ、本日は欠勤していまして……」

申し訳なさそうな声で女性社員は言った。塔子は携帯を握り直した。

「滝さんの部下で藤森深雪という方がいたと思うんですが、ご存じですか」

「……すみません、藤森は昨年八月に退職しています」

キャバクラで働くようになってから、彼女は寮に入っている。建築設計事務所にいたころの住所を訊いても意味はないだろう。

それより今は、行方不明になっている滝のことを質問すべきだ、と思った。

「最近、滝さんは何かトラブルを抱えていなかったでしょうか」

「……はい？　いえ、特には」

「何かに悩んでいたり、困っていたりする様子はありませんでしたか」

「……そういう話も聞いていませんが」

「じゃあ、鴉という人物の名前を聞いたことは？」

「え？　人の名前なんですか？」

滝が社内で不審な様子を見せたことはなかったようだ。取り繕《とりつくろ》うのがうまかったのか、それとも彼は何の前触れもなく鴉に襲われたのか。

彼は今どこに囚われているのだろう。鴉はこれまで、歌舞伎町と西新宿に被害者の手を遺棄している。何か派手な事件を起こすにあたって、新宿にこだわっているとは考えられないだろうか。

期待は薄いが、訊くだけ訊いてみた。

「滝さんが新宿に行かれたことはなかったでしょうか。行きつけの店があったとか、何かの用事で出かけていたとか……」

「ああ、はい、弊社で設計を行った建築物がいくつかあったはずです」

「本当ですか？」

何かの手がかりになるかもしれない。塔子は真剣な調子で相手に話しかけた。

「その建物を教えていただけませんか」

「ええと……調べますので、少しお時間を頂戴《ちょうだい》できますでしょうか」

「かまいません。こちらの電話番号は……」

自分の携帯番号を伝え、できるだけ急いでください、と頼んで電話を切った。

一息ついて、塔子は隣にいる鷹野のほうを向いた。彼はすでに、本部への報告を終わらせていた。

「滝さんのことは、あまりわからなかったようだな」と鷹野。

「新宿の建物をいくつか設計していたそうです。もしかしたら、それらの建物が関係あるかもしれません。今、調べてもらっています」

「そうか。何か繋がりがわかるといいんだが……」

鷹野がそう言ったときだった。今、通話を終えたばかりの塔子の携帯で着信音が鳴った。建築設計事務所にしては早すぎると思いながら確認すると、知らない番号が表示されていた。いや、よく見ると記憶にある番号だ。これは今朝、科捜研にいるときかかってきた番号だった。あのときはすぐに切れてしまったのだ。

今度はどうだろうと思いながら、塔子は通話ボタンを押した。

「もしもし」と話しかけると、数秒して相手の声が聞こえてきた。

「如月さんですね」

塔子は思わずまばたきをした。その声は、機械で調子を変えた奇妙なものだったからだ。

明らかに異様だった。知らない人物からかかってきた、おかしな声の電話。相手は自分の正体を隠そうとしている。そこには犯罪のにおいが感じられる。

「どなたですか？」

緊張を隠しながら塔子は尋ねた。数秒の沈黙のあと、相手はこう言った。

「私のことはGM——ゲームマスターと呼んでもらいたい」

塔子ははっと息を呑んだ。ゲームマスター。その名前には聞き覚えがある。

二ヵ月前に起こった事件。動物用の檻の中で、全裸の被害者が殺害されるという奇怪な事件だった。その犯人が取調べで、自分はゲームマスターと名乗る人物からアドバイスを受けた、と供述したのだ。事実だとすれば、アドバイスした人物は殺人事件の教唆犯ということになる。塔子たちは捜査を尽くしたのだが、ゲームマスターの手がかりはつかめず、今も正体不明のままだった。

塔子は鷹野に近づき、「ゲームマスターです」とささやいた。最初、鷹野は意味がわからないという顔をしていたが、じきにその名前を思い出したようだ。

「どうして奴が……」と言いかけたが、鷹野は慌てて口を閉ざした。

塔子は携帯を握り直して、相手に問いかける。

「二ヵ月前の事件に関わった、あのゲームマスターですか？」

「そのとおり」機械を通した声が返ってきた。「あのときは楽しかった。いいゲームがプレイできたのを、大変嬉しく思っている」

「今回の事件にもあなたが関与している、ということでしょうか」

「そうだ。如月、君と直接話ができて光栄だよ」

もしかしたら、と塔子は思った。塔子の携帯番号はユキから鴉へ、さらにGMへと伝わったのかもしれない。それにしても、まさか自分にこんな電話がかかってくるとは思ってもみなかった。

「手短に話そう。鴉という人物が、今回の事件の実行犯だ。奴はターゲットとなる人物を、歌舞伎町のどこかの建物に監禁している。よく考えてみるといい。犯罪者にとって、非常に都合のいい場所があったはずだ」

「歌舞伎町にある建物……。犯罪者に都合のいい場所……」

「如月、君はたぶん、その建物のそばを通っていると思うがね」

「……ほかに、もう少しヒントはないんですか」

「警察官なら、この先は自分で何とかすることだ」

しばらく考えてみたが、該当する建物は思いつかなかった。焦る気持ちが大きく膨らんでくる。話を引き延ばそうとして、塔子は話題を変えてみた。

「ゲームマスター、どうして私たちに教えてくれるんです？　あなたは今回も殺人教唆をしているんですよね？　なぜ、手がかりを与えるようなことを……」

「鴉には、龍也や岩崎に復讐するだけの理由があった。だから私はそれを手伝ってきた。しかし鴉は今、約束を破ろうとしている。あのような場所で事件を起こせば、無関係な人間に被害が及ぶ。私はそれを許さない。私たちの間には、無差別な殺傷をしないという契約があるからだ」

「現在、鴉はあなたの意に背いて勝手なことをしている、と？」

「そう思ってくれてかまわない」

つまり、これは仲間割れということだ。GMのアドバイスを受けていた鴉が、束縛されるのを嫌ったのかもしれない。実行犯である鴉は、自分の考えで動き始めた。鴉をコントロールできなくなったことに気づいて、GMは警察に奴を売ろうとしているのではないか。

「無様なものだが、これも仕方がない」GMは言った。「私のゲームにはルールがある。それを守れない人間には、一刻も早く退場してもらわなくてはならない」

「わかりました。私たちは鴉を捕らえます。そのためにも、奴の手がかりを教えてもらえませんか」

「警察官なら、この先は自分で何とかすることだ」

先ほどと同じ言葉をGMは繰り返した。塔子はさらに問いかけようとしたが、電話は切れてしまった。

それを待っていたのだろう、鷹野が早口で話しかけてきた。

「歌舞伎町に滝さんがいるんだな？」

「私たちはその建物のそばを通っているんじゃないか、ということでした」

「どこかの路地だろうか」

「犯罪者に都合のいい場所だと言っていましたが……」

ふたりで首をかしげているところへ、また電話がかかってきた。確認すると、相手は先ほどの建築設計事務所だ。

塔子は電話に出て、コールバックしてくれたことに礼を言った。女性社員は調査結果を教えてくれた。

「弊社で設計した建物ですが、新宿地区ですと三ヵ所ありまして……」

彼女の言葉を塔子はメモする。鷹野は緊張した顔でそれを覗き込む。

ひとつ目は新宿御苑前《しんじゅくぎょえんまえ》駅の近くにあるビル。ふたつ目は新宿三丁目にあるビル。そして三つ目は歌舞伎町二丁目にあるビルだという。

「この歌舞伎町のビルは現在、建設工事の最終段階です。ビル自体の工事は終わっていて、今は各フロアのテナントごとに内装工事が行われていると思います」

「もしかしてそれは……」塔子は記憶をたどった。「茶色いビルでしょうか。一階にラーメン店が入る予定の……」

「ラーメン店のことは存じませんが、おっしゃるとおり茶色い外壁のビルです」

それだ、と塔子は思った。歌舞伎町の中で工事が行われているビル。たしか暴力団・保志野組本部の隣に建っていたはずだ。

「ありがとうございました。ご協力感謝します」

電話を切ると、塔子は鷹野のほうを向いて言った。

「確証はありませんが、保志野組の隣のビルだと思います。ゲームマスターの言うとおり、私たちはあのビルの前を通ったことがあります」

犯罪者から与えられた情報だ。罠だという疑いもある。だがそれよりも、今は被害者を救出したいという気持ちのほうが強かった。

「鷹野さん、行ってみましょう」

「わかった。応援を頼むことにする」

鷹野はポケットから携帯電話を取り出した。

塔子は辺りを見回し、方向を確認する。鷹野が連絡を終えるのを待ってから、彼とともに走りだした。

強い日射しの下、塔子たちは歌舞伎町の通りを進んでいった。

やがて前方に見覚えのある建物が現れた。茶色い外壁の雑居ビルで、今はテナントの内装工事が行われているらしい。近づいていくと、インパクトドライバーの音が聞こえてきた。フロアごとに工事が進められているのだ。

茶色いビルの右隣は駐車場だ。そして左隣には保志野組の本部事務所が入るビルがあった。先日通ったときと同様、ビルの玄関前には外国製の高級車が停まっている。目つきの鋭い男が車のそばに待機していた。これから組の幹部が出かけるところなのかもしれない。

周辺にはカフェやイタリア料理店、雑貨店などさまざまな店舗がある。ショーケースを覗き込む客や、店に出入りする客などがあちこちに見える。

――そうか、ゲームマスターが言っていたのはこれなんだ。

塔子は理解した。工事中のビルで何らかの事件・

事故が起これば、路上の人たちに被害が及ぶおそれがある。GMは自分の中のルールとして、そういう無差別な殺傷を嫌っているのだろう。だから鴉の計画を阻止しようとしているのだ。

これまでアドバイスをしてきた鴉の計画を本当に妨害するのか、という疑問はある。だが、今はその情報を信じて行動すべきだと思った。

ほかの捜査員たちはまだ到着していないようだった。先ほど鷹野が電話連絡してくれたが、おそらく今は移動中なのだ。

鷹野とともに、塔子は五階建ての茶色いビルに入っていった。警備員がいるわけではないから、咎められたりはしない。そして塔子たちが入れたということは、鴉にも可能だったということになる。奴はこのビルに何か仕掛けをしたのではないか。

下から順に調べていくことにした。

地下一階はドアが施錠されていて中に入れない。とりあえずそこはパスする。

一階では数名の業者がラーメン店の内装工事を行っていた。

「警視庁の者です」塔子は警察手帳を呈示した。「最近、このビルで何か不審なことはありませんでしたか。誰かが侵入してきたとか、そういうことは……」

「え？　いや、そんな話は聞いていませんけど」

照明器具を調整していた男性が答えた。彼は塔子たちを見て、怪訝そうな顔をしている。この刑事たちは何を言っているのかと、不思議に思っているのだろう。

許可を得て店内をざっと見せてもらったが、気になる点はない。ここは問題ないと判断した。

業者たちに礼を言って階段を上った。二階は何かの事務所になるようで、ひとりの男性がカーペットの下に電源ケーブルやLANケーブルを敷設しているところだった。不審者を見なかったかと訊くと、やはり誰も見ていないという返事があった。

三階、四階と調べていったが、この二フロアは施錠されていた。ドアの向こうには誰もいないようだ。

あとは最上階、五階を残すのみだった。塔子と鷹野は足音を立てないよう注意して、非常階段を上っていく。五階のドアに触れてみた。鍵のかかっていないドアは、すぐに開いた。

息を詰めて中を覗き込む。そこで塔子は動きを止めた。

フロアの中央付近にいくつか段ボール箱があった。その近くに椅子が置かれていて、誰かが腰掛けている。口をガムテープで塞がれ、目隠しをされていた。明らかに異常だ。

塔子はその人物に近づいていこうとした。だが、鷹野にそれを止められた。

あれを見ろ、というように、鷹野は段ボール箱のそばにあるテーブルを指差した。塔子はそちらに視線を向ける。

テーブルの上にノートパソコンが置かれていた。隣に手提げ金庫ほどのサイズの装置があり、パソコンと接続されているようだ。その装置はさらに、ケーブルによって段ボール箱へと繋がれていた。ほかに、通信用の端末装置らしきものもあった。

鷹野はゆっくりと動きだした。壁に沿って段ボール箱のほうへ近づいていく。ノートパソコンの正面に行かないよう注意しているらしい。

そういうことか、と塔子はひとりうなずいた。ノートパソコンにはウェブカメラが内蔵されている。犯人がカメラを使い、ネットワークを経由してこの部屋を監視しているのではないか、と鷹野は考えたのだ。

鷹野に続いて、塔子も静かに移動していった。

やがてふたりはノートパソコンのうしろ側に回り込んだ。モニター部分の裏側に、メーカーのロゴマークが描かれているのが見える。

——あのパソコンはたしか……。

塔子は記憶をたどった。有名なメーカーだから自分が知っているのは当然だ。しかし、塔子はそれをごく最近見たことがあった。

カメラの死角で、鷹野は段ボール箱をひとつ開けた。塔子も斜めうしろから覗き込む。

中に入っていたのは、タイマーの付いた箱だった。おそらく爆発物だ。パソコンからのコマンドを受けて起爆するのではないか。そして、そのパソコンを遠隔操作しているのは鴉だと思われる。どこか遠くの安全な場所から、爆破事件を起こそうとしているに違いない。

段ボール箱のそばで椅子に座っているのは、ワイシャツにスーツ姿の男性だった。口のガムテープと目隠しのせいで顔は見えない。しかし年齢は四十前後だと想像できた。彼はワイヤーで手首と足首を椅子に縛り付けられている。

鴉に捕らえられた滝洋輔だろう。

位置関係を考えると、パソコンのウェブカメラは男性の上半身を捉えている。鷹野は腰を低くして、段ボールの陰に隠れながら男性に近づいた。うしろから相手の足首にそっと触れる。男性はびくりとしたようだ。ガムテープで喋れない状態になっていたのは幸いだった。そうでなければ、彼は驚いて声を出してしまっていたかもしれない。

ウェブカメラに写されないよう注意しながら、鷹野は男性の足首、手首のワイヤーをほどいた。口のガムテープや目隠しを取るのは無理だろう。助けが来たことを、鴉に気づかれてしまうからだ。

塔子に対して、鷹野はハンドサインを送ってきた。ウェブカメラのレンズを塞ぐようにと指示している。塔子はバッグから絆創膏《ばんそうこう》を取り出した。鷹野と顔を見合わせ、タイミングをはかる。

絆創膏を素早くレンズに貼った。それを見て、鷹野が男性を椅子から立たせる。塔子も手を貸し、左右から男性を支えて、急ぎ足で歩きだした。

そのときだ。エレベーターのほうから、かごの到着を知らせる電子音が聞こえた。

出てきたのはスーツ姿の男たちだった。先頭にいる黒いスーツの男は、前に美容院で見かけた人物だ。みかじめ料を取りに来たと思われる男で、門脇によれば保志野組の対馬という組員らしい。

「おい、どこにいる?」対馬は威嚇するような太い声を出した。「ふざけた電話をかけてきやがって。てめえ、ただじゃおかねえぞ!」

まったく予想外の訪問者だった。

今がどれほど危険な状況なのか、対馬たちにはわかっていない。あろうことか、彼らは段ボール箱に近づこうとしている。

「待て、近づくな!」

「危険です。逃げてください!」

鷹野と塔子の声が重なった。対馬たちはぎくりとした様子でこちらを見る。塔子と鷹野は滝を支えて走りだす。

パソコンの画面表示が変わった。接続された装置で、何かがかちりと鳴った。

次の瞬間、耳を聾《ろう》する爆発音が響き渡った。

5

通りを走っているうち、前方に人だかりが見えてきた。

飲食店から出てきた料理人やウエイトレス、荷物を運ぶ途中の配送業者、ドラッグストアや雑貨店の店員、美容院から慌てて出てきた美容師。そして昼食をとったり、カフェでお茶を飲んだりしていた男女の客たち。

みな一様に、前方の茶色いビルを見上げている。

ビルの上のほうから煙が立ち昇っていた。最上階、五階の窓ガラスがほとんど割れて、なくなっている。隣のビルでも一部のガラスが割れていた。

道路を見ると、パトカーや消防車、救急車が十数台停まっていた。

門脇は人々の間を抜けて前へ進んだ。警笛の音が響いて、制服警官たちの声が聞こえた。

「危ないですから下がってください。危険です。早く下がって！」

彼らにもまだ詳しい事情はわかっていないのだろう。とにかく、野次馬をうしろに下がらせることを最優先にしているようだ。

「すみません、捜査一課です」

制服警官をひとりつかまえて、門脇は警察手帳を見せた。相手は敬礼してから、うしろを振り返った。

「捜一の方はあちらにいらっしゃいます」

通りの反対側、コンビニエンスストアの前に早瀬係長と尾留川がいた。制服警官に礼を言って、門脇はそちらへ走っていく。

「早瀬係長、遅くなりました」

「門脇か」早瀬は軽く右手を上げた。「病院から、すまないな」

「いえ、俺は大丈夫です。それより、この状況は……」

門脇は道路を見渡した。割れたガラスが数十メートルにわたって散乱している。そのせいもあって、現在この道路は封鎖されているのだ。

「爆発ですね」門脇は茶色いビルを見上げた。「どういう状況だったんですか」

「今、尾留川に話していたところだ。……如月のところにゲームマスターから電話がかかってきた」

「え？　ゲームマスターって、あいつですか？　この前の事件の教唆犯……」

「ああ、どうやら本人だったようだ。今回の事件の実行犯は鴉と名乗る人物で、ＧＭはアドバイスする立場だった。ところが仲間割れがあったのか、ＧＭは如月に事件解決のヒントを与えてきたんだ」

滝洋輔という男性がユキと交際していたこと、彼が行方不明になっていたことを、早瀬は説明してくれた。

「……で、如月たちはあの茶色いビルを突き止めたわけですか」

「そうだ。五階に滝洋輔が囚われていた。鴉は保志野組に電話をかけ、対馬という組員を挑発した。隣のビルの五階にいるから今すぐ来い、とかなんとか言ったんだろう。対馬は手下を連れて乗り込んできた。その直後に爆発が起こった」

「如月と鷹野はどうなったんです？」

「無事だよ。……ああ、戻ってきたな」

彼の指差すほうに目をやると、如月と鷹野がこちらへ歩いてくるのが見えた。どちらも怪我はないようだ。ほっとして門脇は彼らに近づいていった。

「ふたりとも大丈夫か？」

「門脇主任……」如月が会釈をしてきた。「ありがとうございます。おかげさまで何ともありません」

「今、滝さんを救急車に乗せてきたところですよ」鷹野が言った。「拉致されてから暴行を受けたようでした。でも、大きな怪我はなさそうです」

「そのほかに負傷者は？」

門脇が訊くと、如月の顔が少し曇った。

「対馬泰三のほか、保志野組の組員四人が重傷を負いました。彼らは逃げる暇がなかったんです。私たちは非常階段に出て無事だったんですが……」

それにしても間一髪だったのではないだろうか。如月の強運に救われたのか、それとも鷹野の判断力のおかげなのか。

「滝さんは鴉の顔を見たんだろうか」門脇は尋ねた。

「残念ながら見ていないそうです。拉致されてすぐ目隠しされてしまったので、何も見えなかったと……。声も聞こえなかったらしくて」

門脇は低い声で唸った。やはり鴉は用意周到だ。

「通行人の中にも被害者が出ましたね」尾留川が辺りを見回しながら言った。「道を歩いていて、ガラスで負傷したという人が何人かいました。順番に救急車で運ばれるようです」

「周りの建物も被害を受けたわけだな」

「ええ。隣には保志野組の事務所があるでしょう。爆風を受けて窓ガラスが吹き飛んだみたいです。ビル内でも怪我人が出たと聞きました。それから、飛び散ったガラスで幹部の車にも傷がついたとか」

すぐ隣のビルで爆発が起これば、当然そうなるだろう。今回、暴力団員たちも鴉の被害者になってしまったわけだ。

遠くからサイレンが聞こえてきた。さらに救急車が到着したらしく、制服警官が道を空けるよう人々に呼びかけている。

落ち着かない状況の中、如月は何かを考えているようだった。

「どうした、如月」門脇は彼女に声をかける。

「実は、ちょっと気になることがありまして……」

携帯電話を取り出し、如月は過去に撮影した写真をチェックし始めた。彼女は鷹野を真似《まね》て、事件現場や聞き込み先でよく写真を撮っていた。それを今、役立てようということだろうか。

如月は、門脇と鷹野に自分の携帯を見せた。

「この写真のコンピューターは台湾メーカー製です。さっきのビルの五階にあったものも同じでした。それから、こっちの写真もそうです」

「台湾メーカーのコンピューターが事件と関係あるってことか？」門脇は首をかしげる。

「……そんな気がするんですけど」と如月。

鷹野は自分の携帯電話でネット検索を始めたようだ。指を動かしながら、彼はつぶやく。

「業務用に購入したパソコンなら、販売会社が絞れるかもしれないな」

「手がかりになるでしょうか」

「なんとか、販売会社のヒントを手に入れたいところだが……」

しばらく操作を続けていたが、やがて鷹野は驚いた様子で画面を見つめた。

「そういうことか！」彼は声を上げた。「あのゴム足も関係あったんじゃないだろうか。もしかしたら犯人は……」

鷹野が言いかけたとき、人々の間を抜けて徳重がこちらへやってきた。彼は若い女性を連れている。その人の姿を見て、おや、と門脇は思った。

歳は二十三、四だろうか。整った容貌《ようぼう》なのだが、それでいて少女のような初々しい雰囲気を持っている。よく観察すると、唇の左側にほくろがあった。

――ということは、この人が……。

門脇たちは龍也が持っていた女性の写真を見ている。あれは暴行を受けた直後の写真だろうから、現在の顔とは少し違っていた。それでも、あのほくろは同一人物だという証拠になるだろう。

門脇たちが見守る中、徳重は彼女をみなに紹介した。

「藤森深雪さんです。爆発の音を聞いて心配になり、ここへやってきたそうです。いったい何があったのか、怪我人はいるのかと警察官に詳しく尋ねていました。それに気づいて私が声をかけましてね。ユキさん本人だとわかったんです」

やはりユキだったのだ。この現場で彼女に出会えるとは思ってもみなかった。

「あの……滝さんは無事なんでしょうか」

真剣な目をして彼女は尋ねてきた。

「さっき救急車に乗ったところです」如月が答えた。「命に別状はないと思います。安心してください、ユキさん――いえ、深雪さん」

如月の言葉を聞いて深雪はほっとしたのだろう。それまでの緊張が解けたらしく、表情が少し柔らかくなった。

「自分が怪我をしているのに、滝さんはあなたのことを気にしていましたよ。『深雪は大丈夫なんですか。犯人に狙われているんじゃないですか』って」

「ああ……。そういう人なんです。滝さんはいつも、自分より人のことを心配して……」

「『私がいけないんです』とも言っていました。『とうとうバチが当たった。でも、深雪への思いは本物です』と真剣に話していました」

「……悪いのは私なんです。奥さんも子供もいる人なのに」

こみ上げてくる感情を、深雪はこらえているようだ。少し涙ぐんでいるのがわかった。

鷹野が彼女に近づいて、真剣な顔で尋ねた。

「深雪さんに確認したいことがあります。あなたにつきまとっていた鴉は、会社員ではありませんか？　おそらくその仕事の内容は……」

深雪はまばたきもせず、鷹野の言葉に耳を傾けた。話が終わると、彼女は空を仰いで深呼吸をした。軽く涙を拭ってから、こう答えた。

「今おっしゃったとおりです。あの人は、仕事の合間に事件を起こしていたんだと思います」

そういうことか、と門脇は納得した。言われてみれば腑に落ちることがいくつもある。鴉の行動には理由があった。限られた時間の中で、効率よく犯罪を行っていたのだ。

「門脇さん、これですべて終わりにしましょう。……如月、行くぞ。この事件の実行犯を捕らえるんだ」

「よし、行こう」門脇は早瀬のほうを向いた。「よろしいですか、係長」

「ああ、頼んだぞ」早瀬は深くうなずく。「如月も、気をつけて行動してくれ」

「了解しました」と如月。

門脇は、徳重や尾留川といくつか言葉を交わした。それから鷹野、如月コンビとともに爆破事件の現場を離れた。


門脇たちは新宿三丁目に移動した。

この辺りは、歌舞伎町とは雰囲気の異なる繁華街だ。あそこほど猥雑ではなく、落ち着いていて家族連れでも歩ける安心感がある。劇場・信濃屋《しなの》ホールを持つ有名書店や、フルーツパーラーなども見える。普段、門脇が尾留川と一緒に飲みに来るのはこの辺りが多い。

一本裏の通りに入り、雑居ビルの一階にある会社を訪ねた。営業車両が並ぶ駐車場の横に、事務所の出入り口がある。ドアを開け、鷹野が受付の女性に声をかけた。

「警視庁の者ですが、ちょっとお時間をいただきたいと思いまして」

「あ……はい、何でしょう」

鷹野はある社員の名前を伝えた。受付の女性はうしろを振り返り、すぐにこちらへ向き直った。

「少々お待ちください」

彼女は事務所の奥に行って、作業着を着た社員に何か話しかけた。社員は怪訝そうな顔をしながら、椅子から立ち上がった。そのまま門脇たちのそばにやってくる。

その社員の顔を見て、門脇ははっとした。鷹野も如月も、多かれ少なかれ驚いているに違いない。実際に会ってみて、この人物が事件に関わっていることを確信することができた。

「警視庁の鷹野といいます。少しお話、よろしいですか」

「少し……というわけにはいかないんでしょう？こちらへどうぞ」

社員は先に立って休憩室へと案内してくれた。八畳ほどの広さの部屋に、飲み物の自販機と小さなテーブルが四つある。幸い室内は無人だった。社員は門脇たちに椅子を勧め、自分も腰掛けた。

「お忙しいところ、すみません」鷹野は言った。「でも、あなたは時間の使い方がとても上手な方ですよね。この会社の仕事は大変だと思います。うまくやりくりしないと、自分の計画を進めることはできないでしょう。……ああ、ここで言う計画というのは、今回あなたが綿密に練り上げた復讐計画のことですよ。お尋ねします。あなたが鴉ですね？」

社員は鷹野の顔をじっと見ていた。どう返事をしようかと考えているようだ。だが、もはや言い逃れはできないと考えたのか、小さくうなずいた。

それを見てから、鷹野は話を続けた。

「あなたの仕事は外回りが多いから、同僚たちに行動を見られることはない。とはいえ、まとまった時間を自由に使うことはできません。ターゲットの行動パターンを知りたいと思っても、二時間も三時間も監視するのは無理でした。それであなたは知恵を絞った。自分がずっと見張っていなくても機械にそれを代行させればいい、と考えたわけです。

一番目のターゲットはホストの龍也さん――桐生政隆さんでした。彼はシャインガーデンというホストクラブで働いていた。うちの如月がそのクラブに行ったとき、事務所にパソコンとプリンター、出退勤端末などがあるのを見ています。あなたはコンピューターとネットワークの知識を活かして、あの事務所のパソコンを遠隔操作したんじゃありませんか？　あれには出退勤端末が接続されているから、ホストたちの勤務状況がわかります。退勤時刻のパターンが把握できれば、その時間に絞ってホストクラブを見張り、龍也さんを尾行することができたでしょう。その結果、彼の自宅がわかったはずです。いざ殺害する段階では、龍也さんが退勤するのを確認して待ち伏せすることもできた、というわけです」

その社員――鴉は黙ったままだった。

門脇は如月の表情を窺う。彼女もまた真剣な顔で話を聞いている。

「一方、岩崎さんは河森ビル三十三階の笹木テクノスに勤めていました」鷹野は続けた。「彼は人の出入りの少ない専務室で仕事をしていたし、事務所自体セキュリティが非常に厳しかった。笹木テクノスと繋がりを持たないあなたが、何かを仕掛ける余地はなかったでしょう。それであなたは、少し変則的な方法をとりました。

河森ビルの隣に高木生命ビルがあります。その三十三階には人材派遣会社・ディンベルが入っていた。あなたはその会社とは繋がりがあったんでしょう。休憩室に環境映像を流すシステムを納入し、それをコントロールするパソコンも設置した。安く販売するため、古くて低価格なデスクトップパソコンでしたが、モニターの上部に別途ウェブカメラを接続すれば、立派な『目』になります。こうしてあなたは、高木生命ビルから河森ビルを監視することができた。……実は、私がこのウェブカメラの利用法に気づいたのは偶然でね。今朝、科捜研に行ったとき、変な使い方をする場面を見たからなんです。まあ、それはいいとして……。

ふたつのビルは五十メートルほど離れていますが、夜になって部屋の明かりが消えれば、岩崎さんはもう退社するのだな、とわかる。その情報を得てから河森ビルの一階に駆けつけた日、あなたは岩崎さんを尾行した。そうして、初台のウィークリーマンションを突き止めることができた」

鷹野は如月に目配せをした。

如月は自分の携帯電話を操作して、写真を表示させた。写っているのは、シャインガーデンの事務所にあったパソコンだ。彼女はそれを鴉に見せる。そのあと派遣会社・ディンベルの休憩室の写真を表示させた。

如月の携帯を指差しながら、鷹野は言った。

「ホストクラブでもディンベルの休憩室でも、同じ台湾メーカーのパソコンが使われていました。新宿地区でそれを業務用に販売している会社は絞られます。調べた結果、矢木《やぎ》システムという企業が浮かびました。鴉はその会社の関係者ではないか、と私は考えました。……そういえば、昨日、足立区の廃工場で私の同僚が襲われたとき、現場に合成ポリイソプレンのゴム足が落ちていたんです。あれはパソコンや周辺機器の下に付けて、滑り止めにするものではないか。それからもうひとつ。如月が襲われたとき、両手の自由を奪うのにナイロン製の結束バンドが使われました。あのバンドはコンピューター機器のケーブルをまとめるのに便利ですよね。あなたは仕事で頻繁にそれらを使うので、ポケットに入れていたんでしょう。……そういったことを先ほど話したところ、深雪さんはあなたの正体を教えてくれたんです」

鷹野は相手の反応を窺っている。門脇も如月も、鴉の表情を読み取ろうとしていた。

鴉は椅子の背もたれに寄りかかり、不機嫌そうな声を出した。

「……結局、あいつが私を売ったというわけですか」

「いや、売ったわけではないと思います」鷹野は即座に否定した。「深雪さんから見て、あなたは煙たい人であると同時に、大切な人でもあったはずです。あなたが罪を重ねるのを、見ていられなかったんじゃないでしょうか」

「あいつは何もわかっていない」鴉は吐き捨てるように言った。「私のことを大切に思うのなら、なんでキャバクラ嬢になったり、風俗嬢になったりしたんですか。私は何度もやめるように言ったんだ。しかしあいつは聞かなかった。好きな男がいるからと、勝手なことをして私を苦しめた。……そうですよ。私は苦しんでいたんです。私にとって深雪は宝だった。そう思う一方で、深雪をめちゃくちゃにしたい気持ちもあった。私は自分自身をコントロールできなくなっていた……。ああ、ちくしょう!」

鴉は唇を震わせている。強い怒りが内側から噴き出してくるのを、抑えられないようだった。

台湾メーカーのあのパソコンは、矢木システムという会社が販売したものだった。そしてその矢木システムの子会社として、矢木エンジニアリングという会社がある。パソコンやプリンター、出退勤端末、複合機、その他の機械を対象として、点検・修理などの保守サービスを行う会社だ。

今、門脇たちがいるのは、矢木エンジニアリングの新宿支店だった。そして鴉はこの会社の社員だったのだ。

作業用のジャンパーを着て新宿三丁目や歌舞伎町、西新宿などの担当エリアを毎日回るサービスマン。いや、「マン」というのは正しくないだろう。なぜなら門脇たちの前にいる鴉は、女性だったからだ。

──この人が鴉の正体か……。

門脇は記憶をたどった。たしか捜査の初日、美容院で複合機を修理していた人物だ。門脇たちはあの日、たまたま仕事中の鴉と出会っていたのだ。

そして、もうひとつ驚くことがあった。鴉の顔に注目すると、全体の印象が藤森深雪とよく似ているのだ。ただ、鼻やまぶた、顎など異なっている部分もある。

鴉の作業着のネームプレートには《藤森》と書かれていた。その名字は深雪と同じだ。

「三日前の七月九日、歌舞伎町の美容院で会ったのを覚えているか？」

門脇は鴉に問いかけた。彼女は少し考えていたが、じきに「ああ」とうなずいた。

「そうでしたね。なるほど、あんなところでニアミスしていたんだ……」

「あなたは深雪さんのきょうだいだな？」門脇は重ねて尋ねる。

「姉の美咲《みさき》といいます。私たちは一卵性の双子なんですよ」

「たしかに似ている」門脇は首をかしげた。「しかし一卵性というほどではないように思えるが……」

「元は同じ顔なんです。でも私は美容整形をしたから」

「それで唇の左のほくろもなくなった、と？」

「いえ、刑事さん、ほくろは一卵性双生児でも違うんですよ」

「そうなのか……。しかし、なぜ整形をしたんだ？」

眉をひそめながら門脇は訊いた。鷹野も如月も、怪訝そうな表情をしている。

三人の顔を順番に見てから、鴉は声を低めて言った。

「自分の顔が、そしてあの子の顔が大嫌いだったからですよ。あんな顔でいることには耐えられなかった。だからパーツをいじった。そういうことです」

よくわからない話だった。おそらくこれは、時間をかけてじっくり聞くべきことなのだろう。仮に鴉が拒《こば》んだとしても、自分たちは彼女の心理状態を解明しなくてはならない。それが捜査員としての役目だと門脇は思った。

「藤森美咲さん、署までご同行願えますか」

鷹野が尋ねると、鴉は深いため息をついた。体の中に溜まっていた怒りや悲しみ、恨みや妬《ねた》みなどを、すべて吐き出そうとするかのようだ。

それから彼女は、ゆっくりと立ち上がった。

## 6

取調べが始まる前、早瀬係長と門脇が何か相談をしていた。

しばらくしてそこへ鷹野も加わった。三人は小声で会話を続けている。ときどき彼らはこちらへ視線を送ってくる。いったい何だろう、と塔子は思った。

三分ほどで話は終わったようだ。門脇が塔子のそばへやってきた。

「何の話だったんですか?」

塔子が尋ねると、門脇はあらたまった調子で言った。

「このあとの取調べ、やってみる気はあるか?」

驚いて、塔子は門脇の顔を見つめる。

「私が被疑者を尋問する、ということですか」

「そうだ。早瀬さんと鷹野と、三人で話し合った。

理由はいくつかあるが、ひとつはあの被疑者が女性だからだ。昨日トクさんが軽く取調べをしたんだが、男性の刑事だというので、被疑者のほうに抵抗があるようだった」

「私にうまくできるでしょうか……」

塔子は声のトーンを落として言った。仕事を任せてもらえるのはありがたい。だが取調べに関していえば、自分はまだまだ経験不足だ。大事な仕事を失敗に終わらせてはまずい、という気持ちがある。

「不安なのはよくわかる。早瀬さんも、如月には荷が重いかもしれないと言っていた。だが、鷹野がおまえを推したんだ。如月に任せてみませんか、と」

「鷹野主任が？」

「長いことコンビを組んでいた鷹野がそう言うのなら、如月に任せてみようという話になった。……どうだ、やれるか？」

数秒考えたあと、塔子ははっきりと答えた。

「ぜひ、やらせてください」

「わかった。よろしく頼む。……まあ、あまり硬くならなくていい。もしうまくいかなかった場合は、俺たちでなんとかするから」

「そのときは、よろしくお願いします」

塔子は姿勢を正して言った。それから、少し離れた場所にいる鷹野と早瀬のほうに頭を下げる。うん、と鷹野はうなずいていた。

気持ちを引き締めて、塔子は取調室に向かった。

部屋の隅《すみ》に、補助官として門脇が座っている。テーブルを挟んで、塔子と向かい合っているのは鴉こと藤森美咲だった。

塔子は彼女を観察した。美咲には中性的なイメージがある。髪はスポーツ選手のようなショートカット。筋肉質というほどではないが、全体的に体を鍛えているように見えた。きりっとした眉の下に、鋭い視線を放つ目がある。まぶたは一重で、鼻筋が通り、顎のラインもシャープだった。

「取調べを始めます」塔子は言った。「まず、名前と年齢から聞かせてもらえますか」

しかし美咲は答えようとしなかった。彼女は挑戦的な目で塔子を見つめている。

五秒ほど待ったあと、塔子は軽く息をついた。

「喋ってもらえないようですね。では、こちらから話しましょう。……藤森美咲、二十四歳。静岡県で一卵性双生児の姉として誕生。妹は深雪さん。双子だから、子供のころからずっと一緒に過ごしていた。従って、経歴については深雪さんから正確な証言が得られています。私たち警察にはかなりの情報があると思ってください。あなたが黙っていたとしても、あまり意味はないということです」

ふん、と美咲は鼻を鳴らした。嫌みのひとつでも言うかと思ったが、黙ったままだ。

手元の資料を見ながら、塔子は話を続けた。

「ふたりが中学生のときに両親は離婚。双子は母親に育てられました。あなたは地元の専門学校へ進学し、コンピューター関係の勉強をした。一方、妹の深雪さんは東京の大学へ進学が決まって上京。ひとり暮らしを始めました。このとき初めて、双子は別々に生活するようになったわけですね。

あなたは専門学校を卒業したあと、東京にあるコンピューター機器保守サービス会社、矢木エンジニアリングに入社しました。二十一歳になる年のことです。この時点で妹の深雪さんは都内の大学の三年生。社会に出るまでにはまだ猶予がありました。二年遅れて上京したあなたは、何度か深雪さんと会いましたね？　彼女のアパートに泊めてもらったこともあった。先に東京の生活に馴染んでいた深雪さんから、いろいろ教わっただろうと思います。会えないときは電話やメールでやりとりをした。あなたにとってそういう生活は、目新しくて楽しいものだったでしょう。どうですか？」

そう尋ねてみたが、美咲は相変わらず返事をしなかった。依然として険しい顔のままでいる。

どうにかして口を開かせたいのだが、今はまだそのときではないようだ。こちらから水を向け、根気よく待つしかないだろう。

「その二年後——今から一年前ですが、深雪さんは大学を卒業して、神田にある建築設計事務所に就職しました。それからまもなく、あなたのメールに対して、彼女からの返事が遅くなってきた。連絡がとれても、どこかよそよそしい感じになった。あなたがその理由に気づいたのは、いつだったんでしょうね。

深雪さんは奨学金で大学を卒業したわけですが、就職してから数ヵ月で返済がかなりきついことに気づいたそうです。社会人一年目ですから、靴や洋服も必要だった。会社の先輩や同僚とのつきあいもあった。その上での奨学金返済ですから、やりくりはかなり苦しかっただろうと思います。そんな中、知り合いから紹介されたのが、歌舞伎町でのアルバイトでした。去年の七月に彼女はキャバクラで働き始めました。昼は建築設計事務所、夜はキャバクラという二重生活になったわけです」

塔子は深雪との会話を思い浮かべた。自分では水商売に向いているとは思えなかった、と彼女は話していた。だが実際には、彼女は人気のキャバクラ嬢になったのだ。

「あまり自己主張せず、親身になって客の話を聞く姿勢が好まれたんでしょう。深雪さんは多くの客から指名を受けるようになりました。人気が出れば収入も増えます。そうなると、給料が高いとはいえない昼の仕事が負担になってきた。ダブルワークは体もきついですからね。八月に彼女は建築設計事務所を辞め、キャバクラ一本に絞ったということでした。そのうしろめたさもあって、深雪さんはあなたへの連絡を避けるようになっていったんだと思います。

去年の九月、深雪さんはキャバ嬢仲間に誘われてホストクラブへ行きました。そこで龍也さん——桐生政隆さんに会った。あれは運命的な出会いだった、と深雪さんは話しています。それまで男友達はいましたが、男性と真剣に交際したことはなかったそうです。相手は接客上手なホストですから、深雪さんはたちまち夢中になってしまった。龍也さんの言うことには逆《さか》らえなくなったようです。十二月になると龍也さんは、キャバクラを辞めて風俗店で働くよう深雪さんに命じました。それを受け入れたわけですから、深雪さんが龍也さんに尽くしていたことは間違いありません。ふたりの出会いは、まさに運命的だったということですね」

「運命的？　冗談はやめてください」

押し殺したような声で美咲が言った。塔子は口を閉ざして相手の顔を見つめる。この部屋で向き合ってから、美咲が初めて言葉を発したのだ。そばにいる門脇も、美咲に注意を向けているようだった。

「でも、運命的というのは深雪さん自身の言葉です」

塔子が言うと、美咲は首を横に振った。

「そんな運命、クソ食らえですよ」

そのまま彼女はまた黙り込んでしまった。

なんとか美咲から本音を引き出したかった。そのためにはどうすればいいのだろう。相手の心を動かし、発言せずにはいられない気分にさせる質問とは、どういうものなのか。

塔子は門脇の様子を窺った。門脇なら、あるいは鷹野なら、どのような取調べをするのか、と塔子は考える。

「深雪さんは結局、暴力から逃れるために龍也さんと別れました」塔子は言った。「そういうことも含めて、運命的と言ったのだと思います。自分の人生を変えてしまうほどの、強い影響力を持った男性との出会い。そして後味の悪い別れ……。運命で決められていたものだ、というふうに感じたんじゃないでしょうか」

「ああ、そう。わかりました。運命とでも何とでも、好きに言えばいい」

「……なら、勝手ついでにもうひとつ言わせてください。美咲さん、あなたの今の立場も実に運命的ですよ」

「いったい何が？」美咲は眉をひそめる。

「美容整形のことです」塔子は言った。「あなたは整形手術を受けましたよね。その理由を聞かせてもらえませんか。おそらくそれは、あなたの人生にとって非常に大きな問題だったはずです。世間一般のように、ただ美しくなりたいからというわけではなかった。そうでしょう？」

塔子は相手に視線を注ぎ、反応を待った。

急にそのことを訊かれ、美咲は動揺しているようだった。これまで強気でいた彼女の顔に、わずかではあるが戸惑いの気配が感じられる。

「それを訊いてどうするんですか。私を笑うつもり？」

不機嫌そうな声で美咲は問いかけてくる。塔子は穏やかにそれを否定した。

「私は真実が知りたいんです。あなたが妹思いの姉だというのはよくわかります。でも、それだけでは今回の犯行は説明しきれないと思っています。動機を解明するには、あなたの個人的な事情を聞かなくてはなりません。あなたの悩みは相当深かったはずです。深雪さんへの羨望《せんぼう》や嫉妬が入り混じった、複雑な感情があったんですよね？」

塔子の言葉を聞いて、美咲は疑うような表情になった。

「なぜ……そう思うんですか」

「あなたたちが一卵性双生児だからです。私の想像ですが、姉だという責任感を持つあなたは、深雪さんの自由な行動を羨ましく思うと同時に、疎ましく感じていたんじゃありませんか？　深雪さんのようになりたいと思いながら、自分のことしか考えない彼女を軽蔑していた。高校卒業後の進路もそうです。あなたが二年で専門学校を終えてすぐ就職したのは、お母さんの経済的負担を考えてのことですよね。一日でも早く働いて、家計を助けなければいけないと思っていたんでしょう。

しかし深雪さんはどうだったか。奨学金があるとはいえ、四年間も大学に通った。好きな会社に入ったのに、たった五ヵ月で辞めてしまった。それだけでなく、水商売を始めてホストとつきあったりした。……あなたは不満を感じたはずです。自分がこんなに気をつかい、多くのことを我慢しているのに妹は何をしているのか。ひとりだけ好き勝手をしてずるいじゃないか、と」

「そんなこと……」

美咲は口ごもった。塔子から目を逸らし、壁の染みをじっと見つめる。

「さらに、もうひとつあります」塔子は続けた。「あなたの中には自己嫌悪と同族嫌悪、そして、もしかしたら醜形恐怖があったんじゃないですか？あなたは自分の容貌を嫌っていたんだと思います。いかがですか？」

すう、と息を大きく吸い込む音がした。美咲は椅子の背もたれに寄りかかった。

「そんな昔の話をしても仕方ないでしょう」気が進まないという表情で彼女は言った。「私が何をどう思ったかなんて、あなたには関係ない。深雪にだって関係ありませんよ」

「いえ、これは大事なことなんです。龍也さんや岩崎さんを殺害したのはあなただとわかっている。しかしその動機についてはまだ不明な部分があります。それはあなたの心の奥深いところと関係があるはずです」

美咲は眉間に皺を寄せた。それから目を閉じて、しばらく自分の髪の毛をいじっていた。まだ迷いがあるようだ。

「話してもらえませんか。私はあなたの感じたこと、考えたことが知りたいんです。刑事としてではなく、いち個人として……もっと言えば、ひとりの女性として聞かせてほしいんです」

塔子は相手の目をじっと見つめる。美咲は居心地の悪そうな顔をした。それから口元を緩めて、塔子に言った。

「如月さん、あなた、刑事には向いてないと思う」

「……え？」

「だけどまあ、そういうところが面白いんでしょうね。……いいですよ。話してあげる」

しばらく記憶をたどる様子だったが、やがて美咲は話し始めた。

「中学生のころから、自分の顔や体が嫌いだったんです。男になりたいわけではなかったけれど、ボーイッシュな恰好が好きだった。東京へ出たあと、就職するまでの間に整形手術を受けました。ネットの知り合いから、歌舞伎町にモグリの医者がいて、安く手術してくれると教わったから……。お金は、高校のときアルバイトで貯めたものを使いました」

家計を助けるためにアルバイトを始めたのかもしれないが、将来を考えて自分のための貯金もしていたということだろう。

「深雪を見てもらえばわかるでしょうけど、私の元の顔は女っぽくて、いかにも男受けしそうだったんですよ。それが本当に嫌だった。私は中性的な感じになるよう、まぶたや鼻、顎を整形してもらいました。それで、けっこう自信がついたように思います。でも気持ちが落ち着いているのは、自分ひとりでいるときだけでした。たまに深雪と会うと、元の顔を鏡で見ているようで辛かった。深雪はよくあの顔でいられるものだ、恥ずかしくないんだろうかと思ったりしました。

私の思いとは裏腹に、妹は女らしい顔や体で、男性客から金を得るようになりました。それを知ったときは本当にショックでした。吐き気がするほど嫌だった。妹に対しては複雑な気持ちがありました。深雪を心配する一方で、無頓着《むとんちゃく》なあの子への憤りもあったんです。アンビバレンツというのかな、愛情と憎しみが入り混じった感じでした。正直な話、私はあの子と会っているとイライラするようになりました」

美咲は当時の心理を振り返っているようだ。ときどき辛そうな表情を見せたが、それでも話をやめようとはしなかった。

「如月さんはさっき醜形恐怖と言いましたね。たしかに私には、そういうところがありました。鏡を見ていると、手術したところの形がおかしいんじゃないか、歪《ゆが》んでいて醜《みにく》いんじゃないかと思えてくるんです。私は例の医者を訪ねて相談しました。もう一度メスを入れて手術をするのは可能だが、二、三週間の休みが必要だと言われました。そんなに休暇は取れないし、もう一度整形したら会社の同僚に気づかれるから、今の仕事をしながら再手術を受けるのは無理だと思いました。とはいえ毎日鏡を見ていると、少しずつ鼻や顎の形が崩れていくような気がします。怖くて仕方がなかった……」

美咲は中性的なものに憧れていたのだろう。男は汚い、気持ちが悪いという思いが強かったのではないか。一方、男に媚びるような女性にも嫌悪感があり、だから妹の行動を止めようとしたのではないだろうか。

「すべてわかるとは言えませんが……」塔子は言った。「わかりたいと思う気持ちはあります。双子だったこと、姉だったこと、自分の容貌に違和感を抱いていたこと。そういった条件が重なって、あなたは追い詰められていったわけですね」

「理不尽なことに対する怒りはありましたよ。奨学金返済のために深雪は水商売を始めて、そのうちホストに嵌まり、風俗店で働くようになった。次は愛人契約、さらには元勤務先の上司と不倫です。みんなして、かわいそうな深雪を弄《もてあそ》んでいるように思えました。私はあの子を助けたかった。深雪は私の分身のようなものだから、不幸になってほしいわけがないんです。それなのにあの子は私を遠ざけ、邪魔者のように扱って……。誰も彼も私の言うことを聞かない。そんな世の中に絶望して、薄汚い男たちを殺してやろうと思ったんです」

美咲は机の上で指先を組んだ。その自分の指を、何か珍しいものでも見るような目で、彼女は凝視していた。

彼女の様子を窺いながら、塔子は口を開いた。

「深雪さんの男性関係を、あなたは許せなかったわけですね。なんとかしてやめさせようと思い、メールや電話で忠告をした。その結果、深雪さんはますますあなたを避けるようになった」

そうです、と美咲は言った。

「しまいにはメールにも電話にも返事をしなくなってしまった。それで私は深雪を待ち伏せするようになりました」

「ほかの人には、ストーカー行為のように見えたかもしれませんね」

「私は姉として、深雪を放っておけなかったんですよ」

その主張はまったく揺るがないようだった。

「あなたの経歴に話を移しましょう」塔子は話題を変えた。「あなたは専門学校を卒業したあと矢木エンジニアリングに就職し、新宿支店に配属されました。新宿三丁目や歌舞伎町、西新宿などを中心に仕事をしていた。飲食店や物販店、企業のオフィスなどで、コンピューターや出退勤端末、スキャナー、プリンター、複合機などの点検・修理を行っていました。毎日いろいろな場所に呼ばれていたから、新宿の地理には詳しくなったはずです。そんな中、深雪さんが龍也さんや岩崎さんと関係を持っていたことがわかった。真面目に働いている自分と比べたら、深雪さんの暮らしはひどいものだと感じたんじゃないですか？」

「ひどい暮らしか……。そうかもしれない」

美咲は天井を見上げた。そこで何か発見したかのように、一点を凝視する。五秒ほど経って、彼女は塔子のほうに視線を戻した。

「今年の三月、深雪は龍也と別れましたが、入れ替わりのように岩崎と愛人契約を結んだことがわかった。岩崎は金で深雪を買って、自分の自由にしていたんです。それだけでも充分あくどいことなのに、奴はもうひとつの罪を犯しました。決定的な罪をね。

あるとき深雪と一緒にホテルを出た岩崎を、私は尾行したんです。あいつがひとりになったときに呼び止めて、深雪と関わるのはやめてほしいと迫りました。わかった、ちょっと話をしようと言って、岩崎は私を新宿中央公園へ連れていった。あいつは歩きながら誰かに電話していましたが、実は柄の悪い連中を呼び出していたんです。男たちに取り囲まれて、私は絶望的な恐怖を感じました。必死に抵抗して、なんとか私は逃げ出すことができました。

家に帰ってから、岩崎への憎しみで頭に血が上り、目の前が真っ暗になりました。よりによってあいつは私が一番嫌っている方法で――性暴力をにおわせるような方法で、私を脅してきたんです。もしあのとき男たちに襲われていたら、私は自分の命を絶っていたかもしれない。それほどの恐怖でした」

その夜のことを思い出したのだろう、美咲は不快そうな表情を浮かべた。こみ上げる吐き気をこらえているようにも見えた。

「それであなたは、さらに岩崎さんのことを調べたわけですね？」塔子は尋ねた。「彼の中途半端な脅しは、むしろ逆効果だったと……」

「あいつは愚劣な人間でした。会社では優れたビジネスマンを演じているけれど、夜はこの上なく下品な奴だった。過去に何人も愛人を作っていて、最後にはみんな捨ててしまったそうです。私の中で岩崎への怒りは、男という生き物全体への怒りに変わりました。深雪の周りに集まってくる汚らしい連中……。私はもちろん、岩崎以外の交際相手のことも調べていました。ホストの龍也はたぶん甘い言葉をささやいて深雪を騙したんでしょう。そもそもあいつがいなければ深雪が風俗店で働くこともなかったし、そうであれば岩崎と出会うこともなかった。龍也の罪は重い、と私は考えました」

「そしてもうひとり、滝洋輔さんがいたわけですね」

塔子が水を向けると、美咲は痛みをこらえるように顔を歪めた。

「あの男はね、ある意味、一番罪深い奴だと思います。滝は、前に深雪が勤めていた建築設計事務所の課長です。深雪は会社員時代に建築の本を借りていたのを思い出して、滝に連絡をとりました。そして本を返すため、会ってお茶を飲んだ。雰囲気が変わっているのを見て、滝は驚いたようです。いろいろ訊かれて、深雪は夜の仕事のことや、岩崎の愛人になったことを打ち明けた。それを知って、滝は大喜びしたんじゃないですか？　そういう女であれば、たやすく扱えるだろうと舌なめずりしたに決まっています。実際、滝は深雪に手を出しました。妻子持ちだというのに、かつての部下を自分の女にしたんです。信じられますか？」

生々しい話だった。塔子は相手の顔を見つめて、黙ったままでいた。

こちらの返事を待たずに、美咲は続ける。

「結局どいつもこいつもゲス野郎ですよ。……放ってはおけない、と私は思いました。でも、あまり言いすぎると深雪は意固地になるかもしれない。だから少し我慢していた時期がありました。ところが、そのうちとんでもないことがわかったんです。深雪は妊娠して、子供を堕胎していたというんですよ。私は卒倒しそうになりました。深雪を汚すだけでは飽き足らず、妊娠させた。それどころか生まれるはずだった子供の命まで奪った。絶対に許せない、と思いました。タイミングとしては龍也の子だったようですが、岩崎であっても滝であっても、今後同じことが起こる可能性があります。龍也も岩崎も滝も、三人ともこの世から消してやる、と私は決意しました」

今、美咲からは静かな悪意とでも言うべきものが感じられる。姉として思い詰めた末に、彼女は今回の殺害計画を実行したのだ。おそらくそこには、わずかな迷いもなかったことだろう。

ここで塔子は切り札を使った。

「あなたはそういう恨みや憎しみを、ブログなどに綴ったんじゃありませんか？　それを見て、ある人物が連絡してきた。その人物はGM——ゲームマスターと名乗ったのでは？」

美咲はわずかに眉を動かした。少し考える様子だったが、隠したりごまかしたりすることはなかった。

「そのとおりです。……あの人はこんなメールを送ってきました。『あなたの苦しさはよくわかる。その男たちには復讐すべきだ。私はその手助けがしたい』と。……GMは過去にも、犯罪者にさまざまなアドバイスをした経験があるようでした」

ええ、そうです、と塔子はうなずく。

「警察でも、そのことは把握しています」

「実際にメールをやりとりしてみると、本当に細かいところまで気が回って、頼れる人だというのがわかりました。私はアドバイスに従って、三人を殺害することにした。そのためにはターゲットの行動パターンを知る必要がありました。あなた方警察が見抜いたとおりです。出勤時刻はどれくらいか、退勤時刻はどうか。もし曜日によって決まりがあるなら、殺害計画を立てやすくなります。

GMとも相談した上で、私は自分の職業を活かすことにしました。お客さんが使うパソコンを、私が密《ひそ》かにコントロールするんです。遠隔操作で電源オン・オフもできるようにして、ウェブカメラで周りが見えるようにすればいい。接続されている周辺機器も使えるようにする……」

「すでに導入されているパソコンを利用したわけですか?」

「ホストクラブはそうでした。自分の会社のノートパソコンから店のパソコンにアクセスして、龍也の出勤パターンなどを調査しました。これはとても簡単なことでした。……でも岩崎を調べるのは難しかった。いろいろ考えた末、隣にある高木生命ビルから監視することを思いつき、三十三階にある人材派遣会社に売り込みをかけました」

「でも、あなたは営業担当ではありませんよね?」

「サービスマンであっても繁華街を回っていれば、新しい注文が取れることはあるんです。そういう前例を知っていたので、私は積極的に営業活動を行いました。相場よりかなり値引きした結果、派遣会社の休憩室にパソコンやプロジェクターを設置できました。ノートパソコンだと、電源を切ったあとモニターを閉められてウェブカメラが塞がってしまう。だからデスクトップパソコンにウェブカメラを取り付けるようにしました。

外回りの途中、私はウェブカメラから情報を得て、何度か岩崎を尾行しました。岩崎は平日、初台のウィークリーマンションに住んでいることがわかった。ウィークリーマンションの部屋をカメラで見張るのは難しかったので、その後も高木生命ビルから岩崎のオフィスを監視してチャンスを待ったんです。……三人目の滝は建築設計事務所に勤めていた。会社の玄関が見える位置にカフェチェーンの事務所があったので、そこにもパソコンを安く販売しました。神田は私の担当地区ではないけれど、ユーザーはそのことを知りませんからね。機器の問い合わせは私の携帯に直接連絡してくれるよう、話しておいたんです」

自分のしてきたことを、美咲は詳細に説明していく。聞いているうち、何か自慢話のようにも思えてきた。それだけ、自分の立てた計画に自信があったということだろう。

「実際の殺害にあたっては、GMから細かい指示があったんですか？」

「ええ。GMは東京都内の地理に詳しくて、神田の建築設計事務所のことや、逃走経路のことを提案してくれました。おかげで私は計画の精度を上げられたし、その計画をうまく進めることができました。……実行のときには龍也も岩崎も、私が訪ねていくとすぐドアを開けてくれましたよ。整形して顔は変わっていますが、声は妹と同じですからね。滝のときは、あいつが帰宅する途中で携帯に連絡しました。滝が設計に関わった歌舞伎町のビルに呼び出したんです。保志野組本部の隣に建っている、あのビルにね」

そういうことか、と塔子は思った。おそらく妹の喋り方を真似て、深雪だと誤認させたのだろう。

「第一、第二の事件で、切断した手を目立つ場所に置きましたね。あれはなぜです？」

「龍也や岩崎への嫌悪感からですよ。龍也は右利きだったので右手を、岩崎は左利きだったので左手を切ってやった。奴らの薄汚い手が深雪の体に触れたことが、私には許せなかった。意趣返しのために、ふたりの手を大勢の人がいる場所に捨ててやったんです。ルビィメイルは深雪が好んでいるブランドで、龍也もバッグを持っていました。岩崎は持っていなかったけれど、深雪が何かのときポーチをプレゼントしたんです」

こうして聞いてみれば腑に落ちる話だといえる。しかし捜査中、塔子たちはその点にまでは考えが及ばなかった。

ところで、と塔子は言った。

「第三の事件の直前に、GMは私に電話をかけてきました。あなたの計画を阻止してほしい、というような内容でした。あなたにはその理由がわかっていますか？」

塔子の質問を聞いて、美咲は低い声で唸った。

「工事中のビルで爆発を起こすのは、途中で私が考えたアイデアでした。ぜひ実行したいとメールで伝えたんですが、GMは難色を示しました。でもこれは私の計画なのだから、と私は強く言って、そのまま進めようとしたんです。それが気に入らなかったということなのか……。でも、あの人のやり方はひどい。私は突然、GMに裏切られたわけですよね」

なるほど、と塔子は納得した。第一の事件、第二の事件はいずれも被害者を殺害したあと、手を切るという手口だった。しかし第三の事件では、滝を捕らえて爆発物で殺害しようとしたし、手も切っていない。なぜこれほど犯行の形が違ったかというと、第三の事件は鴉の完全なオリジナルだったからだ。GMのアドバイスが入っていないから、ある意味、雑な計画になってしまったのだろう。

「あなたがしようとしたことは契約違反だったんじゃありませんか？」

塔子が尋ねると、美咲は眉をひそめた。

「……契約違反？」

「あのビルで爆発、火災が起これば、周辺で被害が出るおそれがありましたから」

「私は保志野組の連中を巻き込みたかっただけです。対馬を電話で呼び出して、滝と一緒に殺してやるつもりでした。深雪が風俗で働いたり、岩崎と愛人契約を結んだりしたのは、実は暴力団員である対馬がお膳立《ぜんだ》てしたことだったんです。……爆発であいつのほかにも組員が怪我をしたし、事務所も被害を受けたみたいですね。いい気味ですよ」

「しかし、無関係な通行人も何人か負傷しています。あなたはそれでよかったんですか？　GMはあなたと違って、罪のない人を傷つけるのを嫌ったわけですが……」

「そんなきれいごと、私にはどうでもいいんですよ。まったく滑稽《こっけい》な話です。GMを頼った私が馬鹿だったんでしょうね」

塔子は考え込んだ。GMが裏切ったのは、犯罪にも一定のルールが必要だ、と思っていたからなのか。だとすると、手がかりをくれたGMを評価したい気持ちになってくる。だが、それは刑事としての敗北を意味するだろう。

——手がかりをくれたからといって、罪が軽くなるわけじゃない。

そうだ。奴は憎むべき犯罪者なのだから、と塔子は思った。

「ところで、如月さん」

急に呼びかけられて、塔子ははっとした。首をかしげて尋ねる。

「何です?」

「私ね、あなたに言っておかなくちゃいけないことがあるんですよ。河森ビルのレストラン街を覚えている? 私はあのとき、現場を捜査する如月さんを見かけたんです。そのとき変な考えが頭に浮かびました。警察官のくせに背が低くて、中学生みたいな恰好をしている女性。みんなから愛されるマスコット的な存在。ああ、可愛いな、素敵だなと思ったんです。そう、素敵すぎて反吐《へど》が出ますよ」

突然、美咲はこちらに強い敵意を向けてきた。不意打ちを受けて塔子はひどく驚き、戸惑った。

「……どういうことです?」声を低めて塔子は尋ねる。

「あなた、自分で気づいていないの? そういう、無自覚に男を寄せつけるようなタイプが、私は大嫌いなんですよ。だからあなたに目をつけた。強い怒りを持ってあんたを襲った」

彼女の言うとおりだ。塔子は廃工場で首吊り状態にされている。美咲をもっと恐れるべきだし、もっと憎むべきだったのかもしれない。不覚だった。同じ女性だからと、つい丁寧に接してしまったが、美咲は凶悪な犯罪者なのだ。

「あのとき、本当に私を殺すつもりだったんですか」

助けるつもりはなかったはずだ。現場の状況がそれを証明している。

「……生きるか死ぬかはあなた次第だった。生きるべき人間なら生き延びるだろうし、どうでもいい人間なら死んでいたはず。生き残ったのだから、あなたはまだこの世界にとって役に立つ可能性がある、ということでしょうね。そういう運命だったというわけ」

澄ました顔で美咲は言う。だが塔子には、その言葉は受け入れられなかった。眉をひそめて問いかける。

「美咲さん、同じことを被害者の前でも言えますか？　そのご遺族の前でも？」

「もちろん言えますよ。だって事実だから」

「深雪さんの前ではどうです？　龍也さんと出会ったことを、深雪さんは運命的だったと話していました。岩崎さんや滝さんとのことも、そうかもしれない。……だとしたら、あなたが邪魔しようとしても無駄だったということになりますよね」

「私は、私の信じたことをやっただけ」

「あなた自身もそうです。こうして逮捕され、取調べを受けていますよね。それが運命であり、決まっていたことだとしたら、あなたの努力は無意味だったということになりませんか？」

口を閉ざしたまま、美咲は塔子を睨みつけてきた。塔子は動じることなく、その視線を受け止める。

やがて美咲は、大きく舌打ちをした。

「青臭い人間は大嫌いなんですよ。……如月さんは正義の味方にでもなったつもり？　それとも、ありがたいことを教えてくれる先生？」

「あなたのしたことが、この結果に繋がっているんだと思います。龍也さんや岩崎さんを殺害して、滝さんを爆殺しようとして……。そんなことで深雪さんの気持ちがあなたのほうに向きますか？　そうはならないでしょう。運命がどうのという話は別として、あなたはもっと努力すべきだったんじゃありませんか？」

「努力しましたよ！」美咲は椅子から腰を浮かせた。「あんなに細かい計画を練って、奴らの行動を調べて、殺して、手を切って町に捨てて……。そのあと爆発物まで用意したんです。どこが努力不足だって言うんですか？」

美咲は机の上に身を乗り出してきた。それを見て、門脇が椅子から立ち上がる。

だが塔子は逃げようとしなかった。こちらを睨んでいる美咲の目を、正面から見返した。

「あんなやり方では、妹さんが言うことを聞くわけがありません」塔子は強い口調で言った。「あなたの敗因は明らかです。そもそも、努力の方向が間違っていたんですよ」

「あんたなんかに言われたくない」美咲は唇を震わせた。「何もわからないくせに、偉そうなことを……」

「そうです。私にはあなたのことがよくわかりません。でも美咲さん、あなたも自分自身のことをわかっていないんじゃありませんか？　あなたの気持ちを、考えを、これからひとつずつ明らかにしていく必要があります。私はそう思っています」

門脇が近づいてきて、椅子に座るよう美咲を促した。

塔子を睨みつけたまま、美咲は椅子に座り直した。その目には強い憎悪と深い悲しみ、そして明らかな人間不信の色があった。

# 7

被疑者への取調べが一段落したのは、午後五時ごろのことだった。

取調べをしているときの如月は、門脇の目から見ても堂々としたものだった。被疑者を問い詰める際、相手の表情をよく観察していたし、予想外の反応があったときにも動じることはなかった。慣れない仕事なのに、立派なものだと門脇は思った。

ところが取調室を出た途端、如月は目を大きく見開いて、放心状態のようになってしまった。壁に手をつき、やっとという感じで体を支えている。

「おい、大丈夫か」

驚いて、門脇は彼女に手を貸した。

「ああ、すみません」如月は言った。「あの……いかがでしたか。あれでよかったんでしょうか」

「まずは合格点じゃないか?」門脇は口元を緩めた。「ここから先は、別の取調官に交代してもいい。今回はきっかけを作れたんだから、それで充分だ」

「……私、藤森美咲から猛烈な敵意を向けられていましたよね」

「それも含めて、成果だと言うべきだろう。女性の取調官だからこそ、藤森美咲から引き出せた情報もあった」

「だったらいいんですが……」

隣の部屋から早瀬係長や鷹野が出てきた。彼らはマジックミラー越しに、取調べの様子を見ていたのだ。

如月は緊張した面持ちで、鷹野たちのほうを向いた。

「終わりました。至らないところがあって、申し訳ありません」

「いや、よくやってくれたと思う」早瀬係長が彼女にうなずきかけた。「如月にとっても、いい経験になっただろう」

ありがとうございます、と頭を下げたあと、如月は視線を動かして鷹野を見た。

「俺に言わせれば、まだまだだというところだ」鷹野は腕組みをした。「如月には隙が多い。あれより、もっと攻撃的な被疑者もいるんだ。ひたすら話を逸らして取調官のペースを乱す者もいる。責め方を工夫しなくてはいけない」

「わかりました。気をつけます」

「うん、わかったのならそれでいい」

澄ました顔で鷹野は言う。そのあと何か付け加えようとしたが、早瀬や門脇が見ているのに気づいて黙り込んでしまった。

まったく素直じゃない奴だな、と門脇は思った。

鷹野にとって、如月は息の合った相棒だったはずだ。それが今、門脇預かりとなって、いろいろな経験を積んでいる。もしかしたら、相棒の成長を間近で見られないのがもどかしいのだろうか。自分ならもっとうまく力を伸ばしてやれる、という気持ちがあるのかもしれない。その裏返しで、鷹野は「まだまだ」などと言ったのではないか。

「そう厳しいことを言うなよ」早瀬が鷹野の肩を叩いた。「少し労ってやったらどうだ」

「まあ、係長がそうおっしゃるなら……」鷹野は咳払いをしてから如月に言った。「大きな失態がなかったのはよかった。これからも精進するように」

「承知しました」如月は姿勢を正して答える。

ふたりの会話はどうもぎこちない。門脇は早瀬と顔を見合わせ、苦笑いを浮かべた。


午後八時から定例の捜査会議が開かれた。

被疑者の取調べは進んでいるし、裏付け捜査も順調だと言える。だが、会議に参加する刑事たちの表情は決して晴れやかではない。この事件が発生した背景を知ると、みな複雑な思いを感じるのだろう。

「では次。被疑者の妹、藤森深雪について情報があれば報告してください」

司会の早瀬係長が捜査員席に目を向ける。はい、と返事をして徳重が椅子から立った。

「鑑取り班から報告です。今回の事件のキーパーソンである藤森深雪さんは、三人の男性と交際していました。順番に言うと、ホストクラブの龍也こと桐生政隆さん、笹木テクノスの専務取締役である岩崎壮一郎さん、建築設計事務所の元上司・滝洋輔さんです。深雪さんから詳しい事情を聞いたところ、実は元上司だった滝さんとは結婚の約束をしていた、ということでした。いずれ今の奥さんとは別れる、と滝さんは話していたそうです」

驚いて、門脇は捜査資料から顔を上げた。

深雪は気の多い女性で、結局のところ金を得る必要があっていろいろな男性とつきあっていたのだ、と門脇は思っていた。だが、彼女は滝と真剣な交際をしていた、ということだったのか。

徳重は説明を続けた。

「奨学金の返済という目的で始めた水商売でしたが、龍也さんや岩崎さんとの交際を経て、深雪さんの中に迷いが生じていたそうです。夜の仕事をしていれば金は稼げる。でも深雪さんは、ずっとこの仕事を続けていけるとは思っていなかった。いずれは誰かと結婚して静かに暮らしたい、という気持ちがあったんでしょう。そこへ現れたのが滝さんでした。穏やかな性格の滝さんに、深雪さんは惹かれた。以前、会社で上司と部下だったわけですが、そのときには感じなかった何かに、彼女は気づいたのかもしれません。一緒にいて、こんなに安心できる人はいない、と深雪さんは話していました。ほかの人とは違って、滝さんとは精神的な繋がりを感じることができた、それが嬉しかった、とも言っていましたね」

「真剣な交際だったというわけか……」幹部席で神谷課長が唸った。「たしかに、出会うタイミングによって人生が変わってしまう、ということはあるだろう。しかし滝洋輔には現在、妻子がいる。それを忘れるわけにはいかない」

早瀬係長は黙ったまま眼鏡の位置を直して、何度かうなずいた。

幹部席で、手代木が神谷に話しかけた。

「おっしゃるとおりですね、課長。……結婚という目標が出来て、ふたりの間の恋愛感情が高まったのかもしれません。ですが、社会人として、あるいは夫や父親として、滝洋輔には責任があります。今の妻とは離婚するつもりだったとしても、安易に不倫の道を選ぶべきではありませんでした。……徳重はどう思う?」

急に問われて、徳重は驚いたようだ。少し考えてから彼は答えた。

「深雪さんは社会に出て一年少々という女性です。そういう人と四十一歳の滝さんが交際するというのは、なんというか、あまりいい印象がないんじゃないかと。……ああ、すみません、これは完全に個人的な意見です。ちょっと、自分の娘を思い出してしまったものですから」

神谷と手代木は顔を見合わせ、同じように眉をひそめた。徳重も神谷も手代木も、若い娘の父親なのだ。

——しかし、結婚なんて言葉を聞いたら、美咲はどう思うのか。

門脇は考え込む。美咲は今まで、妹は男たちに利用されていると考えていたはずだ。もし妹が滝と一緒になりたいと言ったら、姉としては敗北感に苛まれるのではないか。

「もうひとつ、私から報告することがあります」

顔を曇らせながら徳重は言った。何か、よくない話のようだ。彼はメモ帳のページをめくった。

「深雪さん本人から聞いたことなんですが……」徳重は咳払いをした。「彼女のところには、龍也さんからしつこく連絡が来ていたそうです。また、愛人契約をしていた岩崎さんとの関係も最近はあまりよくなかった。滝さんと一緒になるためには、龍也さんと岩崎さん、ふたりの男性がネックになります。そういうわけで、姉である藤森美咲の力を借りようとしたのかもしれません」

「力を借りる?」手代木が首をかしげる。

「美咲が龍也さんや岩崎さんを毛嫌いしているのを知って、気持ちを焚《た》き付けたらしいんです。姉がふたりを遠ざけてくれれば、滝さんと結婚しやすくなる、ということで……」

門脇は驚きを感じて徳重を見つめた。おとなしい雰囲気の深雪が、そんなことをしていたとは想像もできなかった。

「ただ、事件の途中で深雪さんはかなり悩んだようですね。龍也さんや岩崎さんから逃れたいとは思っていたが、殺してくれとまでは頼んでいなかった。姉がふたりを殺害したと知って、ひどく動揺したそうです。さらに美咲は滝さんまで手にかけようとしていた。それを知った深雪さんは驚いて、如月巡査部長のところに連絡したというわけです。まあ、その段階になってもなお、自分の姉が犯人だとは言えなかったわけですが」

門脇は如月の様子を窺った。隣の席で、彼女も戸惑っているようだ。今の話が事実なら、深雪に対しても取調べが必要となるだろう。状況次第では彼女も逮捕ということになるのではないか。

結局、美咲の犯行計画とは何だったのだろう、と門脇は考えた。彼女はGMに助けられて計画を練り直した。それだけではない。自分が庇護《ひご》すべきだと信じていた妹からも、ある意味、利用されてしまっていたのだ。

捜査員たちからの報告が終わると、早瀬は幹部席のほうに目を向けた。それを受けて、神谷課長が立ち上がった。

「暑い日が続く中、みんなよくやってくれた。……それにしても今回の事件はどうもすっきりしない。歌舞伎町という場所柄、風俗や金、暴力団なども絡んでいたわけだが、そこで働く女性に警察がどうアプローチするか、考えなくてはいけない時期なのかもしれない。それについては新宿署の寺田課長が日ごろから腐心してくれていると思う。今後もよろしく頼みたい」

突然、自分の名前が出たので寺田は驚いたようだ。だが彼はすぐに表情を引き締めて立ち上がり、「了解しました」と答えた。

「それから、忘れてはならないのがGM——ゲームマスターの存在だ」神谷は捜査員たちを見回した。

「奴を捕らえなければ、同じような犯行が続くおそれがある。明日以降も藤森美咲をしっかり取調べて、GMの手がかりを探ってほしい。奴をいつまでも野放しにしておくわけにはいかない。全力を尽くしてくれ」

はい、と刑事たちは一斉に返事をした。

明日の予定について確認したあと、早瀬は会議の終了を告げた。


会議が終わり、特捜本部には落ち着いた空気が戻ってきていた。

昨日までは、会議のあとも聞き込みに行く者や、資料の調査をする者が大勢いた。しかし今日は仲間同士で雑談したり、早めに食事に出かけたりする姿が多く見られる。後味の悪い事件ではあるが、早期に殺人犯逮捕となったのは幸いだった。

門脇は講堂の後方に行って、コーヒーの空き缶をごみ箱に捨てた。そこへ、声をかけてきた人物がいた。

「なかなかやるな、十一係」

振り返ると、坊主頭に鋭い眼光、強面の男性が立っていた。新宿署の寺田課長だ。

「ああ、お疲れさまです、寺田さん」門脇は笑顔で挨拶をする。

「噂には聞いていたが、事件の解決が早いし、正確だ。いいチームを作ったじゃねえか」

「ありがとうございます。仲間に恵まれましたよ」

「まあ、そうだな。おまえひとりの手柄じゃねえよな」

そんなことを言って寺田は豪快に笑う。以前と少しも変わらない姿を見て、門脇は懐かしさを感じた。

寺田はしばらく笑っていたが、そのうち急に声を低めた。

「あんまり無理をするなよ」

「……え？」門脇は首をかしげる。「どういうことですか」

「いつまでも若いわけじゃない。調子が悪いときは仲間に言えってことだ」

「俺は大丈夫ですよ。昔ラグビーをやっていたし」

「そういう奴が一番危ないんだよ。いいか、がむしゃらに前進するだけが正解じゃないからな。周りのことだけじゃなく、自分の体のことも考えろ。わかったか」

寺田がひどく真剣なのを見て、門脇は苦笑いしてしまった。

「今になってそんな説教をされるとは思いませんでした」

「説教じゃねえよ、これは忠告だ。いいか、あんまり無茶をすると死ぬぞ」

「死にませんよ、俺は」

「いいや、死ぬさ。注意を怠ると死ぬ。俺はそういう奴を何人も見てきた」

「わかりましたよ。できるだけ注意しますから……」

「俺はおまえが気に入ってるんだよ。だから怪我をしてほしくないし、死んでほしくない。わかったか。……ちくしょう、こんなことを言わせるなよ」

ぶつぶつ言いながら寺田は廊下へ出ていく。やれやれ、と思いながら門脇は彼のうしろ姿を見送った。相変わらず押しが強く、そしてマイペースな人物だ。だが、もちろん悪い人ではない。

自分の席に戻って、門脇は資料の確認を始めた。

隣の席の如月が、顔を上げて話しかけてきた。

「今回はいろいろ考えさせられましたね。事件の構造はシンプルだったと思いますが、動機面で謎《なぞ》が深かったというか……」

「たしかにな。犯人像は想像できていたつもりだったが、ひっくり返された」

門脇の頭に、藤森美咲と深雪の姿が浮かんできた。同じ顔に生まれながら、ふたりの歩んだ道はまったく違っていた。どこが分岐点だったかはわからない。もしかしたら美咲自身にも、それはわからないのかもしれない。

「私たちから見て、深雪さんは周りに流されやすい性格だったと思うんです。何というんでしょう。他人に同調しやすいというか、共感しすぎてしまうというか、そういう人なんじゃないかと」

「一般に、性格がいい人というのは、周りから利用されやすいからな」

「美咲の場合、自分の中に確固たる価値基準があって、それに反することはしないという感じでした。でも深雪さんは周りを見て、いろいろなところについ感情移入してしまうタイプだったような気がします」

そうだな、と門脇はうなずく。実は如月自身にも同じような傾向があると思うのだが、今は黙っていることにした。

「滝さんはほかのふたりとは違って、深雪さんに対して真剣だったたし、純粋だったんでしょうね。そういう部分に、深雪さんは惹かれたんだと思います。その結果、しばらく忘れていた『自分を大切にしたい』という気持ちが強くなったのかも……」

「だから、姉が自分のためにしてくれたことはありがた迷惑だったわけだな」

それればかりではない。最後には滝まで殺害しようとしたから、なんとしても姉の犯行を阻止しなければ、と深雪は焦ったのだ。

「今回の事件……」如月はつぶやくように言った。「個人が起こしたのはたしかですが、環境の問題も大きいですよね。やっぱり歌舞伎町という場所は特別というか、特殊なんでしょうね」

「あの歓楽街がなければ今回の事件は起こらなかった、ということか？」

「ええ。町の淀みから生まれた犯罪だったんじゃないか、という気がします。……だからといって、歌舞伎町がなくなればいいかというと、そんなことはないんですけど」

如月は黙って考え込んでいる。その問題にはなかなか答えが出ないだろうな、と門脇は思った。

鷹野や徳重、尾留川がこちらへやってきた。

これまでは立ち話をするような雰囲気ではなかったが、今日はみな気持ちに余裕がある。犯人が逮捕される前とあとでは、捜査員の心理状態にもかなり差があるものだ。

「如月、取調べを担当したんだって？」尾留川が軽い調子で話しかけてきた。「やるじゃないか。十一係の期待の星だよな」

「いえ、そんなことは」如月は慌てて首を横に振った。「まだこれからです。……でもやらせていただいて、すごく勉強になりました。達成感もあったし」

「おい尾留川。うかうかしてると如月に追い抜かれるぞ」

門脇がからかうように言うと、尾留川は何度かまばたきをした。

「えっ、それは困るなあ……。一応、俺は先輩なんだから沽券《こけん》に関わります」

尾留川はおどけてみせる。その言葉を聞いて徳重が口を開いた。

「そういえば今回、尾留川くんはあまり活躍していなかったね。新宿だし、歌舞伎町だし、もっとバリバリ成果を挙げるかと思っていたんだけど」

「新宿は新宿でも、やっぱり三丁目のほうが好きなんですよ。ほら、俺ってジェントルじゃないですか。歌舞伎町はあまり得意じゃなくて……」

誰がジェントルだよ、と門脇は突っ込みを入れたくなった。どうやら尾留川も、いつもの調子が戻ってきたようだ。

「でも尾留川、そう言いながらも飲みに行くんだろう？　歌舞伎町に」

横から鷹野が尋ねてきた。尾留川は驚いて先輩を見つめる。

「なんで知ってるんですか。もしかして電話を聞いてました？」

「あれだけ楽しそうに喋っていたら、どうしたって耳に入る」

「油断も隙もありませんね。……ええ、そうです。今日飲みに行くんですよ。ちょっと、ネタ元の女性と会わなくちゃいけないもので」

「くれぐれも自分の立場を忘れないようにな」鷹野は尾留川に釘《くぎ》を刺した。「警察官がぼったくられたなんて話は洒落にならない」

「そのときは助けに来てくださいよ」

「残念だが、こう見えても俺は忙しいんだ。自分で何とかしてくれ」

いやあ、困ったなあ、と尾留川は腕組みをする。しかし顔は笑っていて、まったく困っているようには見えなかった。

腕時計を確認したあと、門脇は徳重に話しかけた。

「トクさん、どうですか。久しぶりに冷たいビールでも」

「……ああ、すみません」徳重は、胸の前で右手を小さく振った。「捜査が落ち着いたので、一度家に戻りたいと思いまして」

「何かあったんですか？」

「いや、娘がね……。まあ、いろいろありまして」

曖昧に笑って、徳重は話を切り上げてしまった。詳しいことはわからないが、彼はときどき娘のことで悩んでいるようだ。ベテラン刑事も、実は心配性な父親でしかないことがよくわかる。

徳重にも断られたので、それなら次は如月だ、と思った。門脇は彼女の様子を窺う。如月は立ち上がって幹部席のほうを見ていた。

「はい、今行きます」

彼女は早瀬係長にそう答えた。早瀬のそばには神谷課長、手代木管理官もいる。今回の捜査について、何か話があって呼ばれたらしい。

「門脇主任、ちょっと行ってきます」

「人気者は大変だな」

「え……。そんなことはないですよ」

「長くなりそうだから、俺は先に帰るぞ」

「あ、はい、お疲れさまでした」

こちらに会釈をすると、如月は足早に幹部席のほうへ向かった。早瀬たちとともに椅子に腰掛けたから、やはり時間がかかりそうだ。

お先に失礼します、と言って尾留川と徳重はそれぞれ帰っていく。

残ったのは門脇と鷹野だけだった。

「よし、鷹野、ふたりで飲みに行くぞ」命令する口調で門脇は言った。

鷹野は辺りを見回してから、あらためて門脇のほうを向いた。

「ふたりだけというのは珍しいですね」

「たまには、こういうのもいいだろう」そう言ったあと、門脇は声を低めた。「実は、如月について話したいことがある」

「如月のこと？」鷹野は不思議そうな顔をした。

「今回の事件で、如月が犯人に襲われたよな。俺の不注意だったと反省しているんだが、そのことであいつ、何か言ってなかったか？」

「いえ、それは特に……。でも門脇さん、こんな言い方はよくないかもしれませんが、あいつが危険な目に遭うのは仕方ないと思いますよ」

「どうしてだ？」

「門脇さんは前に言っていましたよね。如月は幸運をもたらすマスコットのようだって。あれからいろいろ考えてみて、たしかにそういう解釈もできそうだと思いました。でも実はあいつ、運と同時にトラブルも引き寄せているんですよ。そうとしか考えられません」

真面目な顔をして、鷹野はおかしなことを主張する。彼がこんな不条理なことを言うのは珍しい。門脇は俄然《がぜん》、興味をもった。

「飲みながら詳しく聞かせてもらおうか」

「そうですね、行きましょう。俺も一度、誰かに話してみたかったんです」

鷹野も門脇も、手早く資料を片づけた。鞄を手にして講堂を出る。

エレベーターに乗り込むと、鷹野は早速話し始めた。

「そもそも如月は、自分が小さいことを過信しているんですよ。だってね、小さいから弾に当たらないなんていうのは絶対に間違いであって……」

飲み始める前から、もう鷹野の熱弁が始まった。その話は如月の行動や発言、考え方、趣味にまでわたるようだ。

――やっぱりこいつ、如月のことをよく見てるじゃないか。

これは長い夜になりそうだな、と門脇は思った。

N.D.C.913　282p　18cm　ISBN978-4-06-533996-1

鴉《からす》の箱庭《はこにわ》　警視庁捜査一課十一係《けいしちょうそうさいっかじゅういちがかり》

KODANSHA NOVELS

二〇二三年十二月十一日　第一刷発行

定価はカバーに表示してあります

著者——麻見和史《あさみかずし》

発行者——髙橋明男

発行所——株式会社講談社

東京都文京区音羽二-一二-二一

郵便番号一一二-八〇〇一

編集〇三-五三九五-三五〇六

販売〇三-五三九五-五八一七

業務〇三-五三九五-三六一五

本文データ制作——講談社デジタル製作

印刷所——株式会社ＫＰＳプロダクツ　製本所——株式会社若林製本工場


KODANSHA

KODANSHA NOVELS 講談社ノベルス

講談社ノベルス25周年記念復刊！
**列車消失** 阿井渉介

誰が犯人か。謎が謎を呼ぶ！
**まだ殺してやらない** 蒼井上鷹

鉄道ミステリ界の新風
**東海道新幹線殺人事件** 葵 瞬一郎

衝撃のトラベルミステリ
**オホーツク流氷殺人事件** 葵 瞬一郎

長編ユーモアミステリー
**三姉妹探偵団** 恋の花咲く三姉妹 赤川次郎

長編ユーモアミステリー
**三姉妹探偵団** 月もおぼろに三姉妹 赤川次郎

長編ユーモアミステリー
**三姉妹探偵団** 三姉妹、ふしぎな旅日記 赤川次郎

長編ユーモアミステリー
**三姉妹探偵団** 三姉妹、清く貧しく美しく 赤川次郎

長編ユーモアミステリー
**三姉妹探偵団** 三姉妹と忘れじの面影 赤川次郎

長編ユーモアミステリー
**三姉妹探偵団** 三姉妹、舞踏会への招待 赤川次郎

長編ユーモアミステリー
**三姉妹探偵団** 三姉妹、さびしい入江の歌 赤川次郎

長編ユーモアミステリー
**三姉妹探偵団** 三姉妹、恋と罪の峡谷 赤川次郎

長編ミステリー
**二重奏**（デュオ） 赤川次郎

ユーモアミステリー
**狂喜乱舞殺人事件** 赤川次郎

ユーモアミステリー
**女優志願殺人事件** 赤川次郎

ユーモアミステリー
**輪廻転生殺人事件** 赤川次郎

ユーモアミステリー
**百鬼夜行殺人事件** 赤川次郎

ユーモアミステリー
**偶像崇拝殺人事件** 赤川次郎

ユーモアミステリー
**人間消失殺人事件** 赤川次郎

長編ロマンチックサスペンス
**メリー・ウィドウ・ワルツ** 赤川次郎

長編ユーモアミステリー
**三人姉妹殺人事件** 赤川次郎

爽快・痛快ファンタジー
**虹のつばさ** 赤城 毅《つよし》

女怪盗VS.一高教師！
**麝香姫《じゃこうひめ》の恋文** 赤城 毅

銀髪の青年古書ハンター現る！
**書物狩人《ル・シャスール》** 赤城 毅

銀髪の古書ハンターふたたび！
**書物迷宮《ル・ラビラント》** 赤城 毅

書誌愛好家必読！
**書物法廷《ル・トリビュナル》** 赤城 毅

シリーズ初めての長編！
**書物幻戯《リイリュジオン》** 赤城 毅

「書物」シリーズ第5弾！
**書物輪舞《ラ・ロンド》** 赤城 毅

「書物」シリーズ待望の〝本格長編〟！
**書物審問《ランキジシオン》** 赤城 毅

「壮大な仕掛け」満載！
**書物奏鳴《ラ・ソナト》** 赤城 毅

「書物」シリーズ完結！
**書物紗幕《ル・リドー・ド・ガズ》** 赤城 毅

サイエンス・ヒストリー・フィクション
**鳥玄坊 時間の裏側** 明石散人

サイエンス・ヒストリー・フィクション
**鳥玄坊 ゼロから零へ** 明石散人

第41回メフィスト賞受賞作！
**虫とりのうた** 赤星香一郎

メフィスト賞受賞第2作！
**赤い蟷螂《かまきり》** 赤星香一郎

秘湯での残忍な事件の真相は？
**幼虫旅館** 赤星香一郎

第56回メフィスト賞受賞作
**コンビニなしでは生きられない** 秋保水菓《あきうすいか》

第20回メフィスト賞受賞作！
**月長石の魔犬** 秋月涼介

死と再生の象徴、迷宮密室！
**迷宮学事件** 秋月涼介

渾身の長編ミステリ！
**紅玉の火蜥蜴《ひとかげ》** 秋月涼介

迷走する事件に解決はあるのか?!
**消えた探偵** 秋月涼介

学園ホラー×ミステリー！
**ひなあられ** 日日日

新世紀ミステリー
**左眼を忘れた男** 浅暮三文

地底の密室！
**殺しも鯖もMで始まる** 浅暮三文

実験小説家が挑むミステリー短編集
**ポケットは犯罪のために** 武蔵野クライムストーリー 浅暮三文

捜査と推理の警察ミステリ！
**石の繭** 警視庁捜査一課十一係 麻見和史《あさみかずし》

捜査と推理の警察ミステリ！
**蟻の階段** 警視庁捜査一課十一係 麻見和史

捜査と推理の警察ミステリ！
**水晶の鼓動** 警視庁捜査一課十一係 麻見和史

捜査と推理の警察ミステリ！
**虚空の糸** 警視庁捜査一課十一係 麻見和史

捜査と推理の警察ミステリ！
**聖者の凶数** 警視庁捜査一課十一係 麻見和史

捜査と推理の警察ミステリ！
**女神の骨格** 警視庁捜査一課十一係 麻見和史

捜査と推理の警察ミステリ！
**蝶の力学** 警視庁捜査一課十一係 麻見和史

捜査と推理の警察ミステリ！
**雨色の仔羊** 警視庁捜査一課十一係 麻見和史

捜査と推理の警察ミステリ！
**奈落の偶像** 警視庁捜査一課十一係 麻見和史

捜査と推理の警察ミステリ！
**鷹《たか》の砦《とりで》** 警視庁捜査一課十一係 麻見和史

捜査と推理の警察ミステリ！
**凪《なぎ》の残響** 警視庁捜査一課十一係 麻見和史

捜査と推理の警察ミステリ！
**天空の鏡** 警視庁捜査一課十一係 麻見和史

捜査と推理の警察ミステリ！
**賢者の棘** 警視庁捜査一課十一係 麻見和史

捜査と推理の警察ミステリ！
**魔弾の標的** 警視庁捜査一課十一係 麻見和史

捜査と推理の警察ミステリ！
**鴉の箱庭** 警視庁捜査一課十一係 麻見和史

KODANSHA NOVELS 講談社ノベルス

頭脳で闘う公安ミステリ!
邪神の天秤 警視庁公安分析班 麻見和史

頭脳で闘う公安ミステリ!
偽神の審判 警視庁公安分析班 麻見和史

本格ミステリのびっくり箱
探偵宣言 森江春策の事件簿 芦辺 拓

殺人博覧会へようこそ
怪人対名探偵 芦辺 拓

事件の舞台は商都と帝都!
少女探偵は帝都を駆ける 芦辺 拓

本格妖怪伝奇
蠱猫《こねこ》 人工憑霊蠱猫01 化野《あだしの》 燐《りん》

本格妖怪伝奇
白澤《はくたく》 人工憑霊蠱猫02 化野 燐

本格妖怪伝奇
渾沌王《こんとんおう》 人工憑霊蠱猫03 化野 燐

本格妖怪伝奇
件獣《くだんじゅう》 人工憑霊蠱猫 化野 燐

本格妖怪伝奇
呪物館《じゅぶつかん》 人工憑霊蠱猫 化野 燐

本格妖怪伝奇
妄邪船《もうじゃぶね》 人工憑霊蠱猫 化野 燐

本格妖怪伝奇
人外鏡《じんがいきょう》 人工憑霊蠱猫 化野 燐

本格妖怪伝奇
迷異家《まよいが》 人工憑霊蠱猫 化野 燐

書下ろし本格推理
化野学園の犯罪 教育実習生 西郷大介の事件日誌 姉小路《あねこうじ》祐《ゆう》

リーガル推理小説
司法改革 姉小路祐

歴史ミステリ
「本能寺」の真相 姉小路祐

歴史推理の魅力
京都七ふしぎの真実 姉小路祐

知られざる検察のメカニズム
特捜検察官 —疑惑のトライアングル 姉小路祐

若き検事が姉を殺した犯人を追う
逆転捜査 姉小路祐

あの〝人形探偵〟が帰ってきた!
人形はライブハウスで推理する 我孫子《あびこ》武丸《たけまる》

金田一耕助の孫・金田一一シリーズ
金田一少年の事件簿 電脳山荘殺人事件 天樹《あまぎ》征丸《せいまる》

金田一耕助の孫・金田一一シリーズ
金田一少年の事件簿 幽霊客船殺人事件 天樹征丸

第43回メフィスト賞受賞作!
キョウカンカク 天祢《あまね》 涼《りょう》

〝美少女探偵〟本格ミステリ
闇ツキチルドレン 天祢 涼

本格ミステリ
空想探偵と密室メイカー 天祢 涼

書下ろし本格推理・大型新人鮮烈デビュー
十角館の殺人 綾辻《あやつじ》行人《ゆきと》

書下ろし衝撃の本格推理第二弾!
水車館の殺人 綾辻行人

書下ろし驚愕の本格推理第三弾!
迷路館の殺人 綾辻行人

書下ろし戦慄の本格推理第四弾!
人形館の殺人 綾辻行人

究極の新本格推理
時計館の殺人 綾辻行人

# KODANSHA NOVELS

講談社ノベルス

書下ろし幻想小説
**謝肉祭の王　玩具館綺譚**　石神茉莉

第26回メフィスト賞受賞作！
**死都日本**　石黒　耀《あきら》

究極の密室本！
**袋綴じ事件**　石崎幸二

あの人気シリーズが再び！
**復讐者の棺**　石崎幸二

女子高生コンビが難事件に挑む!!
**≠《ノットイコール》の殺人**　石崎幸二

人気女子高生シリーズ！
**記録の中の殺人**　石崎幸二

人気女子高生シリーズ！
**第四の男**　石崎幸二

本格にしてユーモアミステリ
**皇帝の新しい服**　石崎幸二

この世で一番美しい密室!?
**鏡の城の美女**　石崎幸二

論理×狂気!!
**人面屋敷の惨劇**　石持浅海

サイバー空間×ミステリー
**キリストゲーム　CIT 内閣官房サイバーインテリジェンスチーム**　一田和樹

青春本格ミステリー短編集
**北《きた》乃《の》杜《もり》高校探偵部**　乾くるみ

第51回メフィスト賞受賞作
**恋と禁忌の述語論理《プレディケット》**　井上真偽《まぎ》

青髪の探偵・上苙丞登場！
**その可能性はすでに考えた**　井上真偽

本格ミステリの極点！
**聖女の毒杯　その可能性はすでに考えた**　井上真偽

講談社ノベルス25周年記念復刊！
**竹馬男の犯罪**　井上雅彦

死を呼ぶ禁句、それが「メドゥサ」！
**メドゥサ、鏡をごらん**　井上夢人

「ぼくの鼻は、イヌの鼻!?」
**オルファクトグラム**　井上夢人

講談社ノベルス25周年記念復刊！
**金雀枝《えにしだ》荘の殺人**　今邑　彩

究極の推理ゲーム！
**密室殺人ゲーム王手飛車取り**　歌野晶午

これぞ究極の推理ゲーム
**密室殺人ゲーム2.0**　歌野晶午

シリーズ第三弾!!
**密室殺人ゲーム・マニアックス**　歌野晶午

5年1組に探偵クラブ発足！
**魔王城殺人事件**　歌野晶午

長編本格推理
**漂泊の楽人**　内田康夫

長編本格推理
**琵琶湖周航殺人歌**　内田康夫

書下ろし長編本格推理
**風葬の城**　内田康夫

長編本格推理
**平城山を越えた女**　内田康夫

長編本格推理
**鐘（かね）**　内田康夫

長編本格推理
**透明な遺書**　内田康夫

巨匠鮮烈なるデビュー作
**死者の木霊**　内田康夫